U0097006

中國学術思想 研究輯刊

九 編
林 慶 彰 主編

第 12 冊

漢代詩教思想探微

彭 維 杰 著

花木蘭文化出版社

國家圖書館出版品預行編目資料

漢代詩教思想探微／彭維杰 著 — 初版 — 台北縣永和市：

花木蘭文化出版社，2010〔民99〕

目 4+234 面；19×26 公分

（中國學術思想研究輯刊 九編；第 12 冊）

ISBN：978-986-254-278-1（精裝）

1. 詩經　2. 研究考訂　3. 漢代

831.18　　　　　　　　　　　　　　　99014363

ISBN - 978-986-254-278-1

9 789862 542781

中國學術思想研究輯刊

九　編　第十二冊　　　　　　ISBN：978-986-254-278-1

漢代詩教思想探微

作　　　者　彭維杰
主　　　編　林慶彰
總 編 輯　杜潔祥
出　　　版　花木蘭文化出版社
發 行 所　花木蘭文化出版社
發 行 人　高小娟
聯 絡 地 址　台北縣永和市中正路五九五號七樓之三
　　　　　　　電話：02-2923-1455／傳真：02-2923-1452
網　　　址　http://www.huamulan.tw 信箱 sut81518@ms59.hinet.net
印　　　刷　普羅文化出版廣告事業
封 面 設 計　劉開工作室
初　　　版　2010 年 9 月
定　　　價　九編 35 冊（精裝）新台幣 58,000 元

版權所有・請勿翻印

漢代詩教思想探微

彭維杰　著

作者簡介

彭維杰，台灣苗栗人，1957 年生。中國文化大學中文研究所博士，學術專長：詩經學、宋明理學、語音學、客家語文，現任國立彰化師範大學國文學系與台灣文學研究所副教授。

研究重點在於朱子學、詩經學及客家文學，著作有：《毛詩序傳箋「溫柔敦厚」義之探討》、《朱子詩教思想研究》、《彰化地區民間寺廟教會推動成人教育概況》（與他人合著）、《成人教育研究目錄》（與他人合編）等，並有多篇論文發表於國內學術期刊及學術研討會論文集。

提　要

本論文研究對象以漢代毛詩系統為範圍，聚焦於詩教內涵之探究分析，以發明漢人「溫柔敦厚」之詩教主張。

禮記經解篇揭示的詩教理想為「溫柔敦厚」，本論文即以此為研究線索，欲以探究其所以能指向溫柔敦厚之內在因素。本研究入手處即先上溯詩教源頭，由詩經之成書、成經，以及與詩教之關聯述起。再勾沈先秦儒家詩教主張，以清其源頭。其次復以探究先秦「思無邪」之說法與漢代「溫柔敦厚」之定義為重點，釐清兩說之本義並明其關係，作為本研究之基礎。

全文主體分別從詩序、毛傳及鄭箋探析漢代詩教內涵，並以倫理思想及教化觀兩大端論述。

詩序之詩教，分別以大序、古序及續序三者闡述，蓋因詩序內容成於不同時間，且非出於一人之故，分述之始能免於混同而失其真相。就三者內容觀之，詩教主張以大序最略，古序次之，續序最詳。

毛傳之詩教，其倫理思想於五倫皆備，且略及於物我、天人諸倫。教化觀方面則述其政治理念、人格理念及教化呈現方式。而毛傳獨標興體，於詩教上亦可窺其用心。

鄭箋之詩教，倫理思想除五倫關係外，對物我、天人及人神等關係亦多所探及。其教化觀，在政治理念方面於原理、主張、要領及理想等說明極為精細。在人格理念方面及教化方式上也都較序傳精詳。又，鄭箋用三家義亦可增益其詩教內涵。

序傳箋之詩教內涵既明，再將三者統合比較，以觀異同，藉之突顯各說之詩教特色。

全文結論則從經學及教育兩端總結，歸納漢代詩教思想之溫柔敦厚特質，並略窺其對後世之影響。

目
次

第一章　緒論：詩教溯源

第一節　緣　起

孔子嘗曰：「小子！何莫學夫詩？詩，可以興，可以觀，可以群，可以怨。邇之事父，遠之事君。多識於鳥獸草木之名。」（《論語・陽貨》），知聖人勸學於詩者，蓋詩有益於人格情志之陶冶，且有助於人倫事理之鍛鍊，猶有增於名物之辨識，詩之為用大矣哉。《禮記・經解》亦云：「入其國，其教可知也，其為人也，溫柔敦厚，詩教也。」乃知為人之溫柔敦厚，實詩教之功也。

然而，溫柔敦厚之內涵究竟而何，先秦兩漢之儒者未嘗具言也。今則亦無由檢視其時受教之儒生，其為人溫柔敦厚之內涵矣。惟先儒必有致力於詩教之跡，而可稽之者，於先秦，孔孟荀論詩教之文也；於兩漢，則當以詩經之傳注也，鉤校傳箋之文或可索得先儒所謂「溫柔敦厚」之精義也。

爰溯乎「溫柔敦厚」詩教之源，見《尚書・舜典》所云，命夔典樂以教胄子，使其「直而溫，寬而栗，剛而無虐，簡而無傲」，然後知先王以詩樂施教，化其人民也。〈舜典〉又曰：「敬敷五教，在寬。」傳云：「布五常之教。」，古代重五倫之教由此明之矣。而《孟子・滕文公》云：「夏曰校，殷曰序，周曰庠，學則三代共之，皆所以明人倫也。」，知設校教人之目的即在於「明人倫」，至其所施教者，《禮記・王制》曰：「樂正崇四術、立四教，順先王詩書禮樂以造士，春秋教以禮樂，冬夏教以詩書」，可知《詩》亦是學校教材之一，當可為「明人倫」之途徑。是以知《詩》可為陶冶德行，敦厚人倫之資也。

觀乎〈大〉序之言曰：「先王以是經夫婦，成孝敬，厚人倫，美教化，移

風俗。」明著先王以《詩》爲教，且由「人倫」、「教化」二途施教也，人倫既厚，教化既美，則風俗移乎淳良矣。今以〈大序〉必有所本，其言先王之施詩教由乎二途，當可從之，以索詩教之內涵也。

康曉城先生云：「因儒家之學，特以『明人倫』爲宗，由於詩具有敦厚、和諧人倫之功能，故『詩教』甚受重視，尤其孔子以後之戰國兩漢儒者，以人倫教化說詩，將詩運用於政教，故後之言詩者幾全據以說解詩義，此即成爲『文以載道』觀之淵源。」〔註1〕即謂兩漢學者從人倫與教化二端以說解《詩經》也。先儒既言詩教之功使人溫柔敦厚，則由人倫與教化二端，稽索《詩序》、《毛傳》與《鄭箋》，當可明先秦兩漢之儒者致力於陶鑄人格、敦厚人倫，而使人溫柔敦厚之內涵與方法。

夫三百篇者，始未稱經，而先儒以之施于政教，乃以經得名，兩漢儒者繼之，繫以人倫教化，深言周納以求其經義，則詩教得三百篇以爲教，三百篇之經名亦因詩教而得以固之，漢儒之功豈可沒乎？

孔子而下，先儒莫不重詩教者，然未若毛詩之逐篇申其教義也，今三家亡佚，雖有清儒輯佚得其遺說，終難得其全豹，論以詩教之體系，未有若毛詩之周詳者也，是故欲窺「溫柔敦厚」之詩教內涵與方法者，捨毛詩之途，必無由以致也。

茲文之作，即以毛詩之《詩序》、《毛傳》與《鄭箋》三者，破其篇第，析其義理，而統攝於倫理思想與教化觀二大端。倫理之一端，循先儒所謂「五教」〔註2〕分述之，五教之外，猶有人與物、人與神、人與天等關係者，皆逐一詳之，以盡述先儒之倫理思想。教化之一端，拾其不言彼此關係者論之，秉先儒以詩施於政教之義，述其政治理念；又溫柔敦厚者，必有賴人格之養成，乃述其人格之理念也。此外，爲達施教之目的，於其說解經義之時，當有其說教之方式以申其義理，彰其教義者，特鉤稽其類，歸之教化一端，以明先儒之用心。藉由此二端之分析、歸納及比較，復綜合其內涵之大舉，以得毛詩溫柔敦厚之詩教精神，當可窺知儒家教育思想之一二也。

本文欲盡力客觀呈現《詩序》、《毛傳》、《鄭箋》之詩教思想，使今人知

〔註1〕 康曉城：《先秦儒家詩教思想研究》（台北：國立臺灣師範大學教育研究所博士論文，民國77年5月），頁30。

〔註2〕 〈舜典〉：「女作司徒，敬敷五教，在寬。」《孟子‧滕文公上》曰：「使契爲司徒，教以人倫，父子有親，君臣有義，夫婦有別，長幼有序，朋友有信。」

曉漢儒爲達成「溫柔敦厚」之詩教理想所作之努力，雖難以爲漢儒申辨「迂曲」之譏，〔註3〕然而，期能由此展現儒家思想之一隅，亦不負區區之深衷矣。

第二節　《詩經》之成書與詩教

《詩經》三百五篇，其教可論者夥矣！就其成書以言之，有作詩之義、有采詩之義、有獻詩之義、有編詩之義，及其成矣，又有賦詩之義、引詩之義、誦詩之義等。孔子首開私學論詩言教之風，其言載諸《論語》者，規模頗有可觀。孟、荀二儒繼之發皇，兩漢以下，百家芃芃。要之，論者多偏於義理之說，此勢之不得不然也。

壹、名經之義

《詩經》原不稱「經」，先秦時代稱之爲「詩」或「詩三百」，如《論語·泰伯》曰：

> 子曰：「興於詩，立於禮，成於樂。」

《論語·爲政》亦曰：

> 子曰：「詩三百，一言以蔽之，曰思無邪。」

孟子論述引詩三十餘條，多冠「詩云」以言之〔註4〕，如《孟子·離婁》曰：

> 孟子曰：「詩云：『不愆不忘，率由舊章。』遵先王之法而過者，未之有也。」

荀子〈勸學〉言「學惡乎始？惡乎終？曰：其數則始乎誦經，終乎讀禮。」而《莊子·天運》亦稱「詩」爲六經之一。李威熊先生以爲「《莊子·天運》是外篇，可能是戰國時人所依托，所以六藝稱『經』當以荀子爲最早。」，〔註5〕至

〔註3〕近人屈萬里以爲漢儒爲詩教故，致曲解詩篇原來之作意，參見屈氏〈先秦說詩的風尚和漢儒以詩教說詩的迂曲〉，原載《南洋大學學報》第5期，頁1至10，民國60年。復收入《詩經研究論集（一）》（台北：臺灣學生書局，民國76年7月二刷），頁387～411。

〔註4〕王冬珍先生論孟子之詩說，謂孟子所著七篇中引詩計三十四條：〈梁惠王〉篇引八條、〈公孫丑〉篇引三條、〈滕文公〉篇引六條、〈離婁〉篇引七條、〈萬章〉篇引九條、〈盡心〉篇引二條。雖言三十四條，實引三十五詩。見王冬珍，〈孟子詩說〉，《詩經論文集》（台北：黎明文化事業公司，民國71年10月），頁189至202。引詩冠「詩云」者二十八則，冠「詩曰」者四則，冠「魯頌曰」者一則，直言詩意者二則。

〔註5〕李威熊：《中國經學發展史論》（台北：文史哲出版社，民國77年12月一版），

於單獨稱「詩」為經者，已是漢代傳注大行以後。〔註6〕《史記・儒林傳》：「申公獨以詩經為訓以教」，此為詩經兩字聯綴之始。

「詩」何以稱「經」？宋朱熹嘗謂雅頌之詩「其語和而莊，其義寬而密，其作者往往聖人之徒，固所以為萬世法程而不可易者也」。又稱變雅「皆一時賢人君子閔時病俗之所為，而聖人取之，其忠厚惻怛之心、陳善閑邪之意，尤非後世能言之士所能及之」。故而言之：

> 此詩之為經，所以人事浹於下，天道備於上，而無一理之不具也。

〔註7〕

朱氏所言兼及詩本文與編詩之義，而推其統攝人事與天道之理，雖言有浮誇之嫌，卻也道出漢宋以來儒家稱經之詩教觀點。徐英先生由載道觀點釋「詩」所以稱經之故，其言曰：

> 蓋古人所以載道之文舉謂之經。三百篇皆朝野歌頌之詞，孔子曰：「溫柔敦厚，詩教也。」又曰：「詩三百篇，一言以蔽之曰：思無邪。」又曰：「詩可以興，可以觀，可以群，可以怨。邇之事父，遠之事君，多識於鳥獸草木之名。」然則三百篇皆載道之文也，故謂之經。〔註8〕

此說純就孔子之詩論出之，言亦不誤。蓋孔子以前詩教著於禮樂典禮之用，孔子之後乃因禮樂之崩壞，轉而側重義理之闡發應用，若孔子之以詩言教者，不外人倫日用之常也，近人熊十力言經之義為「經者，常道也。夫常道者，包天地，通古今，無時而不然也，無地而可易也。以其恆常不可變改，故曰常道。」〔註9〕，李威熊先生亦曰：「一般所謂的經，是指聖人所制作的言論，是一種經常不變的法則，也是人生日常行為所必須遵循的大道。」〔註10〕，以此「經」義，證諸徐氏所舉孔子之言，而歸乎朱熹之釋詩為經之義，殆可明「詩經」之義矣。無怪乎朱熹云：

> 脩身及家平均天下之道，亦不待他求而得之於此矣。〔註11〕

詩之成經，儒家所為也。孔子雖未稱經，而經義自其而出，及乎荀卿謂

上冊，頁2。

〔註6〕見黃振民：〈詩經之命名及其成書考〉，《詩經研究》，頁2。

〔註7〕宋朱熹：《詩經集傳》，〈詩經傳序〉，頁2。

〔註8〕徐英：《詩經學纂要》（台北：廣文書局，民國70年12月），〈序恉〉，頁1。

〔註9〕見熊十力：《讀經示要》（台北：廣文書局，民國64年元月四版），卷一，頁11。

〔註10〕李威熊：《中國經學發展史論》上冊，頁2。

〔註11〕宋朱熹：《詩經集傳》，〈詩經傳序〉，頁2。

六藝爲經，傳至漢代以師法、家法說經，詩之爲經乃昌然矣。時至今日，三家盡廢，毛詩獨行，欲明三百篇經教之義，以窮溯溫柔敦厚之微旨者，捨此何由以致之耶！

貳、詩經成書之義

一、作詩之義

三百五篇作者多已不可考〔註12〕，且無詩題標註，載明作意於詩中者又少，故作者作詩之初衷已難察考，毛詩雖篇篇有序，明指詩義爲何，然而終非詩人所筆，其幽微之意杳然難追矣。茲由少數篇什之中明示作意者，略說之。

（一）為刺褊而作

> 糾糾葛屨，可以履霜。摻摻女手，可以縫裳。
>
> 要之襋之，好人服之。
>
> 好人提提，宛然左辟。佩其象揥，維是褊心，
>
> 是以爲刺。———（〈魏風·葛屨〉）

此詩末句點出其作詩之意乃刺人褊心也。《詩序》曰：「刺褊也。魏地狹隘，其民機巧趨利，其君儉嗇褊急，而無德以將之。」《鄭箋》曰：「儉嗇而無德，是其所以見侵削。」又曰：「魏俗所以然者，是君心褊急，無德教使之耳，我是以刺之。」則康成尊序以言刺君之作。清人姚際恆謂「此詩疑其時夫人之妾媵所作，以刺夫人者」。〔註13〕裴普賢先生從姚之說，以爲「一個侍妾身分的女子，自己生活困苦，勞動的成果卻被別人享受，因作此詩以刺，庶可稍洩內心的怨情」。〔註14〕朱守亮先生亦言「詩序謂刺褊得之，如能刪去其君云云則善矣」。〔註15〕惟無論作者爲何人、所刺者何人，其詩明表刺意，而詩中猶謂之「好人」〔註16〕，則見其敦厚之德也，此雖刺而猶存厚意焉。

〔註12〕作者之名見於詩本文者僅四篇：〈小雅·節南山〉（家父）、〈小雅·巷伯〉（寺人孟子）、〈大雅·崧高〉（吉甫）、〈大雅·烝民〉（吉甫）等。黃振民先生考他書所載可知者計十四篇，參見黃氏所著〈詩經詩篇之作者及其產生時代考〉，《詩經研究》（台北：正中書局，民國71年2月），頁19至98。

〔註13〕清姚際恆：《詩經通論》（台北：廣文書局，民國77年10月三版），頁124。

〔註14〕裴普賢：《詩經評註讀本》（台北：三民書局，民國77年8月四版），上冊，頁382。

〔註15〕朱守亮：《詩經評釋》（台北：臺灣學生書局，民國73年10月一版），上冊，頁300。

〔註16〕裴普賢先生引牛運震之言曰：「『好人』二字不欲明斥之，而故謬稱之也。」《詩

（二）為究王訩而作

> 昊天不平，我王不寧。不懲其心，覆怨其正。
>
> 家父作誦，以究王訩。式訛爾心，以畜萬邦。
>
> ——節錄（〈小雅·節南山〉末章）

此詩末章直言作者之名，且宣其作意。《鄭箋》云：「大夫家父作此詩而為王誦之，以窮極王之政所以致多訟之本意。」為究王訩，忠誠可佩也，清人王先謙言「王所言所行紛訩不定，故作詩以窮究王訩亂之說，而終望王化其心以畜養萬邦」〔註 17〕，姚際恆則謂「爾指尹氏，尚冀其變化此心以畜養乎萬邦也」〔註 18〕，朱守亮先生更言之曰：

> 末章乃以「訛爾心」、「畜萬邦」作結，何等忠厚，一篇怨斥幽憤罪責，至此皆成苦口良藥矣。又特明書「家父作誦」，一肩承當，直節勁氣，光明磊落之情，可並日月。〔註 19〕

所言作意甚明，蓋作者章章直書無諱，忠義凜然，末章筆勢頓轉，衷心待其化變，長養國祚，以義指斥而以情企望之也。

（三）為告君子慎知而作

> 彼譖人者，誰適與謀。取彼譖人，投畀豺虎。
>
> 豺虎不食，投畀有北。有北不受，投畀有昊。
>
> 楊園之道，猗于畝丘。寺人孟子，作為此詩。
>
> 凡百君子，敬而聽之。
>
> ———節錄（〈小雅·巷伯〉末二章）

此篇作意明於末章「寺人孟子，作為此詩。凡百君子，敬而聽之。」〈續序〉謂：「寺人傷於讒，故作是詩也。」《鄭箋》曰：「孟子起而為此詩，欲使眾在位者慎而知之，既言寺人，復自著孟子者，自傷將去此官也。」清人陳奐疏曰：「此自明其被讒之禍，且以原其作詩之由也。」〔註 20〕，清人姚際恆評曰：「刺讒諸詩無如此之快利，暢所欲言！」，〔註 21〕前六章惡讒而望天制之，末

經評註讀本》上冊，頁 383。

〔註 17〕清王先謙：《詩三家義集疏》（北京：中華書局，1987 年 2 月一版），下冊，頁 665。

〔註 18〕清姚際恆：《詩經通論》，頁 205。

〔註 19〕朱守亮：《詩經評釋》，頁 547。

〔註 20〕清陳奐：《詩毛氏傳疏》（台北：臺灣學生書局，民國 75 年 10 月），上冊，頁 541。

〔註 21〕清姚際恆：《詩經通論》，頁 220。

章則戒君子之敬慎也。朱守亮先生謂：

> 篇中或諷或戒，或責或悔，或怨而訴之，或惡而疾之。皆自真情深
> 意出，故多蒼涼感喟語也。〔註22〕

甚得作意之旨，詩人凜然刺讒，又宛致君子以敬慎明察，疾邪之志，和正之
心，其教昭然矣。

（四）為贈別而作

（1）

> 申伯之德，柔惠且直。揉此萬邦，聞于四國。
> 吉甫作誦，其詩孔碩。其風肆好，以贈申伯。
> ———（〈大雅・崧高〉第八章）

此詩作者自言贈別之作，申伯受命出使，吉甫作詩頌美其德以贈。《鄭箋》云：
「送之令以為樂。」清人方玉潤評曰：「結尾點明作意，並特表其功德之盛，
非徒以親貴邀寵者，亦詩人自占身分處。」〔註23〕，牛運震曰：「以贈申伯，
更有珍重矜惜，一字不肯溢借之意。」又曰：「只是元舅出封一事，敘得國典
主恩，莊重款洽，格體高雅，風諭含蓄，故知是大手筆。」〔註24〕，此篇作
詩表德之意甚明，則其教意在此。

（2）

> 四牡騤騤，八鸞喈喈。仲山甫徂齊，式遄其歸。
> 吉甫作誦，穆如清風。仲山甫永懷，以慰其心。
> ———（〈大雅・烝民〉第八章）

此詩吉甫作以贈別仲山甫，述其德美，以慰其出，《鄭箋》云：「吉甫作此工
歌之誦，其調和人之性，如清風之養萬物然。仲山甫述職多所思而勞，故述
其美以慰安其心。」近人屈萬里云：「言仲山甫其長思念此詩，可以慰其心也。」
〔註25〕，牛運震對其作意體認更深，其言曰：「永懷二字寫出深心苦衷，慰字
溫篤曲貼，真得忠君愛友之道。如此命意，此詩乃非苟作。」〔註26〕，此詩

〔註22〕　朱守亮：《詩經評釋》，頁592。
〔註23〕　清方玉潤：《詩經原始》（台北：藝文印書館，民國70年2月三版），下冊，
　　　　　頁1177眉批。
〔註24〕　裴普賢：《詩經評註讀本》，下冊，頁543引。
〔註25〕　屈萬里：《詩經釋義》（台北：中國文化大學出版部，民國69年9月新一版），
　　　　　頁381。
〔註26〕　裴普賢：《詩經評註讀本》，下冊，頁551引。

雖屬大雅，爲燕享之樂，卻不見公卿酬酢之矯飾，反出之以眞情深意，若非作者自述初衷於詩中，將無以領略其溫婉之教也。

除此而外，他如〈陳風・墓門〉：「夫也不良，歌以訊之。」〈小雅・何人斯〉：「作此好歌，以極反側。」〈小雅・四月〉：「君子作歌，告以維哀。」〈大雅・卷阿〉：「矢詩不多，維以遂歌。」〈大雅・民勞〉：「王欲玉女，是用大諫。」諸詩皆自表作意，或爲諷譏而作，或爲諫王而作，或爲告哀而作，率皆言簡意直，但見篤厚之忱，忠良之意，及哀悽之情。以此言詩，其教深矣。

二、采詩獻詩之義

《詩經》之成書，先秦之書並無記載，後世多據漢人之說推考。

《禮記・王制》云：

> 天子五年一巡守。歲二月東巡守至于岱宗。柴而望祀山川，觀諸侯，問百年者，就見之。命太師陳詩，以觀民風。〔註27〕

《鄭注》曰：

> 陳詩，謂采其詩而視之。

《漢書・藝文志》曰：

> 古有采詩之官，王者所以觀風俗，知得失，自考正也。〔註28〕

《漢書・食貨志》亦曰：

> 行人振木鐸徇于路以采詩，獻之太師，比其音律，以聞于天子。故曰：「王者不窺牖戶而知天下。」〔註29〕

唐顏師古《注》曰：

> 采詩，采取怨刺之詩也。

《左傳》襄公十四年嘗引《夏書》曰：

> 遒人以木鐸徇于路，官師相規，工執藝事以諫。

此雖記遒人司職，但未及於采詩之事。然而杜預則注之曰：

> 徇于路，求歌謠之言。〔註30〕

〔註27〕 見《禮記注疏》（台北：藝文印書館，十三經注疏本），卷十二，〈王制〉第五，頁225至226。
〔註28〕 見《漢書》（台北：鼎文書局），卷三十，〈藝文志〉，頁1708。
〔註29〕 《漢書》，卷二十四上，頁1123。
〔註30〕 《左傳》（台北：藝文印書館，十三經注疏本），卷三十二，頁563下。

《公羊傳》宣公十五年何休注曰：

> 從十月盡正月止，男女有所怨恨，相從而歌。饑者歌其食，勞者歌
> 其事，男年六十，女年五十，無子者，官衣食之，使之民間求詩，
> 鄉移於邑，邑移於國，國以聞於天子。故王者不出牖戶，盡知天下
> 所苦，不下堂而知四方。〔註31〕

古籍所載采詩之說，尚見於劉歆〈與楊雄書〉、《說文》、《鄭志》、《文選・三都賦序》等〔註32〕，黃振民先生謂「漢人去周較近，採詩之說諸家多有記載，必定有所依據。」並駁斥崔述之說至詳。〔註33〕然繆鉞據《周禮》無采詩之官采詩之記載，及《左傳》襄公十四年經文未言采詩之事，乃斷詩非采詩之官采集而來，而是各國自行采後獻之於王朝也。〔註34〕夏承燾先生更為保守，認為王官采詩不可信，各國獻詩之說亦復可疑。〔註35〕

獻詩之說見於古籍記載者，《國語・周語》有云：

> 為川者決之使導，為民者宣之使言。故天子聽政，使公卿至于列士
> 獻詩，……是以事行而不悖。〔註36〕

葉玉麟先生註之曰：

> 獻詩，以諷上也。〔註37〕

《毛傳》亦曰：

> 明王使公卿獻詩以陳其志，遂為工師之歌焉。〔註38〕

《國語・晉語》有云：

> 吾聞古之言王者，政德既成，又聽於民，於是乎使工誦諫於朝，在
> 列者獻詩，使勿兜，風聽臚言於市，辨襖祥於謠，考百事於朝，問
> 謗譽於路，有邪而正之，盡戒之術也。〔註39〕

〔註31〕 漢何休注：《春秋公羊傳》（台北：新興書局，民國71年8月），卷十六，頁118。
〔註32〕 張西堂：《詩經六論》（香港：文昌書店），頁78至79。張氏謂采詩之說，古籍記載者約八見，然所言采詩之制互異，故斷曰：「采詩之說是不足深信的。」
〔註33〕 黃振民：《詩經研究》，頁3至9。
〔註34〕 繆鉞：〈詩三百篇纂輯考〉，《詩經學論叢》（台北：崧高書社，民國74年6月），頁45至56。
〔註35〕 夏承燾，〈采詩和賦詩〉，《詩經學論叢》，頁57至62。
〔註36〕 《國語》（台北：臺灣商務印書館，民國69年12月四版），〈周語〉第一，頁10。
〔註37〕 《國語》，頁11。
〔註38〕 見《毛詩鄭箋》（台北：中華書局，民國72年12月臺四版），卷十七，〈大雅・卷阿〉詩第十章。
〔註39〕 《國語》，〈晉語〉第四，頁90。

獻詩之教，林耀潾先生曰：

> 自受詩之施政者而言，在以知民之疾苦，聞謗譽，明得失，自考正，其所以求之於詩篇，在「主文而譎諫」夫然後「言之者無罪，聞之者足以戒」。自獻詩之臣民而言，在藉詩以見志，以明其美刺焉。詩經之關乎政教，其肇因在此，其由文學作品提升爲經，亦非偶然，更非徒以漢人欲以明聖道王功而可如此也。〔註40〕

林氏之言至確。綜觀《詩經》之來源，有「采詩」與「獻詩」二途，雖因「王官采詩」之說未定，而各國自行采詩然後獻於王朝則無爭議〔註41〕，采而後獻亦屬獻詩，就前述所引諸說觀之，其義可得而言之也。蓋獻詩之義，或「陳志」，或「諷上」，或「觀民風」或「自考正」，或「辨祅祥」，或「正有邪」，獻者以寓其志而待於上，受者以正其失而親於下，要之意存仁厚而爲之也，其教不可謂不深矣。

三、編詩之義

詩篇經蒐集而來，即由專人編輯之。繆鉞先生以爲各詩最終獻於王朝，而由大師刪汰編錄〔註42〕；而夏承燾先生則言「可能是王朝統治者，也可能就是孔子。」〔註43〕，羅倬漢先生雖未言何人編集，但據「詩之體製大端相同」、「風雅相涉」等論定《詩經》爲一時一人之所編集，乃謂：

> 詩有內容，編詩者就其內容而爲之上下，則其於詩篇必有取於相牽、引相感發者，殆可推論。〔註44〕

因之，三百篇書成即有其義，若日人竹添光鴻即云：

> 鳲鳩，本美君子用心之均一；編詩者以其亂世不多見，美此即可刺彼，而以爲刺朝、刺不說德、刺不一。〔註45〕

羅倬漢先生即云：

〔註40〕林耀潾，〈先秦詩教義述〉，《孔孟學報》，第 55 期，頁 59。
〔註41〕宋朱熹亦有諸侯采詩以貢朝廷之言，《詩集傳》國風注曰：「諸侯采之以貢於天子，天子受之而列於樂官，於以考其俗尚之美惡，而知其政治之得失焉。」宋朱熹撰，民汪中斠注：《詩經集傳》（台北：蘭台書局，民國 68 年元月），卷第一，頁 1。
〔註42〕《詩經學論叢》，頁 55。
〔註43〕《詩經學論叢》，頁 60。
〔註44〕羅倬漢：《詩樂論》（台北：正中書局，民國 71 年 9 月），第二篇詩教，第二章詩編大義之所起，頁 97 至 120。
〔註45〕日竹添光鴻：《毛詩會箋》（台北：臺灣大通書局），〈毛詩會箋序說〉，頁 10。

今論編詩者之義，以上承作詩之義，以下開孔門讀詩之義，實以握
其上下之關鍵，得此關鍵，而孔子述古之義固可不煩言而解，抑自
孔子後之述古，由詩教而為禮教之偏向者，亦可知其來者漸，無可
奈何。〔註46〕

黃永武先生即由二南之詩次演繹孔門編次詩經之微旨，得出「周南從關雎到
麟趾，已畫出了由正心誠意到平天下的『王者』的偉大面目」，及「召南從鵲
巢到騶虞，已講明了由正心誠意到平天下的成功的教化途徑」之結論。〔註47〕

論詩者謂二南正風也〔註48〕，其編義或寓於此。二南之後即所謂變風也，
變者，蓋亦編詩之義所寄。而《詩序》明乎編詩之義，其言曰：

至於王道衰，禮義廢，政教失，國異政，家殊俗，而變風變雅作矣。
國史明乎得失之跡，傷人倫之廢，哀刑政之苛，吟詠情性以風其上，
達於事變，而懷其舊俗者也。〔註49〕

此言國史編詩之時，寄其義於其中。至「變風變雅」，乃編者之意，非作詩者
之作意也。蓋編詩者「明乎得失之跡」也。證諸〈小雅・六月〉之序，可明
其義矣。〔註50〕

孔子言詩之教而一言蔽之曰：「思無邪」，其謂編詩之義乎？不然何由得
三百篇之作意哉！其後子夏得與孔子言詩，此義終以下傳也。及乎漢代毛鄭
注詩，上承孟荀以德化說詩之教，益加發揚之，編詩之義乃得以彰顯。而三
百篇之所以稱「經」者，蓋爰此之教而著耶？若然者，則紬繹兩漢詩教之精
微，庶幾可探儒家經學之宏旨矣。

〔註46〕羅倬漢：《詩樂論》，頁120。
〔註47〕參見黃永武：〈從詩經二南看修齊治平之道〉，《詩經論文集》（台北：黎明文
化公司，民國71年10月），頁287至296。
〔註48〕詩經正變分際之說，首見鄭玄《詩譜序》。其意言風之二南及雅之鹿鳴之什、
文王之什以及頌詩皆詩之正經，餘皆稱其變也。
〔註49〕見《毛詩》，關雎序。
〔註50〕其六月詩《序》云：鹿鳴廢，則和樂缺矣。四牡廢，則君臣缺矣。皇皇者華
廢，則忠信缺矣。伐木廢，則朋友缺矣。天保廢，則福祿缺矣。采薇廢，則
征伐缺矣。出車廢，則功力缺矣。杕杜廢，則師眾缺矣。魚麗廢，則法度缺
矣。南陔廢，則孝友缺矣。白華廢，則廉恥缺矣。華黍廢，則蓄積缺矣。由
庚廢，則陰陽失其道理矣。南有嘉魚廢，則賢者不安，下不得其所矣。崇丘
廢，則萬物不遂矣。南山有臺廢，則為國之基隊矣。由儀廢，則萬物失其道
理矣。蓼蕭廢，則恩澤乖矣。湛露廢，則萬國難矣。彤弓廢，則諸夏衰矣。
菁菁者莪廢，則無禮儀矣。小雅盡廢，則四夷交侵，中國微矣。

參、詩　教

「詩教」一詞，最早見於《禮記‧經解》：

> 孔子曰：「入其國，其教可知也。其為人也溫柔敦厚，詩教也。疏通
> 知遠，書教也。廣博易良，樂教也。絜靜精微，易教也。恭儉莊敬，
> 禮教也。屬辭比事，春秋教也。故詩之失愚，書之失誣，樂之失奢，
> 易之失賊，禮之失煩，春秋之失亂。」〔註51〕

此非特直言詩教之目的，且列詩教於六教之首，足見漢代已重詩教，其源可
溯《尚書‧舜典》：

> 帝曰：「夔，命汝典樂，教冑子，直而溫，寬而栗，剛而無虐，簡而
> 無傲。詩言志，歌永言，聲依永，律和聲，八音克諧，無相奪倫，
> 神人以和。」〔註52〕

古者詩樂無別，由此可知也，而其典樂以陶融德行、歌詩以和諧神人之教化
目標已昭然若揭，雖無詩教之名，卻有詩教之實也。《禮記》「溫柔敦厚」一
義或源於此乎？〔註53〕虞舜命有司掌詩樂教化之職，已倡在位者推行詩教之
先河。其後周代襲之，設大師掌音律教六詩也。〔註54〕詩樂之教同歸於一職
之掌，除以六律為音外，尚以六德為教詩之所本，鄭玄曰：

> 所教詩必有知、仁、聖、義、忠、和之道，乃後可教以樂歌。〔註55〕

唐陸德明亦曰：

> 凡受教者必以行為本，故使先有六德為本，乃可習六詩也。〔註56〕

鄭陸二人所言教詩與六德之序，雖有先後之異，然詩教之與德行密不可分，
可見其一斑。《國語‧楚語》亦云：「教之詩而為之導廣顯德，以耀明其志。」
此詩教所以涵養品德也。詩樂之教既掌於朝廷職官之守，則其詩教之目的，

〔註51〕《禮記注疏》，卷五十，〈經解〉第二十六，頁845。
〔註52〕見《書經集註》（台北：新陸書局，民國72年），卷一，〈舜典〉，頁15。
〔註53〕近人朱自清嘗云：「溫柔敦厚該是個多義語：一面指『詩辭美刺諷諭』的作用，
　　　　一面還映帶著那『詩樂是一』的背景。」此處所言之「背景」，似可由舜典命
　　　　夔典樂之事獲得解釋。見〈詩言志辨〉，《朱自清古典文學論文集》（台北：源
　　　　流文化公司，民國71年5月），頁306。
〔註54〕《周禮‧春官‧大師》：「大師掌六律六同，以合陰陽之聲。」又曰：「教六詩：
　　　　曰風、曰賦、曰比、曰興、曰雅、曰頌。以六德為之本，以六律之音。」見
　　　　《周禮注疏》（台北：藝文印書館，十三經注疏本），卷二十三，頁354至356。
〔註55〕《周禮注疏》，頁356，見經文「以六德為之本」句鄭注。
〔註56〕《周禮注疏》，頁356，見經文「以六德為之本」句陸德明釋鄭注之文。

即囿於政治與教化之結合，此政教合一之現象，正足以闡明狹義之「詩教」意義產生之原由。

「詩教」者，古或謂之聲教，蓋上古文字未興之世，藉歌謠以交通知識、傳播教化也。〔註57〕比語協音為教，以期達致「直而溫、寬而栗、剛而無虐、簡而無傲」之目的。此以詩樂附屬於政治之教化運作，即為狹義之詩教，其應用則與禮樂並行焉，是先秦詩教之一義也。

先秦之詩教，就其應用之方式言之，概可分為二義：一為禮樂用途之詩教，典禮歌詩以為之節，此詩、禮、樂三者相需為用也；一為義理用途之詩教，挾詩義以獨行，以詩義為道德、教育之用也。〔註58〕前者重於聲，而後者著於義。雖《禮記·經解》孔疏曰：

> 詩為樂意，詩樂是一而教別者，若以聲音干戚以教人，是樂教也；
> 若以詩辭美刺諷喻以教人，是詩教也。〔註59〕

且今人亦有謂：

> 雖詩者文辭，文辭不得謂之樂。樂者聲律，聲律不得謂之詩。然文
> 辭所以達意，聲律所以和節。有其意而無其節，不足以發溫柔敦厚
> 之旨；有其節而無其意，不足以播廣博易良之教。教詩必有待於樂，
> 教樂實所以合乎詩，故曰：兩者相依為用。〔註60〕

然而就廣義之詩教言之，樂教不能離詩以獨存，故詩教實含括樂教矣。自孔子闡發詩教涵義前之詩教，多重於聲教，此乃周公制禮作樂之旨也。東周之世，禮樂崩壞，樂教漸疏，教化乃著力於詩義之教。後人討論詩教之文亦多自此言起〔註61〕，蓋樂雖立於六經之列，後世卻未得見，三代以上詩樂如何相依為教已不可考，今惟從《儀禮》、《禮記·樂記》等略可窺其一二耳。

〔註57〕徐英：《詩經學纂要》，頁81。

〔註58〕林耀潾：〈先秦詩教義述〉，《孔孟學報》55期，頁70。

〔註59〕《禮記注疏》，頁845。

〔註60〕此徐英論詩樂之言也，據此乃謂：「三百五篇未有不入樂者，即三百五篇之外，亦未有不入樂之逸詩。」徐英：《詩經學纂要》，頁80。

〔註61〕（1）如清人章學誠論詩教之文，雖以「詩教」為題，卻僅論戰國及後世文體源出於詩教之說，此乃專就文理文字為說，已屬義理之一隅，遑論樂教矣。見章著《文史通義》（台北：廣文書局，民國70年8月）卷一，〈詩教〉上、下，頁25至36。

（2）又如羅倬漢先生論詩教之文，亦僅論及「詩編大義之所起」、「尊王大義」二端。至於樂，則另起篇次，雖論詩與樂，惜僅述風、雅、頌與樂之關係，而未及於教也。《詩樂論》，272頁。

胡鈍俞先生嘗謂詩教云：

> 詩歌之發生，或由於順性遂志，而表達其愉快之感；或由於困心衡
> 慮，而表達其堅苦之忱；或由於橫逆紛投；而表達其哀怨之思。而
> 其反應皆助於人性之提高民德之歸厚，良善風俗之發揚。此先儒之
> 所謂詩教也。〔註62〕

胡氏此說詳其發生，明其結果，深得先儒之義。

詩教之義如此，然則詩之所以教者何也？宋朱熹嘗云：

> 詩者，人心之感物而形於言之餘也。心之所感有邪正，故言之所形
> 有是非，惟聖人在上，則其所感者無不正，而其言皆足以為教。其
> 或感之之雜，而所發不能無可擇者，則上之人必思所以自反，而因
> 有以勸懲之，是亦所以為教也。〔註63〕

詩乃感發之作，朱氏由此以言其教，誠不誤也。蓋詩之為教者，有作詩者之
教也，有采詩獻詩者之教也，有編詩者之教也，亦有讀詩者之教焉。好惡美
刺形之於詩，美者美之，惡者刺之，是作詩之義也。見詩作而集之以寓其志
者，是編詩之義也。聞詩以發其情志者，乃讀詩之義也。凡此皆感之於心而
形諸其外以成其教也。

第三節　先秦詩教略述

先秦詩歌用途可略分為二以說之：一為偏重於禮樂之典禮歌用；一為側
重於詩義之義理應用。前者多見於《儀禮》所載，燕禮、鄉飲酒禮、大射、
鄉射等皆有歌詩之禮，歌有定詩以合儀節，欲合其節而於義必稍有取焉，然
則其教用樂之義大之矣。後者多見《左傳》、《國語》之賦詩及群經、諸子之
引詩，賦詩、引詩以言其志，故以取義為重。周末禮樂漸浸而微，用樂之教
遂邈杳難傳；而義理推衍之教藉諸籍引詩、論詩之功乃得以恢宏不墜，兩漢
《詩經》之學蓋延此緒也。

壹、賦詩與引詩之教

一、賦　詩

〔註62〕見胡鈍俞：《詩經繹評》（台北：臺灣中華書局，民國74年7月一版），頁81。
〔註63〕宋朱熹：《詩經集傳》，〈詩經傳序〉，頁1。

　　《論語・子路》曰：「誦詩三百，授之以政，不達，使於四方，不能專對，雖多，亦奚以為？」孔子所謂之「專對」，亦即指出使饗宴而能「賦詩」也。賦詩為侯國之間諸侯卿大夫於典禮燕饗之時，以微言相感而稱詩以論其志，此賦詩應對得**體**與否，有時關乎國命，其重要可知矣。〔註64〕

　　賦詩若為宴享之節次，則有樂伴奏，即「無算樂」及「鄉樂唯欲」之節目。〔註65〕賦詩固多在宴享中行之，然亦有因事而發者，如《左傳》定公四年，申包胥如秦乞師，哭於庭牆七日，秦哀公乃賦無衣，出兵救之。春秋賦詩率多斷章取義，而與本義無關。《左傳》襄公二十八年：「盧蒲癸曰：『賦詩斷章，余取所求焉。』」日人竹添光鴻先生云：

> 賦詩者之心，不必用作詩者之本意也。是故定公九年左氏曰：「靜女之三章，取彤管焉。」〔註66〕

徐英先生釋斷章取義之例，曰：

> 鵲巢之詩，言鵲有巢而鳩居之，夫有室而女處之；穆叔賦之，乃以喻晉國之政焉。摽有梅之詩，言婚姻之及時；宣子賦之，乃以喻用兵之及時焉。野有死麛之卒章，言當以禮相待，不可以強暴相陵，尨吠可驚者，猶人言可畏也；子皮賦之，乃以喻諸侯之和睦焉。至於鴻雁之斷取哀此矜寡。四月之斷取先祖匪人。載馳之斷取控于大邦。采薇之斷取豈敢定居。所賦之義，皆與詩之本義相違。然則盧蒲癸以謂賦詩斷章，實春秋賦詩之通例也。〔註67〕

因之，由於賦詩全任己意以取其義，以致作詩之本義，無復深求矣。職是之故，莊嚴隆重之場合固多賦雅頌之詩，而國風之中男女戀詩亦多所取焉。如《左傳》昭公元年：

> 趙孟、叔孫豹、曹大夫入於鄭，鄭伯兼享之。……子皮賦野有死麛之卒章，趙孟賦常棣，且曰：「吾兄弟比以安，尨也可使無吠。」

如此靈活之運用，詩雖舊文，而義實新生矣。先秦用詩已將風詩比附於政治之上若此，實已下開兩漢以政治教化之美刺觀點說詩之風，毛鄭注詩有以致之也。

〔註64〕賦詩不當，幾釀大禍之例，如《左傳》襄公十六年，晉侯與諸侯宴於溫，齊高厚賦詩不類，致使諸大夫同討之。
〔註65〕何敬群：〈詩在周代運用之分析（中）〉，《民主評論》，十三卷7期，頁150。
〔註66〕日竹添光鴻：《毛詩會箋》，〈毛詩會箋序說〉，頁12。
〔註67〕徐英：《詩經學纂要》，徵引第十一，頁96。

二、引　詩

先秦用詩之方式，除「賦詩」外，另有「引詩」為用。《論語·季氏》孔子嘗謂其子曰：「不學詩，無以言。」學詩方始能言，能言蓋謂言能「引詩」也。引詩初用於言語對話，後漸用於著述之中。引詩與賦詩之別者，黃振民先生曾略作比較，曰：

> 言語上之引詩其與賦詩之不同者，在賦詩多在正式場合中行之，而言語上之引詩則否；賦詩係以詩文替代辭令，為辭令之主體，而言語上之引詩則係以詩文作強調或註解己意之用，僅屬辭令之部分。〔註68〕

言語上之引詩，亦多為斷章取義。如《左傳》襄公七年曰：

> 冬十月晉韓獻子告老。公族穆子有廢疾，將立之。辭曰：「詩曰：『豈不夙夜，謂行多露。』無忌不才，讓其可乎！請立起也。」

此穆子引〈召南·行露〉「豈不夙夜，謂行多露」之句，以謙辭讓賢，與女子拒婚之本義相左矣，此斷章取義之謂也。竹添光鴻論曰：「引詩者與詩人之意可以違反乖剌也。」〔註69〕然亦有以原意引證者，如《國語·周語》曰：

> 穆王將征犬戎，祭公謀父諫曰：「不可，先王耀德不觀兵。夫兵戢而時動，動則威，觀則玩，玩者無震。是故周文公之頌曰：『載戢干戈，載櫜弓矢。我求懿德，肆于時夏，允王保。』之先王之於民也，懋正其德，而厚其性，阜其財求，而利其器用，明利害之鄉，以文修之，使務利而避害，懷德而畏威，故能保世以滋大。」

〈周頌·時邁〉詩句，原意乃謂武王不用兵而能保有周邦，祭公謀父引之以證「耀德不觀兵」之說，諫止穆王出征犬戎。

因此，言語上之引詩，乃以斷章取義為通例，間亦有引述原意以為證據者也。至於其功用，林耀潾先生嘗歸為三類：（1）引詩以論人；（2）引詩以論事；（3）引詩以證言。〔註70〕引詩論述廣及人、事，甚至論證義理之推求，其運用之廣當不下於賦詩也，且由於其徵引運用之方便性，遂從言語之引詩漸次演變為著述之引詩，群經諸子引詩者屢見不鮮，其取義之內涵與目的亦

〔註68〕黃氏所著〈詩經詩篇之作者及其產生時代考〉，《詩經研究》（台北：正中書局，民國71年2月），頁303。

〔註69〕日竹添光鴻：《毛詩會箋》，頁11。

〔註70〕林耀潾，〈先秦詩教義述〉，《孔孟學報》，第55期，頁63。

有所變焉。林氏論曰：

> 察乎春秋時人，言語引詩之斷章取義，不過資以為論辯之方便，以
> 圖服人之口，及至儒者著述以斷章取義之方式說詩，遂益以人倫教
> 化，乃以詩經為道德學說之注腳。觀乎斷章取義演進之跡，詩教之
> 旨以得而知矣。〔註71〕

證諸孔、孟、荀之引詩論詩，及下推兩漢儒者之說詩注詩，林氏之言誠不誤
也。蓋引詩或直述原義，或引而申之，或廣而譬喻，不論斷章與否，惟「取」
義憑己自由，不拘初本原義，若孟子之引詩論說仁義、荀子之引詩推衍禮法
者，出入詩中憑己取義以論己說，其非祖源「斷章取義」之法者，若何？此
賦詩引詩之勢也！至兩漢以德化說詩為教，亦勢之所趨而不得不然也。

貳、孔孟荀之詩教

一、孔子詩教

《史記・孔子世家》云：「孔子以詩書禮樂教，弟子蓋三千焉。」四教以
詩為先，《論語・泰伯》亦曰：「子曰：『興於詩，立於禮，成於樂。』」足見
詩教首於他經之教。詩教之重要，孔子嘗明言之，《論語・季氏》云：「不學
詩，無以言。」《論語・陽貨》亦載：「女為周南召南矣夫？人而不為周南召
南，其猶正牆面而立也與！」其重詩教若此，故於《論語》屢有論詩之語，
約而言之，可得其兩大端：一為論學詩之義；一為言詩義之教。

（一）論學詩之義

孔子論學詩之義以《論語・陽貨》之言最為賅備，其言曰：

> 小子何莫學乎詩？詩可以興、可以觀、可以群、可以怨，邇之事父，
> 遠之事君，多識於鳥獸草木之名。

首言四可以者，益於個人情志之修為；次及遠近之事者，著於人倫教化之培
養；終論多識者，兼及智識之積累也。由此觀之，詩之為用大矣哉！

高仲華先生從「興於詩」（《論語・泰伯》）言「詩可以興」之義，曰：

> 孔子稱說子貢可以言詩，是由於「告諸往而知來者」。孔子稱說子夏
> 可以言詩，是由於「起予」，所謂「告諸往而知來者」和「起予」，
> 就是能「興於詩」，能從詩得到啟發。……詩是可以啟發人的情志的，

〔註71〕林耀潾，〈周代言語引詩之詩教意義〉，《東方雜誌》復刊第十九卷第3期，頁38。

詩是「可以興」的。〔註72〕

徐壽凱先生則謂：

> 詩可以興，前人對此有過不同的解釋，其中以朱熹的最爲可取，他
> 說興是「感發志意」。這感發一語體現了興字的精髓，比用啓發二字
> 解釋興字妥貼，因爲啓發意味著訴諸理智，感發則意味著訴諸感情；
> 而訴諸感情正是文藝作用於接受者的美學特點之所在。〔註73〕

二說雖有「啓發」與「感發」之爭議，然皆以「情」爲歸，而高氏更涵蓋「志」
者，釋義較爲周延。王甦先生亦由「情志」言「興」義曰：

> 興者，起也。所以引譬連類，感發志意，鼓舞情操，陶養性靈者也。
>
> 〔註74〕

林耀潾先生則以爲「孔門學詩偏重讀詩之興」〔註75〕，其言頗爲肯切。張健
先生廣由（1）引起上進心，（2）引發生命的美感，（3）引發詩意，（4）引起
興味，（5）引發悲天憫人、民胞物與的胸懷等言興之義，多方名義，亦可備
說也。〔註76〕

次言「可以觀」，成惕軒先生云：

> 詩爲王官所采，如十五國風，各以勞人思婦之辭貢於天子，列於樂官，
> 於以考其俗尚之美惡，而知其政治之得失。故曰：可以觀。〔註77〕

林耀潾先生所釋較廣，其說分觀爲三，一曰：「觀風俗之盛衰」，二曰：「觀政
治之良窳」，三曰：「觀周代生活之概況」。〔註78〕張健先生更廣言：（1）觀時
政之得失，（2）觀察萬事萬物，（3）觀照人生自然。〔註79〕高仲華先生則言：

> 觀是觀察人的情志。觀察人的情志，可以從三項說：一是觀察作詩

〔註72〕高仲華，〈孔子的詩教〉，《高明文集》（台北：黎明文化事業公司，民國67年
3月一版），上冊，頁658。

〔註73〕徐壽凱：〈興、觀、群、怨〉，《中國古代藝文思想漫話》（台北：木鐸出版社，
民國77年9月一版），頁2。

〔註74〕王甦：《孔學抉微》（台北：黎明文化事業公司，民國67年5月一版），頁151。

〔註75〕林耀潾：〈孔子「興觀群怨」之詩教〉，《孔孟學報》，第50期，頁16至19。

〔註76〕張健，〈孔子的詩論：興、觀、群、怨〉，《國立中央圖書館館刊》，新十九卷
第2期，民國75年12月，頁35至37。

〔註77〕成惕軒：〈論語中的詩教〉，《詩經論文集》（台北：黎明文化事業公司，民國
71年10月二版），頁108。

〔註78〕林耀潾：〈孔子「興觀群怨」之詩教〉，《孔孟學報》，第50期，頁19至26。

〔註79〕張健，〈孔子的詩論：興、觀、群、怨〉，《國立中央圖書館館刊》，新十九卷
第2期，頁37至38。

者的情志。……二是觀察讀詩者的情志。……三是觀察用詩者的情志。〔註80〕

諸說言觀之義，不外從成詩背景，及讀詩經驗分言之，而以高氏所言較爲一統完備。

次言「可以群」，徐壽凱先生曰：

群，據孔安國注是「群居相切磋」的群。切磋什麼呢？劉寶楠《論語正義》說：「夫子言人群居，當以善道相切磋。」也就是說，切磋詩中的善道，即思想性和教育意義。由於所切磋者是善道，又是群居切磋，因此這群就兼具教育和團結的作用。〔註81〕

所言甚能闡明「群」之內涵，林耀潾先生則具言其指曰：

群居相切磋者，言兄弟朋友之誼，可以共學，可與適道，庶幾免獨學寡聞之弊，而得日就月將，緝熙光明之益，殆猶今之群育教育。〔註82〕

高仲華先生更扼要指出：

群是溝通人的情志。〔註83〕

語言文字是溝通情志之工具，詩之語言文字最爲巧妙，學詩有助於情志之溝通，是群之教也。

再言「可以怨」，孔安國《注》直指爲「怨刺上政」，高仲華先生曰：

怨是宣洩人的情志。……人生不如意事十常八九，各種情態蘊結於心中，常有欲吐不得之勢，這就是「怨」。詩能夠把蘊結於心中的各種情志宣洩出來，所以說「可以怨」。〔註84〕

察諸《詩經》，孔注之言泥於一端，未若高氏之以宣洩情志泛說賅全。蓋所怨者，有昊天家國之怨、有征伐行役之怨、亦有棄婦之怨者也。然所怨皆應如朱熹《注》之言「怨而不怒」，方得孔子「思無邪」詩教之旨。

至於「邇之事父，遠之事君」，乃言詩之爲用可促進人倫之關係，君父者五倫之部分，蓋舉其大者而言之爾。而「多識於鳥獸草木之名」者，言讀詩以增進名物之智識；反言之，多識名物始可探得詩人託物言志之深衷，以陶

〔註80〕高仲華：〈孔子的詩教〉，《高明文集》，頁659至661。

〔註81〕徐壽凱：〈興、觀、群、怨〉，《中國古代藝文思想漫話》，頁2。

〔註82〕林耀潾，〈先秦詩教義述〉，《孔孟學報》，第55期，頁66。

〔註83〕高仲華：〈孔子的詩教〉，《高明文集》，頁661。

〔註84〕高仲華：〈孔子的詩教〉，《高明文集》，頁662。

冶情志、促進人倫之關係，此智識之教亦不可偏廢也。

（二）言詩義之教

　　孔子論詩篇之義可爲其詩教之中心思想者有二，其一見於《論語・爲政》：「子曰：『詩三百，一言以蔽之，曰：思無邪。』」其二見於《論語・八佾》：「子曰：『關雎，樂而不淫，哀而不傷。』」康曉城先生謂：「此兩章則爲孔子論詩教之本旨，亦爲『溫柔敦厚』之淵源。」〔註85〕

　　首言「思無邪」，「思無邪」語出〈魯頌・駉〉第四章，孔子拈出以蔽言三百篇之精義，後儒闡發者眾。《論語》邢《疏》曰：「詩之爲體，論功頌德，止僻防邪，大抵皆歸於正，故此一句可以當之也。」朱熹《詩集傳》曰：「蓋詩之言美惡不同，或勸或懲，皆有以使人得其性情之正。」〔註86〕，黃永武先生則謂此三字「兼有選詩的標準、作詩的典範、學詩的功用等等，是綜合作品、作者、讀者三方面都適用的精闢的看法。」乃釋其義曰：

　　　　思無邪的積極意義是「發乎情，合乎禮義」，表現爲詩，就是正風正雅；思無邪的消極意義是「發乎情，止乎禮義」，表現爲詩，就是變風變雅。〔註87〕

林耀潾先生曰：

　　　　蓋思無邪者，詩教之體也，其義有二，一曰：重眞情流露，自然質樸之表達。曰：重歸於人類情性之正。〔註88〕

就上述諸說言之，邢《疏》以詩體之正釋義；朱《傳》以讀詩得正釋義；黃氏以詩之表現出之情而繩之以禮義爲釋，似較重於作意；至林氏以詩教統攝二義爲說，而以自然之情、情性之正爲其內涵，則似已兼賅作詩與讀詩之意，惜其釋義僅就作意說之。諸說除黃氏以「禮義」爲繩，餘皆以「正」爲準的，率不出德教之範疇，是故「思無邪」者，溫柔敦厚之源也。「思無邪」既爲詩教之禮、「溫柔敦厚」之源，本論文自將詳釋其義。

　　次說「樂而不淫，哀而不傷」，孔安國注曰：「樂不至淫，哀不至傷，言

〔註85〕康曉城：《先秦儒家詩教思想研究》，頁157。

〔註86〕宋朱熹撰，民江中韺注：《詩經集傳》（台北：蘭台書局，民國68年元月），〈魯頌・駉〉篇注，頁238。

〔註87〕黃永武：〈釋詩無邪〉，《中華文化復興月刊》，第十一卷第9期，民國67年9月15日，頁26、27。

〔註88〕林耀潾：〈孔子思無邪詩觀之探討〉，《東方雜誌》，復刊第十八卷第11期，民國74年5月，頁32。

其和也。」邢昺疏曰：「此章言正樂之和也。」〔註89〕，朱熹則曰：「淫者，樂之過而失其正者也；傷者，哀之過而害於和者也。」又曰：「其憂雖深而不害於和，其樂雖盛而不失其正，故夫子稱之如此。欲學者玩其辭，審其音，而有以識其性情之正也。」〔註90〕三說或言其辭，或言其樂，然皆以「和」、以「正」釋之。要之，不逾中正和平之義也。此中道思想正是「溫柔敦厚」詩教之精神，亦適足以釋「思無邪」之內涵。

二、孟子詩教

孟子屢次以詩為教，《史記・孟子荀卿列傳》云：「退而與萬章之徒，序詩、書，述仲尼之意，作孟子七篇。」趙岐〈孟子題辭〉云：「長，師孔子之孫子思，治儒術之道，通五經，尤長於詩、書。」〔註91〕，由此可知孟子上承孔子詩教之緒也。

《孟子》七篇涉及《詩經》者計三十九次，據糜文開先生考察引詩計三十五次、引篇名二次及用「詩」之名二次。〔註92〕就次數言，實已較《論語》為盛，足見孟子之於《詩經》鍾愛有加。其引詩多用以證仁義之說，而其論詩乃承孔子之詩論而更創讀詩之法。

（一）引詩為用

綜合歸納孟子引詩為用之目的，其要略說如下：

1. 引詩以證性善之說

性善說為孟子學說之基礎，為明其說之有據，乃引《詩經・大雅・烝民》篇申說，並引孔子之言以固其說，語見《孟子・告子上》：

> 詩曰：「天生烝民，有物有則。民之秉彝，好是懿德。」孔子曰：「為
> 此詩者，其知道乎！」故有物必有則，民之秉彝也，故好是懿德。

〈烝民〉之詩，《詩序》云：「尹吉甫美宣王也。任賢使能，周室中興焉。」《鄭箋》云：「天之生眾民，其性有物象，謂五行仁義禮智信也；其情有所法，謂喜怒哀樂好惡也。然而民所執持有常道，莫不好有美德之人。」言民性持常

〔註89〕二說見《論語注疏》（台北：藝文印書館，十三經注疏本），頁30。
〔註90〕宋朱熹：《四書集註》（台北：世界書局，民國78年11月三十版）論語卷，頁17。
〔註91〕《孟子注疏》（台北：藝文印書館，十三經注疏本），頁4。
〔註92〕糜文開、裴普賢：《詩經欣賞與研究》（台北：三民書局，民國76年11月改編版），第四冊，頁157。

道而好善德，孔子贊詩人「知道」，孟子引而爲說，以示其說之有源也。

2. 引詩以申道德之義

「仁義」爲孟子論說之核心，故藉詩以申之，《孟子·告子上》云：「詩云：『既醉以酒，既飽以德。』言飽乎仁義也。」以仁義附之詩義，欲使其說上繫於三百篇者，厚其說也。

又，孟子重教，欲明人倫之常道，而其特重孝道，常引詩以論說。《孟子·萬章》云：「孝子之至，莫大乎尊親，尊親之至，莫大乎以天下養。爲天子父，尊之至也；以天下養，養之至也。詩曰：『永言孝思，孝思維則。』此之謂也。」此引〈大雅·下武〉以明尊親之義。

3. 引詩以述先王之法

「法先王」乃孟子論仁政之大纛，而三百篇中頗多頌美文武等王之政者，孟子引之以成其說，藉以規戒在位也。如《孟子·離婁上》云：

> 徒善不足以爲政，徒法不能以自行。詩云：「不愆不忘，率由舊章。」
> 遵先王之法而過者，未之有也。

或有謂孟子引詩之目的爲勸時君行仁政、勸時臣盡臣道、勸人人擴善端等亦可參之。〔註93〕

（二）讀詩之法

孟子論詩可統歸爲言「讀詩之法」。其說略分二端：

1. 以意逆志

《孟子·萬章》云：「故說詩者，不以文害辭，不以辭害志，以意逆志，是爲得之。」趙岐注曰：「人情不遠，以己之意逆詩人之志，是爲得其實矣。」朱熹則注曰：「言說詩之法，不可以一字而害一句之義，不可以一句而害設辭之志，當以己意迎取作者之志，乃可得之。」趙朱二注明矣。孟子以此法釋〈小弁〉之怨及〈凱風〉之不怨，謂二詩皆得中，是孝也。近人朱自清因而推許曰：「像孟子的論詩，才是『溫柔敦厚而不愚』，才是『深於詩』。」〔註94〕。徐壽凱先

〔註93〕王冬珍先生論孟子引詩之目的有三：（1）勸時君修自身，孝父母，急民事，行堯舜之道，施仁愛之政，一切與民共享有之。（2）勸時臣盡臣之道，輔君使賢，不可助其爲惡，遺害百姓，致相與陷入滅亡。（3）勸人人擴大仁義禮智之善端，以達於仁義禮智，而仁義禮智之善端人固有之，非外求也。見王冬珍：〈孟子詩說〉，《詩經論文集》，頁202。
〔註94〕見朱自清：〈詩言志辨〉，《朱自清古典文學論文集》，頁310。

生更肯定孟子之貢獻曰：「把〈小弁〉的怨提到了「仁也」的高度，這就給了詩歌的批判功能以合法地位，並爲漢人在〈詩序〉中所提出來的美刺理論奠下了基礎。」〔註95〕徐氏之言已爲漢儒詩教思想中之美刺理論與褒貶觀念尋得源頭。

2. 知人論世

《孟子・萬章》云：

> 以友天下之善士爲未足，又尚論古之人，頌其詩、讀其書，不知其人，可乎？是以論其世也，是尚友也。

孟子謂頌詩讀書，不能不知其人，欲知其人，則應知其世也。此論世之法，甚具「史」觀。《孟子・離婁》云：「王者之跡息而詩亡，詩亡然後春秋作。」此說蓋本「論世」之法以言詩，一言詩之時代在春秋始作之前；一言詩之特性具國史褒貶之意。漢儒說詩受此影響甚大，若詩序之具指某謀美刺何人、鄭玄詩譜之繫世次，因之兩漢詩教之中，「論世」精神是一大特色。

三、荀子詩教

荀子承孔子之詩教以傳詩，陸璣《毛詩草木鳥獸蟲魚疏》云：

> 孔子刪詩，授卜商，商爲之序，以授魯人曾申，申授魏人李克，克授魯人孟仲子，孟仲子授根牟子，根牟子授趙人孫卿，卿授魯國毛亨，亨作詁訓傳以授趙國毛萇，時人謂亨爲大毛公，萇爲小毛公。

陸德明《經典釋文》敘錄引徐整所言「一云」者亦同，因之，三家除齊詩外，亦皆荀卿之傳也。〔註96〕

《荀子》一書，三十二篇中與《詩經》有關者，據裴普賢先生統計，引詩八十二次、論詩十四次，共九十六次。〔註97〕較之《孟子》之涉詩更多，可知荀子特重詩教也。

（一）引詩為用

荀子引詩之用，範圍頗爲廣泛，康曉城先生歸其類有五：（1）勸學，（2）

〔註95〕見徐壽凱：〈孟子論詩〉，《中國古代藝文思想漫話》，頁 8。

〔註96〕《漢書・楚元王交傳》：「少時嘗與魯穆生、白生、申公，同受詩於浮丘伯。伯者孫卿門人也。」《漢書・儒林傳》亦曰：「申公魯人也，尤與楚元王交俱事齊人浮丘伯受詩。」可知，魯詩乃荀卿所傳。汪容甫《荀卿通論》言《韓詩外傳》「引荀卿子以說詩者四十有四，由是言之，韓詩荀卿之別子也。」周虎林先生則謂：「今以韓詩外傳與荀子相較，用荀子之說者五十餘則。」周虎林：〈荀子學術淵源及其流衍〉，《師大國研所集刊》第八號，民國 53 年 6 月，頁 517。

〔註97〕裴普賢：〈荀子與詩經〉，《詩經欣賞與研究》，頁 174。

論慎身，（3）論禮儀之重要，（4）論君子之德，（5）論生無所息。〔註98〕裴普賢先生曾謂：「到了戰國末年的荀子，引詩之風更盛，他的引詩為證，已達有時只是引詩以裝點門面的地步。」〔註99〕。其用詩範圍雖廣，然就康氏之歸類可知其重在個人之修德，及禮儀之論述，要之，不脫教化之旨也。

（二）論詩之義

荀子論詩十四次中，歸其類得至要者有三：一為「詩言志」，次為「詩者中聲之所止」，三為「隆禮義，殺詩書」。茲略言之。

1. 詩言志

《荀子‧儒效》云：

> 聖人也者，道之管也，天下之道管是矣。百王之道一是矣。故詩書禮樂之歸是矣。詩言是其志也；書言是其事也；禮言是其行也；樂言是其和也；春秋言是其微也。故風之所以為不逐者，取是以節之也；小雅之所以為小雅者，取是而文之也；大雅之所以為大雅者，取是而光之也；頌之所以為至者，取是而通之也。天下之道畢是矣。

審其文意，「詩言是其志」之志蓋為「聖道之志」也。清人王先謙謂「志」之義曰：「是儒之志」〔註100〕，欲成此道者，以節、以文、以光、以通而修之，風雅頌者，天下之道存焉。由此一端可明前文所言荀子始稱六藝為經之由。聖道既存之於詩，漢儒乃上承師說以政教解其經義，故詩之經學特質得以確立與發揚，實應歸功於荀子此說。

2. 詩者中聲之所止

《荀子‧勸學》云：

> 學惡乎始？惡乎終？曰：其數則始乎誦經，終乎讀禮。其義則始乎為士，終乎為聖人。……故書者政事之紀也，詩者中聲之所止也。禮者法之大分，類之綱紀也。故學至乎禮而止矣。

此釋詩義為「中聲之所止」者，蓋本之孔子「關雎樂而不淫，哀而不傷」（《論語‧八佾》）之精神，詩樂並論以言其「中」，為「中庸」、「中和」之闡發也。〈樂論〉亦云：「先王惡其亂也，故制雅頌之聲以道之，使其聲足以樂而不流，使其文足以辨而不諰。」雖論樂，亦兼及詩，明其「中」義。荀子詩教主中

〔註98〕康曉城：《先秦儒家詩教思想研究》，頁261至269。
〔註99〕裴普賢：《詩經欣賞與研究》，頁211。
〔註100〕王先謙：《荀子集解》（台北：世界書局，民國76年3月十一版），頁84。

和者，欲使人成「溫柔敦厚」之德也。此漢儒詩教宗旨之所繫焉。

3. 隆禮義、殺詩書

荀子謂「詩書故而不切」，因稱只順詩書而不能隆禮者為「陋儒」，故〈勸學〉篇云：「始乎誦經，終乎讀禮。……故學至乎禮而止矣。」，楊倞注曰：「經，謂詩書。」，知其論詩書即以「禮」為依歸。康曉城先生以為荀子詩教之思想是「以性惡說為哲學基礎」、「以禮義為思想本質」〔註101〕，說誠不誤。此「隆禮義」之詩教思想，或為《毛傳》釋詩重禮而《鄭箋》「以禮注詩」之先河乎？

〔註101〕康曉城：《先秦儒家詩教思想研究》，頁239至246。

第二章　先秦「思無邪」與漢代「溫柔敦厚」義辨

第一節　「思無邪」說

　　據《禮記・經解》所云：「子曰：『入其國，其教可知也。其爲人也，溫柔敦厚，詩教也。』」溫柔敦厚既得自詩教，而詩教又本於三百篇，則三百篇之大義必先曉澈，始可探得溫柔敦厚之義旨。

　　三百篇之義，孔子嘗言之矣。《論語・爲政》云：「子曰：『詩三百，一言以蔽之，曰：思無邪。』」貫之三百篇而統言其義爲「思無邪」，則孔子非特深明各篇之義，且通識全書之旨也。近人熊十力云：

> 三百篇，蔽以思無邪一言，此是何等見地，而作是言。若就每首詩看去，焉得曰皆無邪耶？後儒以善者足勸、惡者可戒爲言，雖於義無失，但聖或不如斯拘促。須知聖人此語通論全經，即徹會文學之全面。文學元是表現人生，光明黑闇，雖復重重，然通會之，則其啓人哀黑暗向光明之幽思，自有不知所以然者，故曰思無邪也。〔註1〕

羅倬漢先生亦曰：

> 孔子以「思無邪」蔽詩之義，實爲統貫之道。三百篇固有一篇一篇之義，然各篇如漠不相干，叢集一編，則詩之爲詩即無以總其義。諸家研一篇之義雖是讀書之一法，而無如子總攬大義，更會其要。

―――――――――――――

〔註1〕熊十力：《讀經示要》，頁224。

由是古詩之多，其輯爲三百篇者，必有其故矣。古詩之各有其義，
而獨取而爲雅頌諸次第之編列者，必有編詩者之苦心矣。故持孔子
之義以讀詩，則三百篇爲一有總綱之書，此一總綱必有通於編詩者
之意可決矣。不然，則「思無邪」之義何由而得之哉？〔註2〕

熊氏多偏讀詩之教，而羅氏則重編詩之義。黃永武先生擴而言之，謂「思無邪」
兼有選詩、作詩、學詩等三方面內涵〔註3〕，學者各有所重，其義待下文探討。

壹、原　思

「思無邪」何謂也？考「思無邪」一語出自〈魯頌‧駉〉詩末章：「駉駉
牧馬，在坰之野。薄言駉者，有駰有騢，有驔有魚，以車祛祛，思無邪，思
馬斯徂。」「思無邪」之「思」，清人陳奐《詩毛氏傳疏》曰：「思，詞也。……
解者俱以思爲思慮之思，失之。」〔註4〕俞樾《曲園雜纂》亦云：「按駉篇八
思字並語辭。毛公無傳，鄭以思遵伯禽之法說之，失其旨矣。」二說皆以爲
「思」乃語辭，無義也。而「無邪」之義，只是描寫馬人放牧時專心致志之
意。然近人屈萬里釋「思無邪」則曰：「言專心養馬，不胡思亂想也。」〔註5〕
已以「思慮」言「思」之義。

詩之本義若此，惟「思無邪」何以蔽三百篇之義哉？朱熹雖嘗曰：

然其言微婉，且或各因一事而發，求其直指全體，則未有若此之明
且盡者，故夫子言詩三百篇而惟此一言足以盡其義，蓋其示人之意
亦深切矣。〔註6〕

然朱氏並未明言本義爲牧馬之「思無邪」，何以能明且盡以示三百篇之義，郭
紹虞先生稍能釋此原由，其言曰：

伯禽之「法」，實是孔丘中心嚮往的「周公之典」，也即西周法制的
「禮治」，按照「禮」的規定辦事，就是〈駉〉詩「思無邪」的主要
意思。孔丘襲用了〈駉〉詩中「思無邪」三字作爲評詩的最高標準，
即著眼於恢復「周公之典」，是與他「克己復禮」的政治思想路線緊

〔註2〕羅倬漢：《詩樂論》，頁106。
〔註3〕黃永武：〈釋詩無邪〉，《中華文化復興月刊》，第十一卷第9期，民國67年9
　　　月15日，頁26。
〔註4〕清陳奐：《詩毛氏傳疏》，第（二）冊，頁880。
〔註5〕屈萬里：《詩經釋義》，頁420。
〔註6〕宋朱熹：《四書集註》，論語卷之一，頁7。

密聯繫的。〔註7〕

郭氏此言，蓋本之《鄭箋》所言「思遵伯禽之法，專心無復邪意也」，惟所言亦非本義。清人姚際恆則較能直指其因，其言曰：

> 「思無邪」……語自聖人，心眼迥別，斷章取義，以該全詩，千古
> 遂不可磨滅。然與此詩之旨則無涉也。〔註8〕

姚氏誠能盱衡孔子所處之時代背景，切入春秋當代「賦詩、引詩」之風潮，舉出「斷章取義」以明其由，言至當矣！蔣凡先生亦云：

> 在《論語·爲政》中，孔子也是采取當時流行的「斷章取義」的辨
> 法，改變了「思無邪」的原意，借用來評價整部的詩經，並把它與
> 政治、倫理等方面聯繫起來。〔註9〕

既爲「斷章取義」，則「思無邪」之義自不必同於原詩之旨，林耀潾先生因謂：

> 蓋思無邪者，思慮無有偏邪，皆歸於正之謂。此以「思」作「思慮」
> 之思解，自較以語詞解「思」字，富饒意趣也。〔註10〕

林氏此言，雖爰於「斷章取義」之教，卻深得孔子詩教思想之精義，是謂得旨哉！

貳、內 涵

「思無邪」者，《論語》包《注》：「歸於正」。邢《疏》曰：「詩之爲體，論功頌德，止僻防邪，大抵皆歸於正。」王甦先生對詩之爲正有言曰：

> 詩之爲道，本乎性情。性情之大分，不外哀樂二者，必「樂而不淫，
> 哀而不傷」，始能得乎性情之正。〔註11〕

邢氏就辭而言，王氏就情而論，一表一裡皆得其正，二者皆就作意而言。高仲華先生亦曰：

> 思想純潔，感情眞摯，想像切至，就是孔子所說的「思無邪」。……

〔註 7〕 郭紹虞：〈興觀群怨說剖析〉，《照隅室古典文學論集》（台北：丹青圖書公司，民國 74 年 10 月），頁 657。

〔註 8〕 清姚際恆：《詩經通論》，頁 354。

〔註 9〕 蔣凡：〈「思無邪」與「鄭聲淫」考辯〉，《詩經學論叢》（台北：崧高書社，民國 74 年 6 月），頁 324。

〔註 10〕 林耀潾：〈孔子思無邪詩觀之探討〉，《東方雜誌》，復刊第十八卷第 11 期，民國 74 年 5 月 1 日，頁 32。

〔註 11〕 王甦：《孔學抉微》，頁 155。

司馬遷說：「國風好色而不淫，小雅怨誹而不亂。」（見《史記‧屈賈列傳》）何以「好色」而能「不淫」？何以「怨誹」而能「不亂」？那就是由於作者的「思無邪」，由於作者有一顆純潔、眞摯而切至的心。〔註12〕

高氏又兼及編詩之義，曰：

「思無邪」這句話，……孔子借用來說明編纂詩經的時候對於詩歌取捨的一個標準。〔註13〕

因此，無論是贊美之詩，抑或諷刺之詩，凡其作意符合「思無邪」之義者，皆予錄之。今人詹秀惠嘗就此闡曰：

孔子的思無邪說正是他體認詩純粹性的表現。詩本身是完整獨立的，是純眞精粹的，內蘊著道德批斷的。就創作論而言，一位有品格的詩人，憑著一往奔馳的神思，將所見所聞描述下來，不論內容是詠史、是宗教、朝政、民情或戀思，都是絕對純粹無邪的，不容加上一個「淫」字，就鑒賞論來說，一個有修養的讀者，手執這些純情詩歌閱讀，也絕對是「以無邪之思讀之」的，不會引發任何的「非非之想」！〔註14〕

高氏與詹氏或源於程頤之說，程子曰：「思無邪者，誠也。」〔註15〕而程氏此說則或上承《鄭箋》之釋〈駉篇〉「思無邪」義爲「專心無復邪意」，及《論語》包氏之《注》曰：「歸於正」等二說之啓示，並對照《大學》首章「意誠而后心正」以取義焉。「誠」之義，《爾雅‧釋詁》及《說文》皆云：「信也」，《廣韻》云：「審也，敬也，信也。」《增韻》曰：「純也。」高氏與詹氏蓋本此而推言作意。

錢賓四先生《論語新解》云：

無邪，直義。三百篇作者，無論其爲孝子、忠臣、怨男、愁女，其言皆出於至情流溢，直寫衷曲，毫無偽託虛假，此即所謂詩言志，乃三百篇之所同也，故孔子舉此一言以包蓋三百篇之大義也。〔註16〕

〔註12〕高仲華：〈孔子的詩教〉，《高明文集》，上冊，頁655。
〔註13〕高仲華：《高明文集》，頁655。
〔註14〕詹秀惠：〈孔子思無邪說體認詩的純粹性〉，《孔孟月刊》，第二十卷第10期，民國71年6月28日，頁11。
〔註15〕朱熹註《論語‧爲政》「思無邪」之義時所引。《四書集註》，頁7。
〔註16〕裴普賢：〈論語與詩經〉，《詩經欣賞與研究》，頁140引文。

凡此皆從創作初衷以釋思無邪之義，然而三百篇中除少數明言作意者外，餘皆杳難得知，或有謂可於詩中推得，然此已轉為讀詩之義矣。是故朱熹由讀詩之義以言「思無邪」也，其言曰：

> 凡詩之言善者，可以感發人之善心；惡者可以懲創人之逸志，其用歸於使人得其情性之正而已。〔註17〕

何定生先生亦就讀詩之法以言其義曰：

> 孔子是個賦詩時代的人，斷章賦詩的特色，也正是個「思無邪」的特色，所以孔子很自然便借用魯頌（他本國的詩）的成句來描述他用詩的感覺了。……卻不知斷章正也是孔子所欣賞的詩法，他的「思無邪」主義，也剛好是從僖公那種專心無復邪意的牧馬思想引伸而來，騆是說，總專一無雜念，想使馬能跑。春秋那種賦詩斷章的方法，不也正是個專一無雜念的妙用嗎？是故只要取斷章的態度，三百篇便無淫詩！這不只是孔子「思無邪」的精義，也是春秋以前表現在賦詩風氣上的言教特色。〔註18〕

朱說言讀詩之效果，何氏則指讀詩之態度，皆就「讀」以立說。朱子蓋因視《詩經》中淫詩多達三十篇，作意已邪無以為教，乃轉而要求讀者「懲創逸志」自警，以得無邪之教也。而何氏欲以「斷章」之法讀詩者，亦有避諱淫詩之嫌。然而前引詹氏之言謂詩本身已「內蘊著道德批斷的」，作者以誠、以信、以純然之思創作，則其詩終必「歸於正」，此「正」非如《皇疏》、《邢疏》之偏於政教之義〔註19〕，蔣勵材先生嘗謂：

> 詩的目的雖重在求美，但美的情感中，經過淨化，已含有哲學生活的「善」和知識生活的「真」，因其美的表現，可以擴張愉悅和同情理解的範圍，從而自覺、領會自然人生的奧秘。〔註20〕

讀詩者自能心領神會而收潛移默化之功。胡萬川先生亦有云：

> 所謂思無邪，已隱然賦詩以道德的理想，一轉而下，便開展出後來毛詩序的「經夫婦，成孝敬，厚人倫，美教化，移風俗」的詩

〔註17〕《四書集註》，頁7。
〔註18〕何定生：〈從言教到諫書看詩經的面貌〉，《孔孟學報》，第11期，頁13至14。
〔註19〕皇侃《論語疏》曰：「言為政之道，唯思於無邪，無邪則於正。」至邢《疏》則已見前文。
〔註20〕蔣勵材：〈國風淫詩公案述評（上）〉，《東方雜誌》，復刊第十卷第11期，民國66年5月1日，頁77。

教。〔註21〕

其言於思想之傳承流衍頗具史觀，兩漢詩教之特色誠有所承，惟謂「賦」詩以道德者，則未爲的也。蓋詩人爲詩，心已先正，意乃得誠，詩成之時，德已天成也。若言其刻意以「賦」，則將篇篇失之矯飾矣，而所謂「詩緣情」、「詩言志」者，將何以釋之！

要之，「思無邪」者，當如黃永武先生所言「兼有選詩的標準、作詩的典範、學詩的功用等等，是綜合作品、作者、讀者三方面都適用的精闢的看法。」

就作者而言，以純然之思、誠敬之心、眞實無妄之情，審明物理以表之文辭，是爲思無邪也。此義孔子之言可徵也，《論語・八佾》云：

> 子夏問曰：「『巧笑倩兮，美目盼兮，素以爲絢兮』，何謂也？」子曰：
> 「繪事後素。」曰：「禮後乎？」子曰：「起予者商也，始可與言詩
> 已矣。」

可知孔子雖重禮，而更重其本質，子夏由孔子釋詩之追本於「素」，體會出人之本質先於禮文之飾之道理，孔子乃謂「始可與言詩」，孔子此言有二義：(1)重詩之本義，即察知詩人創作原意也。手、膚、領、齒、首、眉等美乃碩人之「素」，倩、盼之「絢」雖益增其美，若無「素」之本質，何以「絢」之？故作意著於「素」義也。此詩人無邪之質也。(2)重讀詩之歸於正。

次就讀者而言，如前例子夏明其詩義之後，引而申之，乃謂「禮後」，蓋子夏知曉孔子重「仁」，「仁」乃人文精神之本質。讀詩能探知本義，明其作意之純然，是「思無邪」也；而讀詩能推明義理，歸之於正，亦「思無邪」也。

再次就成書而言，三百篇之成書如前章所言，亦有其教寓焉。獻詩之義，或陳志、或諷上、或觀風、或考正，皆意存仁厚，是爲無邪之教。刪詩之義，如朱子所言使人足以法善戒惡。「樂正」之義，得其所使不亂序，樂以得其純，詩以得其正。至編詩之義，內含「論世」之教，寓其大義於正變之中，是以欲使人得其教化焉。凡此統言之爲「思無邪」。清人魏源特重此說，其言曰：

> 夫子「無邪」之訓，則誠本先王采詩、編詩之意，以正作詩之意。
> 蓋采詩以賞罰一時，編詩以勸懲萬世。本此意以讀詩，則先王垂世
> 立教之心可見，論世、逆志之旨可得，美刺之說可明矣。〔註22〕

〔註21〕 胡萬川：〈諷諭詩〉，《中國詩歌研究》（台北：中央文物供應社，民國74年6月），頁279。

〔註22〕 清魏源：《詩古微》（長沙：嶽麓書社，1989年12月一版），卷之上，頁62。

「思無邪」詩教指涉甚廣，要之，其方法、態度爲「歸於正」，其精神則爲歸於「仁」，斯謂得孔子詩教之精髓矣。孟、荀說詩本於「思無邪」之教，而其爲言則稍重方法、態度焉。逮乎漢代，特傾於方法、態度，致「篇篇美刺」以言詩，教化色彩鮮明，而忽略其精神之指歸，終遭宋儒之反擊。〔註23〕郭紹虞先生曰：

> 孔丘的所謂詩要「無邪」，事實上也就是要求詩歌的思想內容必須符合用周禮的要求與規定。孔子刪詩，也就是根據「思無邪」的標尺，以「取可施於禮義」（《史記・孔子世家》）爲標準的。孔子的「無邪」與「禮義」是直接相關的。〔註24〕

所言便是漢儒詩教之觀點，非特忽略詩之純粹性，且未觸及「思無邪」之精神層次，孔子「思無邪」詩教之眞諦，至兩漢乃晦而不彰矣。其因蓋承先秦詩教之影響所致，方法上難脫「斷章取義」與「以意逆志」，態度上著重禮義而欲「歸於正」，究其故實勢之所成之也，由此發展出以美刺導其正之詩教，是爲兩漢「思無邪」之詩教觀，已非原始「思無邪」之詩教矣。

第二節　「溫柔敦厚」義指

壹、指　涉

「溫柔敦厚」一詞自《禮記・經解》提出之後，對歷代評詩之標準影響甚深〔註25〕，然其究何所指？學者所陳至爲紛紜，或謂指詩人創作之情感，或言詩歌之表現，或說詩歌教化之功效。徐復觀先生嘗確指曰：

> 照我的看法，溫柔敦厚，都是指詩人流注於詩中的感情來說的。詩人將其溫柔敦厚的感情，發而爲溫柔敦厚的語言及語言的韻律，這便形成詩的溫柔敦厚的性格。〔註26〕

〔註23〕就孔子「思無邪」本義言之，宋儒直探詩人本心以體認詩之純粹性之作爲，頗能上接孔子之心，惟已失孔子精神層次之指歸，且若王柏之徒欲削本經重整詩次者，全不知三百篇成書於「思無邪」之教也，則宋儒去孔子「思無邪」之教者亦遠哉！其視漢儒者，百步之譏耳。

〔註24〕郭紹虞：《照隅室古典文學論集》，頁658。

〔註25〕詳見本論文第七章結論三「溫柔敦厚」詩教之影響。

〔註26〕徐復觀：〈釋詩的溫柔敦厚〉，《中國文學論集》（台北：臺灣學生書局，民國79年3月五版），頁446。

徐氏係就詩歌創作之源頭言之，其正本清源之意圖甚為明晰，此說由內蘊而外發，言及詩之性格，頗能呼應孔子「思無邪」詩教之義，徐氏所言為詩以溫厚之情出之，適足以明示「溫柔敦厚」與「思無邪」密不可分之關係，惟就其指無以見出二者之別。其實，清人葉燮已提出由作者之作意始能見其溫柔敦厚之意旨者，其言曰：

> 或曰：「溫柔敦厚，詩教也，漢魏去古未遠，此意猶存，後此者不及也。」不知溫柔敦厚，其意也，所以為體也，措之于用則不同。辭者，其文也，所以為用也，返之于體則不異。漢魏之辭有漢魏之溫柔敦厚；唐宋元之辭有唐宋元之溫柔敦厚。……且溫柔敦厚之旨，亦在作者神而明之，如必執而泥之，則巷伯投畀之章，亦難合于斯言矣。〔註27〕

葉氏以體用之說指出溫柔敦厚見諸作者為詩之意，雖代有異辭，體則未變也。清人沈德潛亦由作詩之意探得溫柔敦厚之旨，謂曰：

> 巷伯惡惡，至欲「投畀豺虎，投畀有北」，何嘗留一餘地？然想其用意，正欲激發其羞惡之本心，使之同歸於善，則仍是溫厚和平之旨也。牆茨、相鼠諸詩，亦須本斯意讀。〔註28〕

沈說頗合于葉氏體用之說，蓋三百篇雖多溫厚之辭，然若小雅正月、巷伯者亦不鮮見，作者憂國刺讒之辭憤然出之，而葉沈二氏以體用分說，乃欲歸於溫柔敦厚之教也。

至於詩歌之表現以言「溫柔敦厚」義者，則夥矣。漢·鄭玄《六藝論》曾曰：「詩，絃歌諷諭之聲也。」〔註29〕，此寄諷諭於聲之說實唐《孔疏》溫厚說之所從出，唐·孔穎達嘗疏〈經解篇〉云：

> 詩，依違諷諫，不指切事情，故云溫柔敦厚是詩教也。〔註30〕

六朝·劉勰則言辭藻之譎喻，謂曰：

> 詩主言志，詁訓同書，摛風裁興，藻辭譎喻，溫柔在誦，故最附深衷矣。〔註31〕

〔註27〕清葉燮：《原詩》，收入《清詩話》（台北：藝文印書館，民國66年5月再版），下冊，頁698、699。
〔註28〕清沈德潛：《說詩晬語》，《清詩話》，頁645、646。
〔註29〕漢鄭玄：〈六藝論〉，《淵鑑類函》（台北：新興書局，民國75年9月版），卷一九三，頁3378引文。
〔註30〕唐孔穎達：《禮記正義》（台北：藝文印書館，十三經注疏本），頁845。
〔註31〕梁劉勰著，王更生注譯：《文心雕龍讀本》（台北：文史哲出版社，民國73年3月初版），上篇，頁34。

清人焦循亦曾云：「夫溫柔敦厚也，不直言之而比興言之，不言理而言情，不務勝人而務感人。」〔註32〕又云：「嘗觀序之言刺，如氓、靜女刺時……求之詩文不見刺意，惟其爲刺詩而詩中不見有刺意，此三百篇所以溫柔敦厚，可以興、可以觀、可以群、可以怨也。」〔註33〕焦氏就詩創作之手法言之，並由《詩序》得其佐證。清人皮錫瑞乃引而案曰：「詩，婉曲不直言，故能感人，焦氏所言甚得其旨。」〔註34〕。皮氏此言已將溫柔敦厚之創作手法視爲詩歌表現之基本特質。周浩治先生對溫柔敦厚之形式表現，陳述廣泛而周延，其言曰：

> 由此可見「溫柔敦厚」，指的是「不指切事情」、「婉曲不直言」，重在比興，重在蘊蓄，重在反覆唱歎，重在婉陳，重在主文譎諫，勿過甚，勿過露。〔註35〕

此言可謂總結前人所指，就詩本身而言，爲求其言志而不致罪己，遂出言婉約，婉出之法則已如上述諸家之所陳，周氏之言「重」者五、「勿」者二，洵爲概括之論。

惟亦有逆此說者，如清人黃宗羲〔註36〕、吳雷發〔註37〕、申涵光〔註38〕等，林耀潾先生乃併言曰：

> 詩教溫柔敦厚以婉曲不直言、不指切事情的譎諫爲常態；而以直斥其事、不留餘地爲變態。但此一變態之所以發生，必有關於（1）政治上的大利大害；（2）禮儀上的大是大非。〔註39〕

〔註32〕　清焦循：《毛詩補疏・序》，收入《皇清經解毛詩類彙編》（台北：藝文印書館，民國75年6月初版），頁849。

〔註33〕　《皇清經解毛詩類彙編》，頁872，焦循釋蒹葭詩《序》義之按語。

〔註34〕　清皮錫瑞：《經學通論》（台北：臺灣商務印書館，民國69年6月台三版），二詩經，頁59，見〈論詩教溫柔敦厚在婉曲不直言楚辭及唐詩宋詞猶得其旨〉條。

〔註35〕　周浩治：〈以意逆志、詩之綱也〉，《孔孟學報》，第45期，民國72年4月20日，頁192。

〔註36〕　清黃宗羲嘗云：「吾觀夫子所刪，非無考槃丘中之什厝乎其間，而諷之令人低徊而不忍去者，必於變風變雅歸焉。蓋其疾惡思古，指事陳情，不異薰風之南來，履冰之中骨，怒則擊電流虹，哀則淒楚蘊結，激揚以抵和平，謂之溫柔敦厚也。」參見黃氏著《南雷文定》四集，卷一，〈萬貞一詩序〉。

〔註37〕　清吳雷發云：「刺諷之中，須隱而彰，始爲得體耳。至於深可憎惡者，原自不妨痛快，即三百篇中何嘗無痛罵不留餘地處，以後又不必論矣。」見吳氏著《說詩菅蒯》收入《清詩話》，下冊，頁1155。

〔註38〕　清申涵光云：「溫柔敦厚詩教也，……然則憤而不失其正，固無妨於溫柔敦厚也歟！」見申氏著《聰山文集》卷二，叢書集成初編。

〔註39〕　林耀潾：〈詩教「溫柔敦厚而不愚」述義〉，《中華文化復興月刊》，第十八卷，

邱世友先生更由所謂「歷史的考察」歸結出二種內涵與二種原則，其言曰：

> 經過歷史的考察，不難看到，「溫柔敦厚」這一詩歌理論命題，具有
> 兩種不同的內涵，即詩歌的道德內容和審美內容；具有兩種不同的
> 原則，即詩歌的倫理原則和藝術原則。〔註40〕

凡此皆就詩之創作為言，論者夥眾。其言也，前人數語而後出轉博，至林氏與邱氏之論則體備矣。

然而，其與《禮記‧經解》「入其國，其教可知也。」之『教』及「其為人也，溫柔敦厚而不愚」之『為人』者，所指或有異焉！邢光祖先生即謂：「溫柔敦厚是詩教的結果，並不是詩教的內容。」甚而曰：「對於『溫柔敦厚』的注疏，例如孔穎達《正義》裡面的解釋，指『溫』是『顏色溫潤』，『柔』是『性情柔和』……諸如此類的箋解，是沒有多大意義的。其他對於個別字義的闡釋，其於孔子的整個詩學，也沒有多大用處。」〔註41〕胡樸安亦嘗言：「《禮記》云：『溫柔敦厚，詩教也。』又云：『其為人也，溫柔敦厚而不愚，則深於詩者也。』則是個人之修養，則當本詩之禮教，而成一溫柔敦厚之人。」〔註42〕。二氏之言，其重在「教」明矣。蔣伯潛先生嘗釋《禮記‧經解》之義曰：

> 這一段話，論的是「六經之教」。所謂「溫柔敦厚、疏通知遠、廣博
> 易良、絜靜精微、恭儉莊敬、屬辭比事」是六經之教的效果，是六
> 經之教及於受教的人們之良好影響；下文所說「愚、誣、奢、賊、
> 煩、亂」六者，是因六經之教之失，影響於受教的人們而發生的流
> 弊；所以下文又說到有良好的效果而無其流弊的，必是深於某經者。
> 其意義本來非常明白。可是一般粗心的讀者，往往誤認「溫柔敦
> 厚……」六者是指六經本身的性質而言。那末「愚、誣、奢、賊、
> 煩、亂」六者，難道也是六經本身的缺點嗎？以六經教人，有得有
> 失，有利有弊，必深於六經者，方能有得無失，有利無弊，這真是
> 持平之論。〔註43〕

　　第 2 期，頁 42。

〔註40〕邱世友：〈「溫柔敦厚」辨〉，《學術研究》，1983 年第 5 期，1983 年 9 月 20 日，頁 108 至 115。

〔註41〕邢光祖：〈興、觀、群、怨——孔子的詩學〉，《邢光祖文藝論集》（台北：大漢出版社，民國 66 年 8 月），頁 54。

〔註42〕胡樸安：〈詩經之禮教學〉，《詩經學》（台北：臺灣商務印書館，民國 67 年 12 月臺三版），頁 140。

〔註43〕蔣伯潛：《經與經學》（台北：世界書局，民國 72 年 12 月四版），頁 3、4。

蔣氏之釋義頗有「正名」之功，蔡英俊先生乃從〈經解〉篇之意旨指出溫柔敦厚之涵義〔註44〕，其言曰：

> 〈經解〉篇所強調的是六經的教育功效，也就是六經對於受教者所具有的感化力與人格的模塑作用。……以現代的語彙來了解「溫柔敦厚」一詞的涵義，它指的是「詩經」（以及所有的文學作品）所能達成的教育理想，……「溫柔敦厚」特別著重文學作品對於讀者所具的感染力與效應。〔註45〕

蔡氏以爲自孔穎達受〈詩大序〉「主文而譎諫」主張之影響，乃將「溫柔敦厚」釋爲詩人寫作之原則，以致唐宋以後之詩學對「溫柔敦厚」之說解遂由讀者之教化立場移轉至詩人創作之原則。〔註46〕劉健芬先生便謂：

> 「溫柔敦厚」的詩教目的之一，就是要通過言志的詩樂來規範人們的行爲，培養人溫文爾雅、深沈持重的性格。達到「樂而不淫，哀而不傷」性情柔和的目的，這是儒家對理想人格的要求。〔註47〕

劉氏之言誠不誤也。蓋「溫柔敦厚」乃詩教之目的、結果，而非手段、亦非方法，論者不明於此，乃就作詩之意、創作原則等強解「溫柔敦厚」之義而發其宏論，此亦不知「思無邪」與「溫柔敦厚」二者之別也。孔子以「思無邪」蔽言三百篇者，即已概括作詩之意、作詩之法、編詩之義及讀詩之義，前文論之已詳，而「思無邪」之義透過讀詩之法經融會、體悟、踐履終成「溫柔敦厚」之人格，二者藉讀詩以貫串，故「思無邪」與「溫柔敦厚」交集之灰色區域即爲「讀詩之義」，易言之，「讀詩之義」可屬「思無邪」之範疇，亦可屬「溫柔敦厚」之範疇，餘皆分屬二者，不宜混淆。因之，凡言作者情意、詩歌表現皆當歸之「思無邪」之教，不宜以「溫柔敦厚」之義言之，否

〔註44〕蔡英俊云：「『經解篇』的意旨，原在闡明儒家經典（六經）的政教意義以及禮法在政治社會所扮演的角色與功能。」參見蔡氏著《比興物色與情景交融》（台北：大安出版社，民國75年5月初版），頁105，附錄：「溫柔敦厚」釋義。

〔註45〕蔡英俊：《比興物色與情景交融》，頁106。

〔註46〕蔡英俊：《比興物色與情景交融》，頁107。

〔註47〕劉健芬論溫柔敦厚之義兼具教化功效與創作原則二者，其言曰：「溫柔敦厚的詩教，不僅教人如何作人，而且也教人如何作詩。」指涉雖能兼顧，卻亦如蔡英俊所言：「歷代的學者批評家在這一點上多有誤讀的現象。」劉氏之論雖因「誤讀」而稱作詩之法，然於儒家中庸與中和之教化內涵言之頗詳，參見劉氏〈「溫柔敦厚」與民族的審美特徵〉，《古代文學理論研究》第十三輯（上海：上海古籍出版社，1988年9月第一版），頁110。

則非特二者之義無以別之，即詩經之內涵亦將混沌不清矣。〔註48〕

貳、淵　源

「溫柔敦厚」之教其源爲何？《禮記》雖未明言，然於他籍或可覓得其跡也。其一爲《尙書・舜典》：「帝曰：夔，命汝典樂，教胄子，直而溫，寬而栗，剛而無虐，簡而無傲。」宋蔡沈註之曰：

> 教胄子者，欲其如此，而其所以教之之具則又專在於樂，如周禮大
> 司樂掌成均之法以教國子弟，而孔子亦曰：「興於詩，成於樂。」蓋
> 所以蕩滌邪穢，斟酌飽滿，動盪血脈，流通精神，養其中和之德而
> 救其氣質之偏者也。〔註49〕

蔡氏以「中和之德」申〈舜典〉之四德，近人蔡元培嘗舉〈舜典〉此言謂：「言涵養心性之法不外乎中也。」〔註50〕，古者詩樂合一，知詩教亦以養「中和之德」也，劉健芬先生亦言：「早在《尙書・堯典》裡就記載了舜命夔典樂以教弟子，使他們具有『直而溫，寬而栗，剛而無虐，簡而無傲』的性格，就已顯露了中庸之道的哲學端倪。」又云：「『溫柔敦厚』的詩教以儒家的中庸之道爲其哲學基礎，并成爲我國傳統文學的指導原則和審美評價的標準。」〔註51〕由《尙書・舜典》而知詩教在修四德，即養中和之德也，此「中」道至漢之《禮記》乃名之曰「溫柔敦厚」。

其二爲《論語・八佾》：「子曰：『〈關雎〉，樂而不淫，哀而不傷。』」孔安國注曰：「樂不至淫，哀不至傷，言其和也。」，孔穎達疏曰：「此章言正樂之和也。」〔註52〕，孔《注》雖謂其義爲「和」，然未明指何而言，至孔《疏》則明指爲「正樂」，而宋朱熹則注之曰：

〔註48〕就詩經學之內涵言之，《論語》「思無邪」詩教係就詩而言；《禮記》「溫柔敦厚」詩教之義係指人而論。前者言詩經內容，後者言教化理想；前者爲後者之基礎，後者爲前者之結果。若孔穎達、葉燮、焦循、林耀潾及周浩治諸氏之言，皆誤體「思無邪」爲「溫柔敦厚」也。施教內容與施教理想不分，詩教基礎與詩教結果不別，則經學之義難明矣。

〔註49〕宋蔡沈註：《書經集註》，卷一，〈虞書〉，頁15。

〔註50〕蔡元培：《中國倫理學史》（台北：臺灣商務印書館，民國76年6月臺十版），頁10。

〔註51〕《古代文學理論研究》13輯，頁108。

〔註52〕孔注、孔疏均見《論語注疏》（台北：藝文印書館，十三經注疏本），卷三，頁30。

　　　淫者，樂之過而失其正者也。傷者，哀之過而害於和者也。關雎之
　　　詩，言后妃之德宜配君子，求之未得則不能無寤寐反側之憂，求而
　　　得之則宜其有琴瑟鐘鼓之樂。蓋其憂雖深而不害於和，其樂雖盛而
　　　不失其正。故夫子稱之如此，欲學者玩其辭、審其音，而有以識其
　　　性情之正也。〔註53〕

朱氏就詩言之，並謂孔子欲學者「識其性情之正」，足見朱氏所重在於讀詩之
義。然指涉或有不一，而其內涵爲「和」則一，朱氏特重「正」義，亦不失
其爲「中」之義，蓋「和」、「正」皆有「中」義也。郭紹虞先生乃言曰：「溫
柔敦厚說之所由產生，可能本於孔子『〈關雎〉樂而不淫，哀而不傷』之說加
以推闡而形成的。」〔註54〕蔣勵材先生亦曰：「所謂『樂而不淫，哀而不傷。』
實有近於溫柔敦厚之旨。」〔註55〕。「和」者、「正」者、「中」者，實「溫柔
敦厚」之所由生故也。

　　此外，或有謂《大學》引〈淇澳〉詩亦可探溫柔敦厚之義者，邢光祖先
生即主此說〔註56〕，邢氏以爲《大學》引〈淇澳〉詩「來說明詩對於一個
民族的道學自修進德至於至善的教化功用，也許蘊含溫柔敦厚的義諦」，乃
至謂此爲「也許是後代詩教之說的張本」，邢說於溫柔敦厚之淵源可備一說
也。〔註57〕

參、內　涵

　　回歸經文，探其本義，知「溫柔敦厚」者，乃儒家揭櫫之詩教理想，爲
詩歌教化所欲達成之目標。〈經解〉之言「孔子曰」者，或爲漢儒託言，然其
言必有上承師法之教者，故「溫柔敦厚」之義當爲先秦儒家之所傳，以之視
爲儒家詩教之人格理想，當不誤也。

〔註53〕宋朱熹：《四書集註》，《論語》，卷二，頁17。
〔註54〕郭紹虞：〈興觀群怨說剖析〉，《照隅室古典文學論集》，頁658。
〔註55〕蔣勵材：〈孔子的詩教與詩經〉，《孔孟學報》，第27期，頁73。
〔註56〕邢光祖：《邢光祖文藝論集》，頁54。
〔註57〕《大學》引〈淇奧〉詩，分釋其詩句謂「道學也」、「自修也」、「恂慄也」、「威
　　　儀也」、「道盛德至善，民之不能忘也」，未明示溫柔敦厚義，且未若《尚書》、
　　　《論語》二源之有「和」、「正」之義可得說，故言其爲儒家引詩爲教以德爲
　　　尚之例則可，而直言其爲溫柔敦厚之源則似未全也。然溫柔敦厚乃詩教之人
　　　格理想，《大學》此章引詩施教，傾於德業之教，其欲陶冶人格以達溫柔敦厚
　　　者明矣，邢光祖氏以此欲探溫柔敦厚之義者，實乃本論文之所師者也。

　　就其淵源觀之，詩教在於修「直而溫」、「寬而栗」、「剛而無虐」、「簡而無傲」四德，「直」、「寬」、「剛」、「簡」者，必有失也，加「而」後之語者，乃「所以慮其偏而輔翼之也」、「所以防其過而戒禁之也」〔註58〕，宋蔡沈曰：「正言而反應者，所以明其德之不偏」〔註59〕，故其修德之法即爲「中」，以中道之法潛修四德，是爲詩教之目標。而此目標之達成非藉「讀詩之義」無以爲之，孔子之言〈關雎〉義者，或就樂言，或就詩言，皆有「和」義、「正」義、「中」義，讀其詩以識其義，則詩中「性情之正」乃得以陶融讀者之性情，卒成其四德也。四德既成則「溫柔敦厚」之教備矣。

　　雖則如此，「溫柔敦厚」亦有其失也，〈經解〉所云：「故詩之失，愚。」，又云：「其爲人也溫柔敦厚而不愚，則深於詩者也。」知其失在「愚」，〈經解〉之二「愚」字皆指「爲人」而言，鄭玄於六經之失後曰：「失謂不能節其教者也。詩，敦厚近愚。」鄭氏先言教，繼言「詩，敦厚近愚」，蓋謂於詩之教若不能節者，則讀詩者其德敦厚而近於愚也，鄭氏之意甚明，然至唐·孔穎達不明於此，以爲指詩而言，乃謂：「詩主敦厚，若不節之，則失在於愚。」〔註60〕蓋孔氏誤「敦厚」指詩之表現故也。詩教之理想目標在於溫柔敦厚，惟其猶恐近愚，故應節其教，孔氏謂「以義節之」，義雖不偏，卻嫌於拘執。爲人既「溫柔敦厚」又「不愚」者，始能謂「深於詩」也。

　　「溫柔敦厚」之義，前如劉健芬所言，其重在「性格」之培養，近人屈萬里嘗云《詩經》於先秦時代之功用亦有近似之論，言曰：「詩人溫柔敦厚的美德，和立身處世的哲理，用那些沁人心脾的絕妙好辭表達出來，人們無形中便受到感動和啓發，而陶冶成忠厚和平的個性。」〔註61〕屈氏言「個性」之陶冶，實與劉氏無異，而二者與《尚書》之修「德」亦無大別也。宋蔡沈言《尚書》之四德歸爲「中和之德」，而孔注、孔疏及宋之朱熹同以「和」義釋孔子〈關雎〉說之義，至今人劉氏乃稱「溫柔敦厚」之基礎在「中庸之道」，屈氏則謂陶冶「忠厚和平的個性」，因之，由其淵源以探之，「溫柔敦厚」之精義，即在於一「和」字。

　　「和」之義，《中庸》嘗曰：「喜怒哀樂之未發，謂之中；發而皆中節，謂

〔註58〕此二語爲蔡沈語，《書經集註》，頁15。

〔註59〕《書經集註》，〈皋陶謨〉，頁26。

〔註60〕鄭氏與孔氏之言均見《禮記·經解》，孔穎達疏：《禮記正義》。

〔註61〕屈萬里：〈先秦說詩的風尚和漢儒以詩教說詩的迂曲〉，林慶彰編：《詩經研究論集（一）》，頁389。

之和。」由此可知，中爲和之體，而和則爲中之用，故「和」自有「中」之義也。《中庸》又曰：「中也者，天下之大本也；和也者，天下之達道也。」鄭玄注：「中爲大本者，以其含喜怒哀樂，禮之所由生、政教自此出也。」因之，和之體本具喜怒哀樂，其發出但求中節者，得其諧也。諧則禮樂行而政教通，故孔穎達疏曰：「情慾雖發而能和合道理，可通達流行，故曰：天下之達道也。」〔註62〕和既爲天下之達道，其於儒家中道思想之實踐，必居要津也，王甦先生論孔子之中道論時曾云：「中道思想之精義，要而言之，不外和平公正四者。」進而指出：「中道思想之價值，首在其精神之和諧。使在靜時保持未發之中，動時保持發而中節之和。於其精神活動時，務求適時適度，無過不及。」〔註63〕中道思想爲儒家之主要思想，朱守亮先生即嘗以一「中」字檢視孔子之思想〔註64〕，亦曾進而檢視中華文化〔註65〕，「中」之貫串儒家思想暢達無礙，是儒家思想之特質也。「和」爲「中」之用，其於儒家思想之重要可知也。「溫柔敦厚」詩教之精義既在於「和」，則「溫柔敦厚」亦可視爲儒家思想之一大特色。

顧視「溫柔敦厚」之淵源，《尙書》之四德既「慮其偏而輔翼」又「防其過而戒禁」，而《論語》之關雎義「樂而不淫、哀而不傷」，二者正合於朱熹之註《孟子・離婁下》所云：「無過不及之謂中。」。至其用也，或「溫」、或「栗」、或「無虐」、或「無傲」、或「不淫」、或「不傷」，皆中節矣，故言其「和」。以中道思想觀之，可謂確當！

細審「溫柔敦厚」一詞，「溫柔」與「敦厚」猶可別之也，邢光祖先生嘗別之曰：

> 「溫柔」是表，「敦厚」是裡；「溫柔」是形，「敦厚」是質；「溫柔」
> 屬於人生，「敦厚」本於人心。沈歸愚（見《說詩晬語》卷下）及
> 袁隨園（見《尺牘》《與友人論文》第二書）論詩教時，均引「仁
> 義之人，其言藹如」之句，略見藹如出於仁義，亦即溫柔本諸敦厚。
> 〔註66〕

〔註62〕 鄭注及孔疏均見《禮記・中庸》，孔穎達：《禮記正義》，頁 879、880。

〔註63〕 王甦：《孔學抉微》，〈中道論〉，頁 6。

〔註64〕 朱守亮：〈用一「中」字去認識孔子〉，《孔孟月刊》，第六卷第 3 期，民國 56年 11 月 28 日。

〔註65〕 朱守亮：〈用一「中」字去認識中華文化〉，《孔孟學報》，第 35 期，民國 67年 4 月。亦收入《儒家思想與中華文化研究論集》（台北：黎明文化事業公司，民國 72 年 5 月初版），頁 303 至頁 331。

〔註66〕 邢光祖：《邢光祖文藝論集》，頁 57。

以《中庸》所言「中和」之義對照，邢氏謂「溫柔」之表、形、人生即爲和，「敦厚」之裡、質、人心即爲中也。若以體用之說分之，則「溫柔」爲用，而「敦厚」爲體也。以中道思想「執兩用中」之實踐法則言之，「溫柔」實具有「用中」、「時中」之義，「敦厚」則具「處中」之義也，蓋執用之法，爲儒家落實理想之法門，其操執無過不及之至善之「中」以處之者，「敦厚」也；作之、行之、用之者，「溫柔」也。故邢氏所謂「溫柔本諸敦厚」者，誠爲的見。

就字義言之，「溫」者，有柔和、善、良、厚等義〔註67〕；「柔」者，有和、軟、安、順、弱等義〔註68〕，故「溫柔」之於執用者，乃出之柔和、善良、厚道以安之、順之、和之、軟弱之也，然其必順時而安之，隨勢而和之，故謂之「用中」、「時中」。〔註69〕「柔」之義尤含「用中」義者，《說文》：「柔，木曲直也。」段《注》：「凡木曲者可直、直者可曲，曰柔。」若視時權勢以直之、以曲之，則其「時中」之義至明矣。「敦」者，有厚、信、貴、大、盛等義〔註70〕；「厚」者，有重、多、大、深、貴、愼等義。〔註71〕「敦厚」之於執用者，乃執其厚實、盛大、誠信以居之，以重愼、豐大、崇貴、深長而處焉。

觀乎「溫柔敦厚」之具中和之義而體用分明，富「執兩用中」之義而處用得宜，其於儒家之中道思想，非特深具理想性，且寓實踐性，詩教之目標

〔註67〕溫之柔和義，如〈小雅·賓之初筵〉：「溫溫其恭」，《箋》云：「溫溫，柔和也。」。善義，《廣雅·釋詁》：「溫，善也。」。良義，《廣韻》：「溫，良也。」。厚義，如《漢書·成帝紀》：「溫故知新。」《注》云：「師古曰：『溫，厚也。謂厚積於故事也。』」

〔註68〕柔之和義，如《管子·四時》：「柔風甘雨乃至。」《注》：「柔，和也。」安義，《爾雅·釋詁》：「柔，安也。」。順義，《公羊傳》昭公二十五年：「夫牛馬維婁，委己者也，而柔焉。」《注》：「柔，順也。」弱義，《廣雅·釋詁》：「柔，弱也。」

〔註69〕溫柔之「中道」者，非徒以己溫之、柔之，亦具有使之溫、使之柔之義也。

〔註70〕敦之厚義，《禮記·典禮上》：「敦善行而不怠。」《注》：「敦，厚也。」。信義，《素問·上古天眞論》：「長而敦敏」，《注》：「敦，信也。」。貴義，《禮記·樂記》：「樂者敦和。」《注》：「敦和，樂貴同也。」。大義，《漢書·地理志下》：「敦煌郡。」《注》：「應劭曰：敦，大也。」。盛義，《淮南子·天文訓》：「敦牂。」《注》：「敦，盛；牂，壯也。」。

〔註71〕厚之重義，如《戰國策·秦策》：「其於敝邑之王甚厚。」《注》：「厚，重也。」。大義，〈秦策〉：「道德不厚。」《注》：「厚，大也。」。深義，《呂氏春秋·辨士》：「必厚其鞠。」《注》：「厚，深。」。貴義，《荀子·富國》：「或厚或薄。」《注》：「厚薄，貴賤也。」。重愼義，《禮記·曲禮上》：「以厚其別也。」《注》：「厚，重愼也。」。多義，《呂氏春秋·審應》：「不義愈益厚矣。」《注》：「厚，多也。」。

於此體現，則其中庸性格陶冶於焉完成，此儒家以詩爲教，甚而以經爲教之「通經致用」典範也。

儒家詩教之目標，首由《尚書》提出之四德，經《論語》所舉「思無邪」，至《禮記》明示之「溫柔敦厚」，其義涵或和、或中、或正，皆不離「中道」。其演進內容可列簡表如下：

時代	出　　處	人物	目標	內　　容	備　　註
虞	尚書舜典	舜	（四德）	直而溫、寬而栗剛而無虐、簡而無傲	四德之名藉皋陶九德之言以名之
周	論語爲政八佾	孔子	思無邪	樂而不淫、哀而不傷（關雎之義）	思無邪義爲正，關雎義爲和，皆有中義。
漢	禮記經解	（孔子）	溫柔敦厚		經解未舉內容，可由毛詩之序傳箋探得。

漢代「溫柔敦厚」之詩教目標較「四德」、「思無邪」晚出而賅備，其內含已概括先秦所提之目標，對儒家中道思想之擴充與實踐更趨圓融，惟〈經解〉篇僅揭示目標，未列舉內容，因之，漢儒規畫之詩教成果，其理想人格之內涵究竟若何？實有待發掘探討。

兩漢治詩四家僅存毛詩一家獨秀，所傳《詩經》除各篇之序及詁訓傳外，鄭玄並爲之箋注，「溫柔敦厚」之詩教理想既爲漢儒承先而舉，當代師承有自之經學家若毛鄭之徒者，於解經注經之時，其思想必有與此理想若合符節者，且夫鄭氏之作箋乃於注《禮記》之後，其於「溫柔敦厚」之義當有所感，本論文即欲由毛詩之《序》、《傳》、《箋》歸納研析其倫理思想與教化思想，藉以明瞭兩漢經學家所勾勒之溫柔敦厚之人格特質，及知曉漢儒對鞏固詩三百於「經」之地位所作之努力。

第三章 《詩序》之詩教

第一節 《詩序》之形成

　　《詩序》者，古或稱「義」〔註1〕，或稱「篇義」〔註2〕，乃詩成之後，說詩者為解說詩旨而作，然詩人作詩之意邈杳，且詩辭簡要而無作者及題意之明示，說法遂有不同〔註3〕，而各承師法以為壁壘，致後世學者對《詩序》之看法爭訟不休，或遵、或反、或折衷而取，所論堂皇，令人眩惑。

　　《詩序》為子夏所作，此為漢儒相傳之舊說，漢・鄭玄嘗曰：「此序子夏所為，親受聖人。」〔註4〕，因「子夏親受於孔子而筆之於篇，而孔子則得於國史之傳，故能不失作詩之本意也。」〔註5〕，自此漢唐治詩學者皆遵序為說。唐韓愈開風氣之先疑《詩序》非子夏所作〔註6〕，宋代學者勇於疑古，歐陽修

〔註1〕 由詩序文本知古稱「序」為「義」，小雅之南陔、白華、華黍序云：「有其義而亡其辭。」此句孔穎達疏謂係毛氏所著。鄭玄箋此序曰：「其義則與眾篇之義合編，故存。」知東漢時亦有稱「義」者。

〔註2〕 稱「篇義」者，見唐風采苓孔疏引鄭志曰：「答張逸云：『篇義云好聽讒，當似是而非者，故易之。』」

〔註3〕 一詩而說解不同者，如〈關雎〉詩，毛序謂為稱頌后妃之德；魯詩則謂刺康王晏起；韓詩以為刺時；三說美刺不一，所言對象亦不同。

〔註4〕 孔穎達《詩經正義》小雅棠棣詩疏所引鄭志答張逸之言，《詩經正義》（台北：藝文印書館，十三經注疏本），頁320下。

〔註5〕 潘重規：〈詩經研究略論〉，《孔孟月刊》，第十九卷，第11期，12頁，案語。

〔註6〕 趙制陽先生嘗引韓愈〈詩之序議〉所云：「子夏不序詩有三焉：知不及，一也；暴揚中冓之私，春秋所不道，二也；諸侯猶世，不敢以言，三也。……察乎詩序，其漢之學者欲自顯立其傳，因藉之子夏，故其序大國詳，小國略，斯

繼韓愈之疑而導源於前，其後鄭樵、朱熹之徒疑之愈甚，若朱氏者乃至廢序
焉。及降有清之世，《詩經》之學燦然可觀也，有擁毛鄭者、有捨鄭用毛者、
有調和毛鄭者，亦有專治三家者，及以意逆志而不囿漢宋者〔註7〕，於《詩序》
用廢之議論述頗多，大底贊毛或鄭者，多用序為說；以意逆志直探詩旨者，
多廢序以說。民國以來，治詩之途大開，於序之取捨多不專主於一，若顧頡
剛之大力批序而旗幟鮮明者〔註8〕，實不多見矣。

　　宋儒廢序之因蓋起於序非子夏所作而出於後漢衛宏之手故也，所據者范
曄《後漢書・衛宏傳》，范書立文不審，潘石禪先生辨之甚明。〔註9〕惟《詩
序》無論為何人所作，皆不宜廢之，徐復觀先生曾由詩教觀點論《詩序》之
價值曰：

> 作序者的用心，乃在藉《詩序》以明詩教。……每一《詩序》，都有
> 教誡的用心在裡面，此之謂藉序以明詩教。就文意的解釋上說，較
> 朱熹多繞了一個圈子，但正因為如此，視線的角度放寬了，反映的
> 歷史、社會背景也比較擴大了。……若了解上述各詩成立的時代，
> 及陳詩編詩的目的，則《詩序》的思古以諷今，正符合詩教的傳
> 統。……《詩序》的作者，曾經作了一番努力，想把各篇之詩，組
> 合貫通，使成為一有系統的詩教。……這種方式的努力，當然要繞
> 些圈子，甚至有的近於傅會；但作者所以這樣做，乃出於以政治教
> 育為目的的詩教，因教學上有此要求，使受教者容易接受。〔註10〕

徐氏因而論其價值曰：「《詩序》出現時代的先後，可作判定文獻價值的標準，
不一定可作判定詩教價值的標準。」徐氏之言可謂切要矣。李威熊先生有言
曰：「《詩序》之作，出於漢人，當無異議，但漢人去古未遠，吾人雖不必盡

可見矣。」因論曰：「他倡言反序，自有開風氣的意義；惟其理論，則不夠堅
實。」見趙氏著〈詩序評介〉，《詩經名著評介》（台北：臺灣學生書局，民國
72年10月初版），頁24。

〔註7〕清代之詩經學，朱守亮先生嘗簡厄分其派別，參見朱氏《詩經評釋》，緒論，
頁25至30。

〔註8〕顧頡剛以為《詩序》出於後漢衛宏之附會，故謂序不可信。其專論《詩序》
之文參見〈論詩序附會史事的方法書〉及〈毛詩序的背景與旨趣〉二篇，均
收入《古史辨》中，顧頡剛：《古史辨》（台北：明倫出版社，民國59年）。

〔註9〕潘石禪：〈詩序明辨〉，《學術季刊》，第四卷第4期，頁3。

〔註10〕徐復觀：《中國經學史的基礎》（台北：臺灣學生書局，民國71年5月初版），
頁154至157。

信，然《詩序》仍有其可取之處也。」〔註11〕，以李氏之言徵諸徐氏之價值論，《詩序》之可取者在於「明詩教」也。戴君仁先生即言應著眼於「求善」，為《詩序》重估其價值〔註12〕，本論文即著眼於此，欲探其詩教之思想，以明儒家在《詩序》中實踐「溫柔敦厚」理想之程度。

壹、內容分界

　　《詩序》內容文例不盡一致，故陸德明《經典釋文・毛詩音義》於「關雎，后妃之德也。」之下有云曰：「舊說云：『起此至用之邦國焉，名關雎序，謂之小序；自風風也訖末，名為大序。』」是為分大小序之始。宋程大昌《詩論》於〈論小序綴語出於衛宏〉一文則別之曰：「凡詩發序兩語，如『關雎，后妃之德也』，世人之謂小序者，古序也；兩語以外，續而申之，世謂大序者，宏語也。」程氏以發端兩語為界，前者稱古序，蓋因《鄭箋》之前〈小雅・南陔〉等六詩已亡而有兩語之序；復因囿於范氏《後漢書・衛宏傳》之言，乃謂兩語之後為宏語。程氏之稱「古序」者，頗為可取焉；至言「宏語」者，或未為諦也。

　　此外，「古序」亦有稱前序者，如宋之二程；有稱首序者，如明之郝敬；皆不若「古序」之名為善。「古序」之後申續之語，有稱「下序」者，如鄭樵；有稱「后序」者，如范家相；有稱「續序」者，如龔澄〔註13〕；有稱「綴序」者，如黃忠慎先生。〔註14〕諸說以龔氏「續序」、黃氏「綴序」為善，蓋「首句以下續申之辭，頗多由毛傳之句再隱括詩義而成」，乃毛氏之後「經師推闡毛傳詩義，旁採他書史事以附入」〔註15〕，以其續綴「古序」而未明作者然也。

　　《詩序》之內容若以「古序」、「續（綴）序」二分之，猶有未妥也，觀

〔註11〕李威熊：《馬融之經學》，（台北：國立政治大學中文研究所博士論文，民國64年），頁437。

〔註12〕戴氏之論，參見〈毛詩小序的重估價〉一文，收入《梅園論學續集》（台北：藝文印書館，民國63年11月初版），頁174至186。亦收入《詩經研究論集》，頁465至476。

〔註13〕諸氏詩序分界之稱參見文幸福先生：《詩經周南召南發微》（台北：學海出版社，民國75年8月初版），第二章第一節所引，頁44至45。

〔註14〕黃忠慎：《南宋三家詩經學》（台北：臺灣商務印書館，民國77年8月初版），頁139。

〔註15〕引文參見姚榮松：〈詩序管窺〉，《詩經研究論集》，頁456及457。

乎〈關雎〉之序，文長不類他篇，以其記〈關雎〉之義外，又總論詩之大綱，致有別於〈葛覃〉以下之序也。黃忠慎先生乃別之云：

> 愚意以爲，〈關雎〉序最長，內涵亦最豐富，若以之爲大序，另依程氏古序、宏序之說，以〈葛覃〉以下諸篇發端之語爲小序或古序，申述之語爲綴序或續序，則區分亦甚方便也。〔註16〕

黃氏言大序之分界甚明，然似稍嫌粗疏，不若朱熹之妥確，朱氏《詩序辨說》曾細分曰：

> 小序「關雎，后妃之德也」至「教以化之」，又自「然則關雎麟趾之化」至「是關雎之義也」。大序起「詩者志之所之也」至「詩之至也」。

朱氏以〈關雎〉及各詩之序爲小序，餘論詩之旨者爲大序，所分或嫌瑣碎，然其咀嚼文章，辨析文理，甚得其眞實，然其小序猶未據詩經學史之發展別之也，文幸福先生析其語意、章法，斷其舊文失次，乃曰：

> 竊以爲今存之關雎序，其間容或有倒置，以其銜接處，語意不類，章法不順，且多重複。如恢復其舊觀，分立爲大序、古序、續序三者，則豁然暢通矣。〔註17〕

文氏遵朱氏「大序」之分，以爲〈關雎〉序之首段，次置發序兩語，從程大昌謂爲古序，餘文續接於後，從龔澄謂之續序。其從先儒之說而重新編次，雖未必能「復其舊觀」，而文從字順，條理通暢，序義豁朗，解讀之功不可沒也。

《詩序》內容三分若此，然唐人陸德明嘗曰：「今謂此序止是關雎之序，總論詩之綱領，無大小之異。」〔註18〕，至清代崔述亦云：「序不但非孔子子夏所作，而亦原無大小之分，皆人自以意推度之耳。」〔註19〕，潘石禪先生亦據陸德明、孔穎達之說以爲序無分大小也〔註20〕，乃言「大抵六朝人分大小序，出於辨析章句之意多；而宋人則出於排斥舊序之見盛。」〔註21〕，高仲華且云：「大

〔註16〕文幸福：《詩經周南召南發微》，頁44至45。
〔註17〕文幸福：《詩經周南召南發微》，頁49。
〔註18〕唐陸德明：《經典釋文》（台北：漢京文化事業公司，民國69年2月15日初版），抱經堂本，毛詩音義，頁54上。
〔註19〕清崔述：《讀風偶識》（台北：學海出版社，民國68年）。
〔註20〕潘石禪曰：「孔穎達辨之尤爲明審，其毛詩關雎正義曰：『諸序皆一篇之義，但詩理深廣，此爲篇端，故以詩之綱，併舉於此。』陸孔之論，最達古人屬文之體，故不以六朝分析大小爲然。及宋人勇於疑古，以意分析，立論各不相同。」《學術季刊》第四卷第4期，頁2。
〔註21〕《學術季刊》第四卷第4期，頁2。

序是通論全詩之義，小序是分論各詩之義，舊說將詩序分爲大小，用意在此，自亦不可厚非。但是第一篇的序，兼論全詩的綱領，陸德明和孔穎達所見也是事實。惟有朱熹以割裂首尾爲小序，程大昌以首兩句外，續而申之的是大序，都是不合道理的，是不足取的。」〔註22〕諸說皆從陸氏之言。

　　然而，《詩序》首二語與申續之言重複者有之，如〈鄭風・風雨〉，首二語云：「風雨，思君子也。」後又曰：「亂世則思君子不改其度焉。」；又如〈鄘風・干旄〉，首二語云：「干旄，美好善也。」後又曰：「衛文公臣子多好善，賢者樂告以善道也。」。乖違者有之，如〈唐風・椒聊〉，首二語云：「椒聊，刺晉昭公也。」後曰：「君子見沃之盛彊，能脩其政，知其蕃衍盛大，子孫將有晉國焉。」前刺後美，指涉或有不同，然所言詩旨已不一矣。〔註23〕故宋人蘇轍《詩集傳》云：「其言時有反複煩重，類非一人之辭。」朱子《《詩序》辨說》亦嘗舉〈周南・漢廣〉之序首語失詩旨而後語又得之，乃謂：「先儒嘗謂序非出於一人之手，此其一驗也。」文幸福先生遂以四證得其結論曰：「可見《詩序》絕非一人之作，序既非一人之作，故應爲之分立。然大小之分於意未安，且多紛爭，乃知大序、古序、續序之爲三分也。」〔註24〕。所言至碻，本論文從之。

　　《詩序》究爲何人所作，當判別分明，始能清其糾葛，一別爲三，各序之得失方能言之也。至其作者當各以明之，則知其先後，亦有助於瞭解《詩序》與《傳》、《箋》之關係。

貳、作　者

　　《詩序》之作者，見載於史傳者，僅《後漢書・衛宏傳》之衛宏一人，原極明矣，然因鄭玄曾明示作序之人爲子夏，以致後儒難別其眞象而眾說紛紜。今之學者對《詩序》作者之考述頗眾，其結論有謂衛宏所作者〔註25〕，

〔註22〕高仲華：〈詩六義說與詩序問題〉，《孔孟月刊》，第二十三卷，第 5 期，民國 74 年 1 月，頁 16。

〔註23〕首句與續文不一之例，參見張成秋先生：《詩序闡微》（台北：中國文化大學中國文學研究所博士論文，民國 64 年 9 月），頁 232 至 233。

〔註24〕文幸福所言四證，一爲首二語與申續之辭風格不一；二爲由六詩之亡見兩者之作時代不同；三爲申續之辭若詩意顯則簡略；四爲兩者所言詩意時相乖違。文幸福：《詩經周南召南發微》，頁 51 至 52。

〔註25〕如張成秋即主此說，《詩序闡微》，第三章詩序之時代與作者，頁 21 至 45。林礽乾亦主此說，參見林氏〈詩序作者考〉，收入《詩經論文集》，頁 417 至 422。

有謂子夏所爲者〔註26〕，有謂序義出於國史而其詞集於歷史經師者〔註27〕，有謂大序毛公所撰而小序乃其後經師所爲者〔註28〕，或謂大序孔子所述而小序主句出自太師、國史之手〔註29〕，亦有調停鄭、范二說乃謂自子夏口耳相傳而於衛宏始著於篇者〔註30〕，凡此諸說亦僅舉其大要耳，足見直至於今猶難有定論也。

　　然以三序與《毛傳》及《鄭箋》之相互關聯或可推知其先後而明其作者於一二焉。

　　首先推其關聯次第，就表象觀之，《毛傳》因不注序，似與序無所關聯，而鄭玄注序必與序爲近，實則三者環扣甚緊，必得深入其中方能解其先後也。〈小雅・南陔〉、〈白華〉、〈華黍〉序末云：「有其義而亡其辭」，《鄭箋》乃曰：「孔子論詩，雅頌各得其所，時俱在耳，篇第當在此。遭戰國及秦世而亡之，其義則與眾篇之義合編，故存。至毛公爲詁訓傳，乃分眾篇之義各置於其篇端云。」則鄭玄以爲序於古本乃合編爲一，《漢書・藝文志》有云：「毛詩二十九卷，此蓋以序別爲一卷，次於二十八卷之後者也。」知毛公之前已有序矣。既有序矣，毛公何不爲之注耶？意爲古序辭雖簡而意已賅備，乃直注經文故也。孔穎達《正義》云：「毛傳不訓序者，以分置篇首，義理易明，性好簡略，故不爲傳。」所言正是。其依序爲傳，致傳意與古序相應不背也。〔註31〕至續序輒取《毛傳》訓詁或櫽括毛意以爲說，且所引書傳之文所出諸書如《樂記》、《國語》、〈金縢〉等等皆出於前漢，是故《四庫全書總目提要》稱「小序首句在毛公之前，續申之語出於毛公後。」爲不易之言也。鄭玄信序爲子夏之作，不知續序之出於毛公之後，乃多泥用以箋毛傳，致所箋時有與古序及毛傳相牴牾之情形。若大序者，亦多引周秦先漢間之典籍以言，如「六義」之出於《周官》，「嗟嘆」等語出自《禮記》等。其作後於古序，而先於續序，文幸福先生乃曰：「其或毛公分

　　　高仲華同主此說，〈詩六義說與詩序問題〉，頁16至18。

〔註26〕如潘石禪即主此說，參見〈詩序明辨〉。

〔註27〕徐復觀即主此說，《中國經學史的基礎》，頁151至160。

〔註28〕如姚榮松主此說，〈詩序管窺〉，《詩經研究論集》，頁447至457。

〔註29〕如朱子赤即主此說，參見《詩經關鍵問題異議的求徵》（台北：文史哲出版社，民國73年10月初版），捌「詩序異議的求徵」，頁297至324。

〔註30〕如徐英即主此說，參見徐氏《詩經學纂要》，詩序第四，頁20至34。

〔註31〕古序與毛傳不背之例，可參文幸福：《詩經毛傳鄭箋辨異》（台北：文史哲出版社，民國78年十月初版），第三編第二章「毛傳與古序相應考」，頁227至292。

序於各篇之首時，有意增入者乎！」〔註32〕。要之，三序及傳、箋之關聯次第爲古序最早，大序爲次，《毛傳》或與大序同時、或稍後，再次爲續序，最末爲《鄭箋》。

其次，當言三序之作者。古序者，謂國史、子夏所作似皆未安，潘石禪先生曾謂「子夏親受於孔子而筆之於篇，而孔子則得於國史之傳，故能不失作詩之本意也。」，指陳至明，特其授受於史無徵，然師生授受，其欲申師說以明經意者，必有所述焉，而文幸福先生所云：「意謂毛公之前經師據舊聞所爲，其中必有孔子子夏之言，可以斷言也。」〔註33〕，其言當不遠矣。大序之出必不晚於毛公之時，作者亦難得知，或疑毛公所爲，當待徵實。至於續序者，以其辭多重複，或相乖逆，必非一人之作，謂毛公後之經師雜采諸說、附會史傳以釋詩經之義，當無大謬！文氏又曰：「《後漢書》又明載衛宏作序，雖不敢盡信，意其中亦必有宏語也。」〔註34〕，此乃調停之言，宏早於鄭玄百年而治毛詩，續序雜柔宏語，當有此可能，然文氏之謂必有宏語者，過言也。三序之作者如此，茲藉文幸福先生之言以爲結語：

> 古序毛公前經師承師說所爲。大序或爲毛公所增入，而續序則漢初
> 經師所續，其中或有衛宏所綴，其或然歟！〔註35〕

第二節　《詩序》之倫理思想

「倫理」一詞，其義爲「人與人的關係」，〔註36〕析言之，「倫」乃「人群相處之關係」，「理」指「條理秩序而言」，故吳鼎先生曰：「倫理一詞便是人群相處關係的法則。」，〔註37〕此法則堯舜之時即已重視，《尚書‧堯典》云：「克明俊德，以親九族。」舜更置官守以司倫理之教，正民之不親，〈舜

〔註32〕文幸福：《詩經周南召南發微》，頁63。

〔註33〕文幸福：《詩經周南召南發微》，頁63。

〔註34〕文幸福：《詩經周南召南發微》，頁64。

〔註35〕文氏此言其後有所修正，謂續序「大抵毛公之後，經師代有申述也」，又云：「今傳毛詩續序，非宏所作甚明。至謂衛宏於其中有無潤飾，則不可知也。」其言確也。文幸福：《詩經毛傳鄭箋辨異》，頁214。

〔註36〕高仲華：〈孔子倫理學說的基本精神〉，《孔子思想研究論集（二）》（台北：黎明文化事業公司，民國72年1月初版），頁89。

〔註37〕吳鼎：〈中國倫理之演變及其精神〉，《中國教育史研究》（高雄：漢苑出版社，民國74年1月再版），頁42。

典〉曰：「契！百姓不親，五品不遜，汝作司徒，敬敷五教，在寬。」五教者，若孟子所謂「父子有親，君臣有義，夫婦有別，長幼有序，朋友有信。」也。〔註38〕足見倫理思想淵源甚早，且爲先王施政治國之要務。

迨乎孔子，以「仁」爲本，建構儒家倫理之體系〔註39〕，自是倫理思想乃爲儒家思想之中心。儒家之重倫理者，於《中庸》可見也，其言曰：「天下之達道五，所以行之者三。曰君臣也，父子也，夫婦也，昆弟也，朋友之交也。五者天下之達道也；智仁勇三者，天下之達德也；所以行之者，一也。」此爲儒家倫理思想之綱領，亦爲其實踐之法則也。至孟子倡「性善」、言「四端」，以爲倫理之基；荀子重禮義、崇禮樂，以爲倫理之法，儒家倫理思想於焉備矣。

詩教之於倫理，孔子已言之，《論語・陽貨》云：「詩可以興、可以觀、可以群、可以怨，邇之事父，遠之事君，多識於鳥獸草木之名。」此「事父」、「事君」者，人倫之義也，舉「事父」以代家庭之倫，言「事君」以領社會諸倫，蓋詩教之於倫理，乃以詩化俗，敦厚人倫也。毛公受學於荀卿，其於先秦儒家之倫理思想必有所承，《詩序》乃秦漢以前經師所傳，則其中倫理思想之闡發當有「溫柔敦厚」之教者，由是言之，儒家中道思想之用於倫理思想者，或可於此索之耶！毛鄭繼其後以說詩，其倫理思想之內涵或不離中道之義！

壹、大序之倫理思想

大序由「詩者，志之所之也」至「是謂四始，詩之至也」文長三百四十七字，其倫理思想僅及「二達道」，一爲家庭之倫——夫婦之倫，一爲國君臣民之倫——國民、君臣、國家、上下之倫。

序云：「先王以是經夫婦，成孝敬，厚人倫，美教化，移風俗。」以「經夫婦」之倫爲「厚人倫」之代表，其意蓋謂夫婦之倫既「經」矣，則天下五達道乃「厚」也，故夫婦之倫爲人倫之首，《周易・序卦傳》嘗曰：「有夫婦然後有父子，有父子然後有君臣，有君臣然後有上下，有上下然後有禮義，有所錯。」《中庸》且有云曰：「君子之道，造端乎夫婦。」序之獨言夫婦者，

〔註38〕見《孟子・滕文公上》，《四書集註》。

〔註39〕高仲華云：「要做一個人，要使一切人與人的關係達到美滿，只有一個『仁』字。……可說孔子倫理學說的基本精神，就是這個『仁』字。」《孔子思想研究論集（二）》，頁90。

蓋有所本也。

夫婦之倫雖重若此，然大序所言當以君臣之義爲夥，其言有三焉：

一爲「亡國之音，哀以思，其民困」──言國民之關係。

二爲「上以風化下，下以風刺上，主文而譎諫，言之者無罪，聞之者足以戒」──言上下之關係。

三爲「國史明乎得失之跡，傷人倫之廢，哀刑政之苛，吟詠情性，以風其上」──言君臣之關係。

此三者除國史之風上爲狹義之君臣之義外，餘爲廣義之君臣之倫也，其觸及之範疇兼及具體與抽象，論述不可謂不廣。

大序具體指陳君臣之道者爲「國史之風上」與「國亡則民困」。前者之「上」當指「君」，蓋人倫之廢及刑政之苛皆因治國不當所起，故國史之官乃爲詩以風其君，雖朱子嘗辨國史不掌詩〔註40〕，然姑不論史實若何，就大序作者之倫理觀言之，爲臣者見君之失則可婉諷君上也。後者「國亡民困」之說，即可見其「國」與「民」之倫理意識，細審其意可得其二：一爲國與民關係密切；一爲國重於民、先於民。

大序抽象指陳君臣之道者爲「上以風化下，下以風刺上」。此上下之謂蓋泛稱也，「上」可指國家、人君、官守，「下」可指臣子、百姓，二者相互以處，上對下以「化」，下對上以「刺」，「化」乃風行草偃，其所含溫柔之義較易體察；「刺」則露骨，故應「主文而譎諫」，使上者知戒，而下者無罪也，若此，雖刺而猶有敦厚之義。

綜觀其君臣之倫，其義建構於國重於民、先於民之基礎上，有若國史之勇者，知君之失而風其上，以維國命於不墜，君臣上下化刺皆本之敦厚而出以溫柔，國家方始得治也。

大序於人倫之外，猶擴及人神之倫，曰：「以其成功告於神明者也。」「成功」或指「國治」之意，治國成功乃上告神明，其崇神之義不言而喻也，況「告」爲單向陳述，故神明益尊。

總而言之，大序之倫理思想乃以夫婦爲人倫之首，然其鋪陳卻以君臣之倫爲重，所言君臣之道蓋本之溫柔敦厚也。黃忠愼先生辨《詩序》不可輕言廢止曰：「大抵言之，由《詩序》，吾人可以管窺秦漢以前儒生以《詩經》配

〔註40〕朱子曰：「周禮、禮記中，史并不掌詩，左傳說自分曉。」見宋黎靖德編《朱子語類》卷八十。

合政教所作之努力。」〔註41〕，豈無的之言耶！大序突破先秦儒家五達道之說，延伸人倫之範疇，已觸及人神之關係矣。

貳、古序之倫理思想

古序爲毛公之前經師承師說所爲，此發端二語若經之言，實爲周秦先儒說詩授學所傳，由其中檢視漢初以前治詩經師之倫理思想，或可得其梗概也。

古序明言人際間之關係者計五十五首，其中二〈雅〉爲最，得四十首；〈國風〉爲次，僅十首；三〈頌〉最少，爲五首。從倫理之類別分之，言君臣者四十五首爲最；言父子者三首爲次；言長幼者二首；言朋友者二首；言天人者二首；言夫婦者一首爲末。以此觀之，古序特重君臣之倫也。〔註42〕

一、君臣之倫

古序於五達道中，言君臣之倫者最夥，且多在二雅之中。〔註43〕其中所述君對臣之道者，較臣對君之道爲少。其稱謂以稱君爲「王」者較多，其他或稱「君」、或稱「天子」、或稱「公」者爲少。以「王」稱者有幽王、厲王、成王、宣王、文王及平王六人，序中幽王、厲王、平王皆爲被「刺」之對象，成王皆被「戒」，宣王以被美爲多、被刺較少。稱臣爲「公」、「侯」、「伯」、「叔」、「大夫」等官職之名者爲多，其他或稱其名、或稱「下國」、或直稱爲「臣」。臣之稱謂較君爲雜。茲分君道及臣道以明其倫。

（一）君　道

君對臣之道，古序所言不多，其待臣之道，有「遣」、「燕」、「錫」、「官」等，「遣、錫、官」乃爲君在上之權，階級意識甚嚴；「燕」則和樂，君臣交融。古序之特重君臣權責之分者明矣，其言「燕」者，蓋亦顯君之能耳。

古序言君對臣之道者皆在雅頌，其言曰：

> 君遣使臣也。（〈小雅・皇皇者華〉）
>
> 天子燕諸侯也。（〈小雅・湛露〉）
>
> 天子錫有功諸侯也。（〈小雅・彤弓〉）

〔註41〕黃忠慎：《南宋三家詩經學》，頁140。

〔註42〕這正好顯示古序釋詩著重政治面的特性。

〔註43〕古序言君臣之倫中，小雅二十首，大雅十六首，國風六首，周頌二首，魯頌一首。共計四十五首。

文王能官人也。(〈大雅・棫樸〉)

頌僖公君臣之有道也。(〈魯頌・有駜〉)

「遣使臣」、「燕諸侯」、「錫諸侯」、「官人」皆顯示為君者治國有度，條理清明，此或即「有道」之謂耶？文王之能官人者，或與古序言〈南有嘉魚〉之篇義「樂與賢也」同義，既官賢者而遣用之，燕會之，有功則禮錫之，故君之「有道」乃可頌也。此誠古序所言之君道也。

(二) 臣 道

古序之中臣對君之道多以「刺」、「戒」、「美」言之。

刺君之人，稱「大夫」者十二，稱「凡伯」者三，稱「芮伯」者一，稱「召穆公」者一，稱「衛武公」者一，稱「家父」者一，以上皆以個人刺君，而以群體刺君者，有稱「下國」者二，稱「諸公」、「王族」、「周人」、「衛人」、「齊人」者各一。以刺言者共二十六首，被刺之君以「幽王」十六首為最，「厲王」四首為次，「襄公」二首、「宣王」、「幽后」、「平王」、「上」各一首。除幽王以「大壞」之因被刺外〔註44〕，餘皆未述明被刺之因由。

戒君之人，稱「召康公」者三，稱「群臣」者一，計四首。被戒之君皆成王也。〔註45〕

美君之人，稱「尹吉甫」者四，稱「召穆公」者一，稱「仍叔」者一，共六首，皆以個人之名美之。被美之君，皆為宣王。何以美之，則未述其由。

此外，對君之道有「助」、「勸」、「報」及「去」者，其言曰：

成王即政諸侯助祭也。(〈周頌・烈文〉)

黎侯寓於衛其臣勸以歸也。(〈國風・邶風・式微〉)

下報上也。(〈小雅・天保〉)

大夫以道去其君也。(〈國風・檜風・羔裘〉)

其中以「下報上」及「以道去君」為古序所論臣道之精義也。蓋明君者，臣宜美而報之，〈天保〉詩《鄭箋》云：「鹿鳴至伐木皆君所以下臣也，臣亦宜歸美於王，以崇君之尊而福祿之，以荅其歌。」，其意蓋謂君有下臣之德，則臣當以報之；昏君者，臣宜勸之、諫之、刺之、卒無道則去也。〈羔裘〉詩《鄭箋》云：

〔註44〕〈大雅〉之〈瞻卬〉及〈召旻〉二詩古序皆云：「凡伯刺幽王大壞也。」。

〔註45〕〈周頌〉之〈敬之〉詩古序云：「群臣進戒嗣王也。」，鄭玄〈閔予小子〉詩《箋》曰：「嗣王者，謂成王也。」

「以道去其君者，三諫不從，待放於郊，得玦乃去。」意謂君若無道，則為臣者當盡責以諫刺之，勸諷刺再三而弗聽，則當待君放之，乃去。顧宣王之於古序，或刺或美，兼而有之，當其無道而臣刺之，當其有道而臣美之，為臣者當美則美，當刺則刺，是「義」者也。若幽王之無道而為臣者刺之再三，而無一詔言者，亦屬「義」之表現。故唐君毅曾謂「君臣以道義合」者〔註46〕，誠不易之言。

二、他　倫

古序述及君臣以外之倫理者，僅九首，且倫類駁雜，難成體系，茲略言之。

父子之倫，二首言子思父母，一首謂能復先祖之宇，皆表孝道。
古序云：

> 康公念母也。（〈國風·秦風·渭陽〉）

> 孝子行役思念父母也。（〈國風·魏風·陟岵〉）

> 頌僖公能復周公之宇也。（〈魯頌·閟宮〉）

此三者皆言子道，為人之子當無時不念其父母，縱使行役在外，為國前驅，亦不可稍怠也。其次，復先祖之居以慰其靈者，亦屬孝行，因而頌之。要之，父母在世，應時時念之；當其亡也，則繼其志焉。

言夫婦者僅一首，且以刺筆出之，其言曰：

> 刺夫婦失道也。（〈國風·邶風·谷風〉）

朱子《詩集傳》云：「婦人為夫所棄，故作此詩，以敘其悲怨之情。」，陳奐《詩毛氏傳疏》曰：「此淫新昏棄舊室也。」因之，古序所言「夫婦失道」者，實夫無道也，而「道」者為何，古序未曾明之，觀其詩，或意為「和」，朱《傳》云：「陰陽和而後雨澤降，如夫婦和而後家道成。」，「夫婦失道」者，蓋謂「夫婦失和」也。既失其倫，序爰以刺之。

長幼之倫，古序僅及二首，曰：

> 衛莊姜送歸妾也。（〈國風·邶風·燕燕〉）

> 父兄刺幽王也。（〈小雅·角弓〉）

〈燕燕〉詩見其嫡妾相處之情，妾既歸而嫡遠送之，此雖過禮，而益見情深

〔註46〕唐君毅：《中國文化之精神價值》（台北：正中書局，民國78年1月臺二版），頁544。

也。若失道如幽王者，雖親如父兄，亦當刺之以正其行。前者相親而後者相怨，前者持禮以送而後者好讒被刺，古序於長幼之道言簡而義賅也。

言朋友者二首，其言曰：

> 蘇公刺暴公也。（〈小雅・何人斯〉）

> 大夫悔將小人也。（〈小雅・無將大車〉）

暴公、小人皆損友者，故蘇公刺之，而大夫悔其與小人共朝。擇友勿近小人，若友譖則刺之，此古序朋友之道也。

五倫之外，古序尚有敬天之道，曰：

> 文王受命作周也。（〈大雅・文王〉）

> 后稷配天也。（〈周頌・思文〉）

后稷、文王者周之明君，言「配天」、「受命」者，實為尊天。

總而言之，古序之倫理思想兼賅五倫而尤重君臣之倫，君臣之道又特明為臣之義，君臣相待端在「道」之有無，有道之君用賢重禮，臣乃美之助之以報；無道之君大壞，臣乃勸之刺之，更無反乃求去焉。父子之倫僅及子道思念紹志之孝行；夫婦、長幼、朋友當其失道也必刺之，至若莊姜過禮遠送而嫡庶情深者，長幼之義也。終乎天人之倫，明其尊天之義，此蓋古序有意之也。

參、續序之倫理思想

古序之後申續之語為毛公後之經師所為，其文長短不一，倫理思想較大序與古序之論述為詳，而諸倫之中，亦以君臣之倫為備，茲分述之。

一、君臣之倫

續序之言君臣者多在國風而少在二雅，頌則僅一魯頌駉詩耳。凡序中所言君臣、官民、君民等二者間之關係者皆歸之為君臣之倫。

（一）君臣關係

續序於君道多以反筆述之，或言君貪鄙，其言曰：

> 在位貪鄙，無功而受祿，君子不得進仕爾。（〈國風・魏風・伐檀〉）

> 昭公……好奢而任小人，將無所依焉。（〈國風・曹風・蜉蝣〉）

> 在位貪殘，下國構禍，怨亂竝興焉。（〈小雅・四月〉）

或言君無信，曰：

> 桓王失信，諸侯背叛，構怨連禍，王師傷敗，君子不樂其生焉。

（〈國風・王風・兔爰〉）

數徵會之（諸侯）而無信義。（〈小雅・采菽〉）

或謂君無禮，曰：

君臣上下動無禮文焉。（〈小雅・桑扈〉）

侮慢諸侯，諸侯來朝，不能錫命以禮。（〈小雅・采菽〉）

驕而無禮，大夫刺之。（〈國風・衛風・芄蘭〉）

公子素，惡高克進之不以禮……。（〈國風・鄭風・清人〉）

或云君失道，曰：

莊公失道，君子去之。（〈國風・鄭風・遵大路〉）

文公退之不以道，危國亡師之本。（〈國風・鄭風・清人〉）

或言君不用賢，曰：

忘穆公之業，始棄其賢臣焉。（〈國風・秦風・晨風〉）

忘先君之舊臣，與賢者有始而無終也。（〈國風・秦風・權輿〉）

共公遠君子而好近小人焉。（〈國風・曹風・候人〉）

小人在位，則讒諂並進，棄賢者之類，絕功臣之世焉。（〈小雅・裳裳者華〉）

凡此可見續序所述君之失者盡非鮮也。為君者既無信、無禮、貪殘、失道，則賢人君子盡去，小人乃得以近焉，至此，怨亂興起，國命危殆矣。故君子「傷今思古」者，思古之明王以刺今之君也。〈瞻彼洛矣〉詩續序云：「思古明王能爵命諸侯，賞善罰惡焉。」能爵命諸侯，則信得以立，禮得以施也；能賞善罰惡，則無貪鄙而有道焉。此或即續序論君道者之所寄耶！若續序之謂宣王「任賢使能」（〈大雅・烝民〉）、「能建國親諸侯，褒賞申伯」（〈大雅・崧高〉）者，蓋可謂明王哉！

為臣之道，續序正反兩面俱陳，其反筆以刺為多，然比之於古序仍甚少，刺君之臣皆稱大夫，被刺者一為惠公，另一則是朝廷，惠公以「無禮」而受刺，朝廷則以「不知」受刺。「刺」之外，有勸、有諫，且有因君之不能止惡而去者，庶幾欲正君之行也。其正筆也，或言「閔」、或言「誘掖」，或直言「美」，被美者，僅周公耳。

續序所言君臣之道者，以〈小雅・天保〉詩之言最為完備，其言曰：「君能下下以成其政，臣能歸美以報其上焉。」於此見君臣之間相互之道也，續

序之意蓋謂君欲成其政者，當先下臣也，其禮臣若此，則爲臣之人必歸美其君以報之。此義續序另有明示，曰：「能慎微接下，無不自盡以奉其上焉。」（〈小雅‧吉日〉），待下以慎微者，仁君之行也，人臣感其仁心，當亦勠力奉上，要之，君明則臣賢，無怪乎莊公無道則君子乃去焉，亦無怪乎續序於〈國風‧鄭風‧蘀兮〉詩曰：「君弱臣強，不倡而和也。」洶其君之不能正也，且若〈國風‧曹風‧候人〉詩續序云：「共公遠君子，而好近小人焉。」當亦君之不正，賢人去之，小人乃進讒以投其所好故也，是故君臣之倫，君必先正己以下臣，賢人君子始願助其政，君倡而臣和，此續序之義也。

（二）君民關係

續序於君民關係之敘述頗多，且集中於〈國風〉，少數在〈雅〉〈頌〉。

君對民之道，續序多以反筆述之，或言不用賢〔註47〕，或言不恤民〔註48〕，或言好田獵不脩民事〔註49〕，甚至視民如禽獸者〔註50〕，皆爲昏君之行也。若〈大雅‧行葦〉之謂周家曰：「忠厚，仁及草木，故能內睦九族，外尊事黃耇，養老乞言，以成其福祿焉。」，及〈魯頌‧駉〉之謂僖公曰：「能遵伯禽之法，儉以足用，寬以愛民。」二者，蓋鮮之也。

民對君之道，續序亦以反筆爲夥，言刺君者最多，其他或言閔、或言憂、或言疾、或言風、或言不齒，甚乃叛之、去之也。爲君者被刺之因不一，不恤民、不脩道、不昏、重斂、好戰、甚至以人從死等皆有之。暴君威虐則黎民苦之，於是乃思古明王焉，〈國風‧曹風‧下泉〉續序云：「曹人疾共公侵刻，下民不得其所，憂而思明王賢伯也。」，又〈小雅‧魚藻〉續序云：「君子思古之武王焉。」其意蓋如〈齊風‧盧令〉續序之言曰：「百姓苦之，故陳古以風焉。」

君之待民如己，則民將樂而從之，反之，視民如禽獸者，民必不齒而叛去也。此義續序嘗明言之，〈豳風‧東山〉詩續序有云：

> 君子之於人，序其情而閔其勞，所以說也。說以使民，民忘其死，
> 其唯東山乎！

〔註47〕〈國風‧邶風‧擊鼓〉續序云：「衛州吁用兵暴亂，……國人怨其勇而無禮也。」。〈國風‧王風‧大車〉續序云：「故陳古以刺今大夫，不能聽男女之訟焉。」

〔註48〕如〈國風‧鄭風‧狡童〉、〈國風‧衛風‧考槃〉。

〔註49〕如〈國風‧唐風‧羔裘〉、〈國風‧王風‧揚之水〉、〈國風‧齊風‧載驅〉，〈國風‧鄭風‧野有蔓草〉。

〔註50〕如〈國風‧齊風‧盧令〉、〈國風‧齊風‧還〉。

此言足以代表續序君民倫理之精義，爲君之道蓋以「說」使民，下民雖勞，因君之閔而忘焉；其情雖困，得其序而舒焉，既然，則樂其死而無憾也。續序此言，誠古今在位治國理民不二之法門哉。

（三）官民關係

續序於官民之道所言不多，其於官道則謂「勇而無禮」與「不能聽訟」者，將爲國人怨刺之〔註 51〕，反之亦有「好善」之官而處士賢者樂告其善道也〔註 52〕，更有因民之「行役無期」而「思其危難」之官者。〔註 53〕故若君之無道，而賢臣去之者，國人則常思望焉。〔註 54〕因之，官若好戰不恤民事，則民怨之；官若愛民，民乃親之，此蓋續序官民之倫者也。

綜觀續序君臣之倫，無論其關係爲君臣亦或君民，皆首重爲君者能「下下」，能「說民」，在位者既待之若此，則臣民當歸美、忘死，以報君上也。反之，君若無道，則臣民必刺之、去之。二者間相互之道至明，錢穆曾曰：「君臣一倫，不是教我們服從，而該是講一個義。」〔註 55〕，察之續序，錢氏此言誠爲的論。

二、父子之倫

續序於父子一倫所言不多，且僅言子道耳。〔註 56〕就其內涵而言，子道當以養之、安之、禮之、繼之爲其倫理也。其言養父母之道者二，曰：

> 君子下從征役，不得養其父母，而作是詩也。（〈國風・唐風・鴇羽〉）

> 役使不均，已勞於從事，而不得養其父母焉。（〈小雅・北山〉）

所言雖欲養之，奈因役而不得盡子道，誠不悲乎！言安慰之道者三，曰：

> 后妃……躬儉節用，服澣濯之衣，尊敬師傅，則可以歸安父母，化天下以婦道也。（〈國風・周南・葛覃〉）

> 美七子能盡其孝道，以慰其母心，而成其志爾。（〈國風・邶風・凱風〉）

〔註 51〕 如〈小雅・何草不黃〉。
〔註 52〕 〈國風・鄘風・干旄〉續序云：「衛文公臣子多好善，賢者樂告以善道也。」
〔註 53〕 〈國風・王風・君子于役〉續序云：「君子行役無期度，大夫思其危難以風焉。」
〔註 54〕 〈國風・鄭風・遵大路〉續序云：「莊公失道，君子去之，國人思望焉。」
〔註 55〕 錢穆：〈中國文化中的人和人倫〉，《中華文化十二講》（台北：東大圖書公司，民國 76 年 5 月臺三版），頁 23。
〔註 56〕 〈國風・邶風・終風〉詩續序雖云：「遭州吁之暴，見侮慢而不能正也。」其意爲遭子孽侮慢猶不能正之，然續序未明言何人遭暴，故未予計入父子之倫。

嫁于諸侯，父母終，思歸寧而不得，故作是詩以自見也。（〈國風·

邶風·泉水〉）

〈凱風〉直言「孝道」，能盡則美之，是續序謂子道之所寄焉。孝則當慰其心，

若后妃之勤儉而尊其師者，可安父母之心，故可謂孝也。然〈泉水〉之言「思

歸寧而不得」者，欲盡孝道猶不能，實人子之慟也。既不得見，乃念之不已，

續序言思念者一，曰：

康公時爲大子，贈送文公于渭之陽，念母之不見也，我見舅氏，如

母存焉。及其即位，思而作是詩。（〈國風·秦風·渭陽〉）

此「見舅如母」之心，足言思念之深也。推其本以繼其志，亦盡孝之要道，

故續序言之不鮮，可索得者五焉，其言曰：

宣王能內脩政事，外攘夷狄，復文武之竟土。（〈小雅·車攻〉）

武王有聖德，復受天命，能昭先人之功焉。（〈大雅·下武〉）

武王能廣文王之聲，卒其伐功也。（〈大雅·文王有聲〉）

文武之功起於后稷，故推以配天焉。（〈大雅·生民〉）

僖公能遵伯禽之法，儉以足用，寬以愛民，……魯人尊之，於是季

孫行父請命于周，而史克作是頌。（〈魯頌·駉〉）

文王繼后稷而有功，武王復繼之，宣王更繼其後而內外大治，是孝道之極也，

故僖公之能繼伯禽而得人尊之、頌之。

子道亦當持之以禮，否則若齊襄公、公子頑者必遭人之疾刺，續序曰：

齊人傷魯莊公，有威儀技藝，然而不能以禮防閑其母，失子之道。（〈國

風·齊風·猗嗟〉）

公子頑通乎君母，國人疾之而不可道也。（〈國風·鄘風·牆有茨〉）

子道者，當以禮止母之逾矩，至公子頑之亂倫者，人人疾之而不可道也。

續序父子之倫重子道者若此，首當養之，次必安之、禮之、思之，終以

繼其志，此續序所謂之孝道也。

三、夫婦之倫

（一）夫婦關係

續序言夫婦之倫皆在〈國風〉，夫與妻並言者二，其言曰：

公與夫人並爲淫亂。（〈國風·邶風·匏有苦葉〉）

夫婦日以衰薄，凶年饑饉，室家相棄爾。（〈國風‧王風‧中谷有蓷〉）

一淫一棄，夫婦之道絕矣。其言夫者亦非淫即弱，曰：

衛人化其上，淫於新昏，而棄其舊室，夫婦離絕，國俗傷敗焉。（〈國風‧邶風‧谷風〉）

齊人惡魯桓公微弱，不能防閑文姜，使致淫亂，爲二國患焉。（〈國風‧齊風‧敝笱〉）

夫之淫弱實夫婦道絕之根由，續序言婦人淫者亦有之，其言曰：

夫人淫亂，失事君子之道。（〈國風‧鄘風‧君子偕老〉）

婦人事君子之道，續序嘗具言之，其言曰：

當輔佐君子，求賢審官，知臣下之勤勞，內有進賢之志，而無險詖私謁之心，朝夕思念，至於憂勤也。（〈國風‧周南‧卷耳〉）

古序謂此詩言「后妃之志」，續序申之若此者，明其爲婦之道也。其他謂「婦人能閔其君子，猶勉之以正」（〈國風‧周南‧汝墳〉）、「室家能閔其勤勞，勸以義」（〈國風‧召南‧殷其靁〉）、「共伯蚤死，其妻守義，父母欲奪而嫁之，誓而弗許」（〈國風‧鄘風‧柏舟〉），知續序之妻道，應待夫以「閔」，且「以正義勸勉」，及夫死，乃守義不嫁也。

綜言之，續序多謂淫亂必失夫婦之道，其於夫道雖略，而於妻道則獨詳之矣。

（二）男女關係

續序男女之道皆見於〈國風〉之中，且皆出以反筆，所云多相棄相奔之言，其相棄者，或因「色衰」〔註57〕，或因「兵革」〔註58〕；其相奔者，或因「禮廢」〔註59〕，或因「失時」〔註60〕，或因「淫風」〔註61〕，此相棄相奔蓋指男女二人相互爲之，然亦有男貞女淫及男暴女貞者，其言曰：「昏姻之

〔註57〕〈國風‧衛風‧氓〉續序曰：「宣公之時禮義消亡，淫風大行，男女無別，遂相奔誘，華落色衰，復相棄背。」

〔註58〕〈國風‧鄭風‧出其東門〉續序云：「公子五爭，兵革不息，男女相棄。」〈國風‧鄭風‧溱洧〉續序云：「兵革不息，男女相棄，淫風大行，莫之能救焉。」

〔註59〕〈國風‧鄭風‧東門之墠〉續序曰：「男女有不待禮而相奔者也。」

〔註60〕〈國風‧鄭風‧野有蔓草〉續序云：「男女失時，思不期而會焉。」

〔註61〕〈國風‧陳風‧東門之枌〉續序云：「幽公淫荒，風化之所行，男女棄其舊業，亟會於道路，歌舞於市井爾。」

道缺，陽倡而陰不和，男行而女不隨。」（〈國風・鄭風・丰〉）《鄭箋》云：「昏姻之道，謂嫁取之禮。」男依禮以親迎，惟女違禮不隨之，陳奐疏曰：「婿俟門外而女乃違禮不至，故刺之。」〔註62〕，是女之壞禮也。續序云：「衰亂之俗微，貞信之教興，彊暴之男不能侵陵貞女也。」（〈國風・召南・行露〉）此謂男不依禮而行，然因女貞之故，雖彊而猶不能得也。足見一方違禮則昏姻之道難成矣。續序凡言男女者，皆未成昏姻之禮，或雖已成，猶因「色衰」、「兵革」等因素而壞昏姻之道者，故皆反筆也。

四、長幼之倫

本文以凡續序所言手足、嫡妾、宗族等二者間之關係皆歸之長幼一倫。

手足之道，明於〈國風〉，續序以反筆敘兄之亂倫與無能，其言曰：

> 鳥獸之行，淫乎其妹。（〈國風・齊風・南山〉）

> 無禮義，故盛其車服，疾驅於通道大都，與文姜淫。（〈國風・齊風・載驅〉）

二者皆言齊襄公也，續序判其行爲「鳥獸之行」、「無禮義」，知「禮義」者，乃爲人之道也。又云：「不勝其母，以害其弟，弟叔失道，而公弗制，祭仲諫而公弗聽，小不忍以致大亂焉。」（〈國風・鄭風・將仲子〉）爲兄之道，有責正弟之行，弟無道乃兄之責也。兄逢難，當歸唁之，義之行也，曰：「許穆夫人閔衛之亡，傷許之小，力不能救，思歸唁其兄，又義不得，故賦是詩也。」（〈國風・鄘風・載馳〉）欲歸唁而不得，雖無奈至極，然深情可見一斑。至若手足爭死以救者，千古足式也，其言曰：「衛宣公之二子爭相爲死，國人傷而思之。」（〈國風・邶風・二子乘舟〉）二子義無反顧爭死以救彼，其情之壯烈，令人掬淚，此長幼之道之至義也。

觀續序之言，淫亂與無能非長幼之道也，救危與救亡乃眞情之流露，誠手足之道之正義也。

嫡妾之倫歸之長幼者，意其倫之有序乃正，若僭則亂而無序，失倫常也。明此倫者亦在〈國風〉，其言曰：

> 妾上僭，夫人失位。（〈國風・邶風・綠衣〉）

> 莊公惑於嬖妾，使驕上僭，莊姜賢而不答。（〈國風・衛風・碩人〉）

上僭者，亂倫常也，嫡之在位，待下當無妒意，始能和諧眾妾以助君，續序云：

〔註62〕清陳奐：《詩毛氏傳疏》，（一）冊，頁227。

能待下，而無嫉妒之心焉。(〈國風‧周南‧樛木〉)

夫人無妒忌之行，惠及賤妾，進御於君，知其命有貴賤，能盡其心矣。(〈國風‧召南‧小星〉)

嫡者，首重「無妒」之意甚明，為妾媵者，亦當「勤而無怨」，二者斯能和樂以處，續序有云：「江沱之閒，有嫡不以其媵備數，媵遇勞而無怨，嫡亦自悔也。」(〈國風‧召南‧江有汜〉) 一能無怨，一能自悔，嫡妾之道見矣。

至於宗族之倫，續序以親睦與否述之，其不親者如其云：

暴戾無親，不能宴樂同姓，親睦九族，孤危將亡，故作是詩也。(〈小雅‧頍弁〉)

君不能親其宗族，骨肉離散，獨居而無兄弟，將為沃所并爾。(〈國風‧唐風‧杕杜〉)

二詩之續序皆謂若不親睦宗族則有危亡之難，然如能親睦者，乃能成福祿也，續序云：「周家忠厚，仁及草木，故能內睦九族，……以成其福祿焉。」(〈大雅‧行葦〉) 治國之道，欲成福祿者，內必睦其宗族，否則若幽王之暴戾不親，必難成其福祿也。

總而言之，續序所言長幼之倫者，奠基於禮義，出之以真情，可通手足之倫；無妒無怨，和樂以助君子，可達嫡妾之道；宴樂同姓，親睦九族，可成宗族之義；長幼之倫備矣哉。

五、朋友之倫

續序云：「君子遭亂，相招為祿仕，全身遠害而已。」(〈國風‧王風‧君子陽陽〉)，鄭箋謂：「祿仕者，苟得祿而已，不求道行。」，朋友求祿，道乃不行也，故續序又云：「天下俗薄，朋友道絕焉。」(〈小雅‧谷風〉)，求祿而不求道，朋友之義盡失矣，續序歸其因於「遭亂」、「俗薄」，足見其道絕之時代背景。以此開展，續序所述朋友之倫者多以刺筆為之。

續序於朋友之倫以侯國關係敘述最多。言人之關係者，如其云：

公子素惡高克，進之不以禮。(〈國風‧鄭風‧清人〉)

齊人惡魯桓公微弱，不能防閑文姜，使至淫亂，為二國患焉。(〈國風‧齊風‧敝笱〉)

齊人傷魯莊公有威儀技藝，然而不能以禮防閑其母，失子之道，人以為齊侯之子焉。(〈國風‧齊風‧猗嗟〉)

暴公爲卿士，而譖蘇公焉，故蘇公作是詩以絕之。（〈小雅・何人斯〉）

齊桓公救而封之……，衛人思之，欲厚報之，而作是詩也。（〈國風・衛風・木瓜〉）

大子忽嘗有功于齊，齊侯請妻之。（〈國風・鄭風・有女同車〉）

以上舉二國之人其相處或惡或善，其交惡者，或言「惡」之、或言「傷」之、或言「絕」之；其結善者，或言「報」之、或言「妻」之。其交惡之因蓋起於一方之爲惡，若高克之好利不顧其君，魯桓公之使文姜淫亂，暴公之譖蘇公者也。至其結善亦有其因，若齊桓公之救衛，大子忽之有功于齊者也。誠所謂「惡報」、「善報」哉。

言國之關係者，如其言曰：

黎侯寓於衛，衛不能脩方伯連率之職，黎之臣子以責於衛也。（〈國風・邶風・旄丘〉）

周大夫以惡四國焉。（〈國風・豳風・破斧〉）鄭箋：「惡其流言毀周公也。」

戎狄叛之，荊舒不至，乃命將率東征。（〈小雅・漸漸之石〉）

狂童恣行，國人思大國之正己也。（〈國風・鄭風・褰裳〉）

二國之間多不以善處，或責之、或惡之、甚乃征之。其交惡也，或因彼國不友、或因其國流言、或因背叛不貢，凡此皆無誠也。其有思大國以正己國者，乃求義師之出，以正己君之惡行，救生靈於塗炭也。

另續序所言師生一倫，亦當歸於朋友之倫，高仲華先生嘗曰：「由師長與弟子的關係，又孳生出朋友之間的關係。」〔註63〕，故師生之倫實朋友之倫所從出也。續序言師生關係者僅見於〈葛覃〉一則，其言曰：「后妃在父母家，……尊敬師傅，則可以歸安父母，化天下以婦道也。」其謂欲化天下以婦道必當尊敬師傅乃可行之，尊師之義甚明。近人聞一多謂詩中「師氏」爲封建貴族之家庭奴隸，乃曰：「女師之職，略同奴婢，特以其年長而明於婦道，故尊之曰師，親之曰姆耳。」〔註64〕，若聞氏之說爲然，則益見續序「后妃尊敬師傅」之言，尊師之意益誠矣。

綜言續序朋友之倫，多明侯國之道，其道在於「報」字，有善功者，美報

〔註63〕高仲華：〈孔子倫理學說析論〉，《高明文集》，上冊，頁577。

〔註64〕聞一多：《詩經通義》，收入《古典新義》（台北：育民出版社，民國70年10月10日），頁110至112，葛覃篇。

之；有惡行者，惡報之，故其精義即為「義」也。朋友之道至要，續序有云：「自天子至于庶人，未有不須友以成者，親親以睦，友賢不棄，不遺故舊，則民德歸厚矣。」（〈小雅‧常棣〉），民德欲歸于厚，朋友之道不可缺，續序之言碻也。

六、他 倫

續序於五倫之外，尚及於物我之道、人神之倫者，然言物我者三則，而人神者僅一則，故略言之。

述物我關係者有三，其言曰：

思古明王，交於萬物有道，自奉養有節焉。（〈小雅‧鴛鴦〉）

周家忠厚，仁及草木。（〈大雅‧行葦〉）

文王受命，而民樂其有靈德，以及鳥獸昆蟲焉。（〈大雅‧靈臺〉）

萬物者，「草木」及「鳥獸昆蟲」也，《鄭箋》云：「交於萬物有道，謂順其性，取之以時，不暴夭也。」，因順物之性而以時取之，故續序謂「奉養有節」，能如此者，蓋本之於「忠厚」與「靈德」，斯二者「仁」之所出，遂知續序物我之道繫於仁也。試以簡表明之於下：

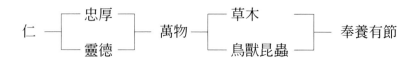

言人神關係者有一，其言曰：

文武以天保以上治內，采薇以下治外，始於憂勤，終於逸樂，故美
萬物盛多，可以告於神明矣。（〈小雅‧魚麗〉）

《鄭箋》云：「告於神明者，於祭祀而歌之。」內外兼治，則萬物豐焉，以之祭祀而歌，實與大序所云：「以其成功告於神明」之義同，其崇神之義明矣。

第三節　詩序之教化觀

教化之義，說文嘗言教之義曰：「教，上所施，下所效也。」，《釋名》亦云：「教，效也，下所法效也。」，《禮記‧中庸》云：「脩道之謂教。」，《鄭注》曰：「治而廣之，人放傚之，是曰教。」。化者，《說文》曰：「化，教行也。」，《管子‧七法》篇云：「漸也，順也，靡也，久也，服也，習也，謂之化。」，《華嚴經音義》上云：「教成於上，而易俗於下，謂之化。」。教化者，

蓋謂「上施道以治，下順服而易俗焉」，《荀子・臣道》篇嘗謂聖臣者云：「上則能尊君，下則能愛民，政令教化，刑下如影。」楊倞《注》曰：「言施政令教化以制其下，如影之隨形，動而輒隨，不使違越也。」，王念孫則以爲「刑，法也。言下之法上，如影之從形。」〔註65〕，王說較近中庸之「教」與管子之「化」義也。實則效法上位當視政教之內容而定，其若善，則化行而俗乃易焉；其若惡，則化於惡而俗乃薄也。

　　教化既有上施下傚之義，則政令之產生與施行，自有其思想寓焉；在此思想之下，對人格之要求亦必有其理念存焉，如此，政治成於上，而民俗化於下，當是儒家經教所欲達成之理想也。自古以來，即以詩樂爲教，若〈舜典〉之言「直而溫，寬而栗，剛而無虐，簡而無傲」者，實爲詩教所陶融而成之人格，此先秦儒家者流之所致力者。迨乎漢代，尊儒益昌，經教則益顯矣，是故詩之教化承先秦以發皇，而《序》、《傳》、《箋》說解《詩經》必有教化之義也，爰分政治理念與人格理念二端以探序傳箋之教化內涵，再以其說解之方式明其施教之手段，則《序》、《傳》、《箋》之教化觀乃得以明之也。

壹、大序之教化觀

一、政治理念

（一）政治原理

　　大序云：「發乎情，民之性也；止乎禮義，先王之澤也。」，此雖言變風之作，然其意乃在於振王道之衰也，其振也，本於民之性，而復先王禮義之道焉。故其政治原理實本之於民，而繼以先王之業，根之性情，而成於禮義之德也。

（二）政治主張

　　大序云：「故正得失，動天地，感鬼神，莫近於詩。」，此殆言詩之功能，亦可視爲其政治主張，索其意，以詩正君王爲政之得失，是爲其主張，詩教之功能如此之大，實繼承孔子「事君」之詩教思想也。

（三）施政要領

　　既以詩正君也，其要領則有三：

〔註65〕楊倞注及王念孫之言均見清王先謙：《荀子集解》（台北：世界書局，民國76年3月十一版），頁164。

（1）作變風變雅，以達其事變而懷其舊俗也。

（2）陳王政廢興之由。

（3）美王之盛德，以其施政之成功告祭於神明。

明舊俗之善而刺今失，政之興廢亦由此以詳，王以是勤政，終有盛德，必祭祀告之神明也。

（四）政治理想

大序言歌詠所發之音有三類：一為治世之音，感其安樂之情，知其政必和也；一為亂世之音，感其怨怒之情，知其政必乖也；另一為亡國之音，感其哀思之情，知其民必困也。三類者，當以治世之音為善，故以「政和」為大序之政治理想也。

二、人格理念

（一）德　論

大序所言德行者，孝也，敬也，禮也，義也。大序言「成孝敬」者，蓋以二德代諸德以言也，其重孝敬之德，可知也。

（二）修　為

鉤檢大序之意，欲成其四德，其途有三：

（1）作變風變雅，以興禮義。

（2）發乎情，止乎禮義。此雖為作變風之法，然亦可泛言人之行為也。

（3）以詩為教。詩可陶冶性情，鑄成孝敬之德。

（三）理　想

大序之人格理想可謂「美教化，移風俗」也。孝敬之德既成矣，教化自美，而風俗乃漸移易焉。

三、示教方式

大序示教之方式可歸納如下：

（一）釋「詩」之名及其形成以為教

大序云：「詩者，志之所之也。」，乃言其義也。又云：「在心為志，發言為詩。情動於中而形於言，言之不足，故嗟歎之，嗟歎之不足，故永歌之，永歌之不足，不知手之舞之足蹈之也。情發於聲，聲成文，謂之音。」，此明詩之形成也。

（二）言詩教之功能以為教

大序云：「正得失，動天地，感鬼神，莫近於詩。先王以是經夫婦，成孝敬，厚人倫，美教化，移風俗。」，先言詩之功能，復說以詩為教之成果。

（三）陳詩之六義以為教

大序云：「詩有六義焉，一曰風，二曰賦，三曰比，四曰興，五曰雅，六曰頌。」此言六義之名也。

（四）明國史用詩之義以為教

大序云：「國史明乎得失之跡，傷人倫之廢，哀刑政之苛，吟詠情性，以風其上，達於事變，而懷其舊俗者也。」藉詩以達事變、懷舊俗，是申前述詩教之功也。

（五）述變風變雅之形成與變風內涵以為教

大序云：「至于王道衰，禮義廢，政教失，國異政，家殊俗，而變風變雅作矣。」又云：「故變風發乎情，止乎禮義，發乎情，民之性也；止乎禮義，先王之澤也。」所言者皆變詩之教也。

（六）言四始以為教

大序云：「上以風化下，下以風刺上，主文而譎諫，言之者無罪，聞之者足以戒，故曰風。」，是言風詩之性質以明其教義；自「是以一國之事」至「詩之至也」，是述雅頌之義，此謂四始以教也。

貳、古序之教化觀

一、政治理念

（一）政治原理

古序之政治理念奠基於其政治原理，鉤檢古序之言，知其政治原理乃本於德化，而施以禮治，終成道化也。歸本於德者，為其政治之精神內涵；施政以禮者，為其政治之肌理；成於道化者，為其政治之境界也。

1. 本於德

古序言王、后妃及公卿、夫人，皆以德稱美之，其言曰：

文王有明德，故天復命武王也。（〈大雅‧大明〉）

后妃之德也。（〈國風‧周南‧關雎〉）

美武公之德也。(〈國風・衛風・淇奧〉)

夫人之德也。(〈國風・召南・鵲巢〉)

德廣所及也。(〈國風・周南・漢廣〉)

以上各詩之義古序皆謂之稱美上位之德者，其德化思想極爲顯著。

2. 治以禮

古序述君王祭祀先祖及山川者頗多，其言祀祖者皆在頌詩，釋詩曰：

祀文王也。(〈周頌・清廟〉)

祀先王先公也。(〈周頌・天作〉)

祀文王於明堂也。(〈周頌・我將〉)

祀武王也。(〈周頌・執競〉)

祀成湯也。(〈商頌・那〉)

祀中宗也。(〈商頌・烈祖〉)

其言祭祀天地山川諸神者也皆在頌，曰：

郊祀天地也。(〈周頌・昊天有成命〉)

巡守而祀四嶽河海也。(〈周頌・般〉)

古序重祭祀之禮若此，且皆明君王之祭者，有意以上行示下。此外，猶重禮制者，曰：

周人刺衣服無常也。(〈小雅・都人士〉)

刺無節也。(〈國風・齊風・東方未明〉)

刺無常、無節者，明常禮之必要也。

3. 成於道

古序以道化之成，爲治國施政之目標，其言曰：

頌僖公君臣之有道也。(〈魯頌・有駜〉)

道化行也。(〈國風・周南・汝墳〉)

思周道也。(〈國風・檜風・匪風〉)

君臣有道，上行下傚，道化乃行，則周道即成焉。

（二）政治主張

古序之政治主張可歸納爲三：一爲用賢才，二爲重安內，三爲勤攘外也。

1. **用賢才**

古序於不用賢則刺，當賢者未來則思之，即其來仕則歡樂之也，其言曰：

> 刺不用賢也。(〈國風·邶風·簡兮〉)

> 刺仕不得志也。(〈國風·邶風·北門〉)

> 思賢也。(〈國風·王風·丘中有麻〉)

> 思君子也。(〈國風·鄭風·遵大路〉)

> 樂得賢也。(〈小雅·南山·有臺〉)

> 文王能官人也。(〈大雅·棫樸〉)

2. **重安內**

古序於亂世者，或刺、或傷、或悔也，其中尤以言「刺時」為最，次為言「刺亂」，其他或刺衰，或刺虐，或刺近小人，曾顯示其重內治之意也，故其云：「思治也。」(〈國風·曹風·下泉〉)

3. **勤攘外**

古序於君王南征北伐亦有述焉，尚且及於承繼祖先之伐業者，其言曰：

> 宣王北伐也。(〈小雅·六月〉)

> 宣王南征也。(〈小雅·采芑〉)

> 繼伐也。(〈大雅·文王有聲〉)

> 周公東征也。(〈國風·豳風·東山〉)

上位勤於征伐外患，古序雖無稱譽之詞，但直接明示詩旨，亦可見其政治主張。

（三）施政要領

古序本於德化之治，施禮行常，欲成於道化之境，並貫澈其政治主張，乃有以下施政之要領：

1. **方　法**

（1）**執中道**

古序嘗云：「刺儉也。」(〈國風·魏風·汾沮洳〉)，又云：「刺奢也。」(〈國風·曹風·蜉蝣〉)，為政若過於儉嗇，或過於奢侈，皆被刺之。又云：「刺褊也。」(〈國風·魏風·葛屨〉)。知古序之義在於執中以治也。

（2）**嚴教化**

古序云：

　　刺學校廢也。(〈國風‧鄭風‧子衿〉)

　　樂育材也。(〈小雅‧菁菁者莪〉)

　　頌僖公能脩泮宮也。(〈魯頌‧泮水〉)

脩泮宮者，重教化也，刺學校之荒廢，亦重教化也，故其「樂育材」焉。

2. 內　容

（1）敬　神

古序云：

　　巡守告祭柴望也。(〈周頌‧時邁〉)

　　春夏祈穀于上帝也。(〈周頌‧噫嘻〉)

　　繹，賓尸也。(〈周頌‧絲衣〉)

柴望以祭天與山川，其於諸神者，巡守當祭，春夏亦祭，其禮神如此，乃施政之不可缺者也。

（2）尊　祖

古序云：

　　尊祖也。(〈大雅‧生民〉)

　　大平告文王也。(〈周頌‧維天之命〉)

　　禘大祖也。(〈周頌‧雝〉)

　　大禘也。(〈商頌‧長發〉)

　　祀高宗也。(〈商頌‧殷武〉)

〈生民〉詩古序明言尊祖之義，其他或告，或禘，或祀，皆祭祖以尊之。

（3）禮　下

古序云：

　　后妃逮下也。(〈國風‧周南‧樛木〉)

　　勞使臣之來也。(〈小雅‧四牡〉)

　　勞還率也。(〈小雅‧出車〉)

　　勞還役也。(〈小雅‧杕杜〉)

勞臣下之還來，則臣雖苦而忘其勞也。

（4）輕　賦

古序云：

> 刺貪也。（〈國風・魏風・伐檀〉）

> 刺重斂也。（〈國風・魏風・碩鼠〉）

在位者貪鄙以致重民之賦者，即遭刺也。

（5）勤　政

古序云：

> 召伯聽訟也。（〈國風・召南・行露〉）

> 刺荒也。（〈國風・齊風・還〉）

> 疾恣也。（〈國風・檜風・隰有萇楚〉）

荒廢與淫恣皆疏懶於政，故刺之疾之。若召伯之聽訟者，勤政愛民也。

（6）繼　業

古序云：

> 陳王業也。（〈國風・豳風・七月〉）

> 宣王復古也。（〈小雅・車攻〉）

> 頌僖公能復周公之宇也。（〈魯頌・閟宮〉）

> 繼伐也。（〈大雅・文王有聲〉）

陳王業之艱難，將以繼之，其謂復古者，亦繼王之業也。

上所言六要領者，禮下，始能求得賢才以用；尊祖、敬神以奠禮治之基也；輕賦者，親民以化之也；勤政、繼業以振祖業彊國力也。政清國強，自能伐外立功。

（四）政治理想

古序未嘗明言其政治理想，然於其說解詩義之文中，或可紬繹其思以勾勒之也。茲經鉤校，得其二焉：一者，理想之模範為聖王也；二者，理想之境界為德澤廣被也。

1. 為聖王

古序嘗曰：「文王所以聖也。」（〈大雅・思齊〉），此言文王為聖之由也，鄭箋云：「言非但天性，德有所由成。」，蓋序之義也，聖王者，其所由成者有二焉，一為天性，一為有德也。古序之政治原理既本之於德化，故特言文

王所以聖之由者，欲繼之以為聖王也。

2. 德澤廣被

古序云：「澤及四海也。」（〈小雅・蓼蕭〉），又云：「萬物之生各得其宜也。」（〈小雅・由儀〉），當為政廣被以德，非特四海百姓蒙澤，即如天下萬物之生息，亦將得其所宜焉。

二、人格理念

（一）德 論

古序於德行之論述特重於禮，稍及於義、孝、仁三德。

1. 禮

古序云：

> 美萬物盛多，能備禮也。（〈小雅・魚麗〉）

> 惡無禮也。（〈國風・召南・野有死麕〉）

> 刺無禮也。（〈國風・鄘風・相鼠〉）

無禮則惡之、刺之，而物多於禮則備，故美之，知古序以禮為衡諸事物之準繩也。

2. 仁

古序云：

> 言仁而不遇也。（〈國風・邶風・柏舟〉）

有仁德之人不遇明君，乃以仁為衡量人格之標準，是為德目之一也。

3. 義

古序云：

> 勸以義也。（〈國風・召南・殷其靁〉）

以義勸，言其當盡義行，蓋以義為德也。

4. 孝

古序云：

> 美孝子也。（〈國風・邶風・凱風〉）

> 孝子之絜白也。（〈小雅・白華〉）

美孝子即美其孝行也。

上言四德實為古序所確指，析言之，禮、仁為其本，孝、義為其行也。

（二）修　為

1. 重祭祀

古序云：

> 秋冬報也。（〈周頌・豐年〉）
>
> 季冬薦魚，春獻鮪也。（〈周頌・潛〉）
>
> 春藉田而祈社稷也。（〈周頌・載芟〉）
>
> 秋報社稷也。（〈周頌・良耜〉）

以上皆爲周頌詩，可見頌詩多以祭祀爲內容，所舉之詩乃屬農事祭祀也。

2. 守禮法

古序云：

> 刺不能三年也。（〈國風・檜風・素冠〉）
>
> 刺奔也。（〈國風・鄘風・桑中〉）
>
> 止奔也。（〈國風・鄘風・蝃蝀〉）
>
> 思見正也。（〈國風・鄭風・褰裳〉）
>
> 大夫妻能以禮自防也。（〈國風・召南・草蟲〉）
>
> 大夫妻能循法度也。（〈國風・召南・采蘋〉）

古序以爲三年喪服之禮不行，非禮也；淫奔，非禮也，故刺之止之而思見正，爲人當守禮自防，執事則當循法度也。

3. 昏及時

古序云：

> 男女及時也。（〈國風・召南・摽有梅〉）
>
> 思遇時也。（〈國風・鄭風・野有蔓草〉）
>
> 刺怨曠也。（〈小雅・采綠〉）

待時以婚者，亦禮也。

4. 思孝養

古序云：

> 衛女思歸也。（〈國風・邶風・泉水〉）
>
> 孝子相戒以養也。（〈小雅・南陔〉）

古序以為歸省及奉養皆人子之義。

5. 盡責任

古序云：

> 夫人不失職也。（〈國風・召南・采蘩〉）

盡職則有義行。

6. 思　賢

古序云：

> 思賢也。（〈國風・王風・丘中有麻〉）
>
> 思君子也。（〈國風・鄭風・遵大路〉）
>
> 思賢妃也。（〈國風・齊風・雞鳴〉）

思賢所以見賢思齊，庶幾能近於仁也。

7. 厚　德

古序云：

> 刺不說德也。（〈國風・鄭風・女曰雞鳴〉）
>
> 忠厚也。（〈大雅・行葦〉）

古序以為忠厚近於仁。

上所言七者，重祭祀、守禮法、昏及時等皆屬行禮；思賢、厚德屬行仁；思孝養以行孝；盡職以行義。踐七事以修四德，古序之於人格蓋基於禮，本之仁，以行孝履義也。

三、示教方式

古序簡直，其言說之方式多以一字正言或反言直表其態度，朱熹嘗謂「只緣序者立例，篇篇要作美刺說，將詩人意思，盡穿鑿壞了」（《語類》卷八十），此說潘石禪先生曾就「論世」觀點駁朱子之言，指其「未明古詩之情狀」〔註

〔註66〕潘石禪先生曰：「蓋歌謠吟詠，雖本於自然，而采詩入樂之旨，必取有關政治得失之作，良以三百篇皆具有政治性、教育性之詩篇。上古縱多自抒性情之詩歌，苟無關於政治教化得失者，固無暇掇取，以播之樂章，用之鄉人邦國也。古者簡冊寫錄艱難，其有吟詠性情之什，要不過任其口語流傳，自生自滅，雖欲著錄，而工具不易得也。試觀漢世，揚馬之徒，作賦摛文，猶須上書縣官，請給筆札，其情可知已。即就古代歌謠載於典籍者而論，亦皆義含美刺。」參見潘著〈朱子詩序舊說敘錄〉，《新亞書院學術年刊》，第9期，頁3。

66〕，審古序之言，朱子洵言過矣，蓋古序解詩之方式容或以正言及反言爲說，然亦未若朱子之謂「篇篇美刺」也，張成秋先生嘗析古序之條例曰：「依小序首句，詩篇可大別爲兩組：美詩與刺詩是也。」〔註67〕，此實祖法朱子論序之言以著其條例也，然序未以「美」、「刺」直言者，張氏則囿於二分而強別之。夷考其實，謂古序以美刺二說爲解詩教化之大宗則可，謂其教化僅此二法則昧矣。

就美法而言，古序以「美」明示者，僅二十八首，所美之對象，人、事、物皆有之，而以美「人」爲最。被美之人中，絕大多數爲王公卿大夫，偶及於王姬、媵妾與孝子。其美物者一首，曰：「美萬物盛多，能備禮也。」（〈小雅·魚麗〉）。美宗國者一首，曰：「美周也。」（〈大雅·皇矣〉），而美事者亦僅一首，曰：「美好善也。」（〈國風·鄘風·干旄〉）。知古序言美以在位爲主，少及他者。

古序於事之善者，多不以美言教，而以頌或樂言之，析言之，頌乃美君王之功，如頌「君臣有道」（〈魯頌·有駜〉）頌「能修泮宮」（〈魯頌·泮水〉），頌「能復周公之宇」（〈魯頌·閟宮〉），三詩皆在魯頌也；樂爲美得賢才，如樂「得賢」（〈小雅·南山有臺〉），樂「與賢」（〈小雅·南有嘉魚〉），樂「育材」（〈小雅·菁菁者莪〉），三詩皆在小雅。

就刺法言之，古序以「刺」直言者，計一二九首，較之言「美」者多，其中刺人者八五首，刺事者四四首。所刺之人皆王公卿大夫與夫人，所刺之事類則多矣，略別之，有刺政亂、有刺棄賢、有刺無禮、有刺怨曠、有刺失德等，而以統言「刺時」者最多。

其他有刺義而以疾、惡、止等言者，多淫亂無禮之事。

然而，美刺之外，亦有難分美刺或不含美刺者，如言誨，言規，言戒，言誘，言哀等，其對象皆爲人；如言勸者，以事也；言思者，其對象或人或事。誨、規、戒、誘，皆正言之法，惟其人或有失道者，則歸於美或歸於刺皆有未安；至若「思」者，其對象雖爲賢人或治世，然其何以思此者，必有感於當時之失也，則歸美或歸刺亦欠妥。故若張氏之二分，似欠當也。

總而言之，古序以美刺說詩爲示教之主要方式，其中更以刺居首。美刺之外，所陳多方，難條其例也。

〔註67〕張成秋：《詩序闡微》（台北：中國文化學院中國文學研究所博士論文，民國64年9月），第九章大序與小序，三、小序首句之條例，頁217至頁226。

參、續序之教化觀

一、政治理念

（一）政治原理

1. 基於仁

續序云：

> 仁如騶虞，則王道成也。（〈國風・召南・騶虞〉）

續序此言明示王道之成乃基於仁也，有仁始可言王道，當其如騶虞之至仁，則王道即成矣。

2. 重　德

續序云：

> 關雎之化行，則莫不好德，賢人眾多也。（〈國風・周南・兔罝〉）
>
> 周世世脩德，莫若文王。（〈大雅・皇矣〉）
>
> 武王有聖德，復受天命，能昭先人之功焉。（〈大雅・下武〉）
>
> 皇天親有德，饗有道也。（〈大雅・泂酌〉）
>
> 在位不好德而說美色焉。（〈國風・陳風・月出〉）
>
> 不脩德而求諸侯。（〈國風・齊風・甫田〉）

有聖德之人，天始親之、命之，以王天下也，故王者當脩德，且當好德，如是賢人樂附之。其若不好德，不脩德者，則無以治也。〈月出〉之詩，續序先言在位不好德，繼言其好美色，乃知續序所持之判準即在德之有無，故修德為其政治原理之一也。

3. 行　禮

續序云：

> 君臣失道，男女淫奔，不能以禮化也。（〈國風・齊風・東方之日〉）
>
> 其君儉以能勤，刺不得禮也。（〈國風・魏風・汾沮洳〉）
>
> 儉不中禮，故作是詩以閔之，欲其及時以禮自虞樂也。（〈國風・唐風・蟋蟀〉）

失道則無禮也，儉固好，然不若得禮之為要，蓋其為政之原理在於行禮也。

4. 修　道

續序云：

厲王無道，天下蕩蕩，無綱紀文章。（〈大雅・蕩〉）

莊公失道，君子去之，國人思望焉。（〈國風・鄭風・遵大路〉）

不能脩道，以正其國……政荒民散，將以危亡。（〈國風・唐風・山有樞〉）

由此三則，知「道」之有無，實爲治亂之準也。

續序之政治原理於上可知矣，其始也，以仁爲基礎，其終也，道化以成政；其中者，修德也，治禮也。由仁出之，經德禮之陶融，而成之於道，其政治原理之體系不可謂不備也。

（二）政治主張

1. 用賢人

續序云：

得賢，則能爲邦家立大平之基矣。（〈小雅・南山有臺〉）

任賢使能，周室中興焉。（〈大雅・烝民〉）

續序主張欲中興邦國致大平者，當用賢人。

2. 法古王

續序云：

本其風俗，憂深思遠，儉而用禮，乃有堯之遺風焉。（〈國風・唐風・蟋蟀〉）

思古明王，能爵命諸侯，賞善罰惡焉。（〈小雅・瞻彼洛矣〉）

能酌先祖之道，以養天下也。（〈周頌・酌〉）

僖公能遵伯禽之法，儉以足用，寬以愛民……史克作是頌。（〈魯頌・駉〉）

古王者，憂深思遠，儉而用禮也，又能命諸侯，賞善罰惡也。故爲政當祖法其道，始能養天下也。

3. 守成興治

續序云：

大平之君子能持盈守成，神祇祖考安樂之也。（〈大雅・鳧鷖〉）

能興衰撥亂，命召公平淮夷。（〈大雅・江漢〉）

文武以天保以上治內，采薇以下治外，始於憂勤，終於逸樂，故美

萬物盛多，可以告於神明矣。（〈小雅・魚麗〉）

宣王能內脩政事，外攘夷狄，復文武之境土。（〈小雅・車攻〉）

續序主張治理之方式當守成爲治，其方向則內外兼治也。

4. 反戰役

續序云：

公子五爭，兵革不息，男女相棄，民人思保其室家。（〈國風・鄭風・出其東門〉）

昭公之後，大亂五世，君子下從征役，不得養其父母。（〈國風・唐風・鴇羽〉）

好攻戰，則國人多喪矣。（〈國風・唐風・葛生〉）

軍旅數起，大夫久役，男女怨曠，國人患之。（〈國風・邶風・雄雉〉）

征戰徭役久戍不歸，則人倫將廢也，雖鄰邦外夷，時有背亂，當出師而正之，惟其征也必以德出，故續序云：「有常德以立武事。」（〈大雅・常武〉），鉤沈其義，反戰之主張隱微可知也。

（三）施政要領

1. 行仁道

續序云：

大臣不用仁心，遺忘微賤，不肯飲食教載之。（〈小雅・緜蠻〉）

思古明王，交於萬物有道，自奉養有節焉。（〈小雅・鴛鴦〉）

在位以仁心待下，而及於萬物，則爲賢臣明王也。

2. 施禮儀

續序云：

秦仲始大，有車馬禮樂侍御之好焉。（〈國風・秦風・車鄰〉）

衰亂之俗微，貞信之教興，彊暴之男不能侵陵貞女也。（〈國風・召南・行露〉）

君臣上下，動無禮文焉。（〈小雅・桑扈〉）

國人怨其勇而無禮也。（〈國風・邶風・擊鼓〉）

刺在位承先君之化，無禮儀也。（〈國風・鄘風・相鼠〉）

無禮儀則怨刺之，故當好禮樂，以施禮教也。

3. 講信義

續序云：

> 齊桓公救而封之……衛人思之，欲厚報之。（〈國風・衛風・木瓜〉）
>
> 桓王失信，諸侯背叛，構怨連禍，王師傷敗，君子不樂其生焉。
> （〈國風・王風・兔爰〉）
>
> 叔多才而好勇，不義而得眾也。（〈國風・鄭風・大叔于田〉）

得眾本爲政治目的，然不義而得者，非正途也；失信致天下相背，亦黎民之苦也。若衛人思報之行，誠乃義之德也，是爲政久長之要領。

4. 恤百姓

續序云：

> 不撫其民而遠屯戍于母家，周人怨思焉。（〈國風・王風・揚之水〉）
>
> 民人勞苦，孝子不得終養爾。（〈小雅・蓼莪〉）
>
> 德澤不加於民。（〈小雅・車舝〉）
>
> 庶類蕃殖，蒐田以時。（〈國風・召南・騶虞〉）
>
> 營宮室，得其時制，百姓說之，國家殷富焉。（〈國風・鄘風・定之方中〉）

不施德澤，不恤人民，則民乃深怨之，爲政不得民心，國祚難久矣。若能以時使民，乃能得其心也。

5. 修政事

續序云：

> 君子見沃之盛彊，能脩其政，知其蕃衍盛大，子孫將有晉國焉。（〈國風・唐風・椒聊〉）
>
> 父子竝爲周司徒，善於其職，國人宜之，故美其德，以明有國善善之功焉。（〈國風・鄭風・緇衣〉）
>
> 淫亂不恤國事。（〈國風・邶風・雄雉〉）

脩其政，善其職，則百姓美之而附焉，故能蕃衍盛大也。有不恤國事者，當戒之。

6. 戒貪讒

續序云：

在位貪殘，下國構禍，怨亂並興也。(〈小雅‧四月〉)

在位貪鄙，無功而受祿，君子不得進仕爾。(〈國風‧魏風‧伐檀〉)

不親九族而好讒佞，骨肉相怨。(〈小雅‧角弓〉)

獻公好聽讒焉。(〈國風‧唐風‧采苓〉)

宣公多信讒，君子憂懼焉。(〈國風‧陳風‧防有鵲巢〉)

小人在位，則讒諂並進，棄賢者之類，絕功臣之世焉。(〈小雅‧裳裳者華〉)

貪殘則生怨亂，讒佞構陷誤國，皆使骨肉相怨，賢者去國，故為政要領當戒貪讒也。

（四）政治理想

1. 王　化

續序數言王化之行，其言曰：

關雎之化行，則天下無犯非禮。(〈國風‧周南‧麟之趾〉)

美化行乎江漢之域，無思犯禮，求而不可得也。(〈國風‧周南‧漢廣〉)

天下喜於王化復行。(〈大雅‧雲漢〉)

化文王之政，在位皆節儉正直，德如羔羊也。(〈國風‧召南‧羔羊〉)

人倫既正，朝廷既治，天下純被文王之化。(〈國風‧召南‧騶虞〉)

文王之化行乎汝墳之國，婦人能閔其君，猶勉之以正也。(〈國風‧周南‧汝墳〉)

被文王之化，男女得以及時也。(〈國風‧召南‧摽有梅〉)

王化若行，則天下守禮，有德也。當其化行，人倫亦得以正，夫婦閔勉，男女及時，怨曠不復見矣。故續序政治之理想即在於王化也。

2. 和　平

續序云：「和平，則婦人樂有子矣。」《鄭箋》曰：「天下和，政教平也。」天下和樂，政教平順，則百姓樂其生也，當其有子，於子之生無所憂，故樂也。因之，和平亦為其理想之一焉。

3. 民胞物與

續序云：

> 周家忠厚，仁及草木，故能內睦九族，外尊事黃耇，養老乞言，以
> 成其福祿焉。（〈大雅・行葦〉）

忠厚，仁也。非特普施黎民百姓，猶及於草木萬物，其仁心可謂至廣。此政治理想或上承先秦儒家忠恕思想之精神也。

王化，亦以仁化天下也，惟其對象僅止於人，續序乃特言「仁及草木」，以明其民胞物與之精神，此實其政治原理澈底實踐後所達成之境界。

二、人格理念

續序之教化觀較重政治，而略於人格理念之闡述，茲明之於下。

（一）德　論

續序所言德行者，有泛言「德」者，亦有具言為「禮」、「信」、「義」者：

1. 禮

續序云：

> 思古之人不以微薄廢禮焉。（〈小雅・瓠葉〉）

> 禮義陵遲，男女淫奔。（〈國風・王風・大車〉）

> 禮義消亡，淫風大行，男女無別，遂相奔誘。（〈國風・衛風・氓〉）

二言禮義消亡則男女淫奔而俗薄也，故特言古人微薄猶不廢禮，以明「禮」之重要。

2. 信　義

續序云：

> 衰世之公子皆信厚，如麟趾之時也。（〈國風・周南・麟之趾〉）

> 其室家能閔其勤勞，勸以義也。（〈國風・召南・殷其靁〉）

以「義」勸者，其意或謂人當盡「義」以成其德焉，故以為勸也。

3. 德

續序云：

> 執婦道，以成肅雝之德也。（〈國風・召南・何彼襛矣〉）

> 夫人起家而居有之，德如鳲鳩，乃可以配焉。（〈國風・召南・鵲巢〉）

所言或指肅雝之德，或如鳲鳩之德，皆婦人之德也，然亦可知續序之重德焉。

（二）修　為

1. 思　賢

續序云：

君子在野，思見君子，盡心以事之。(〈小雅・隰桑〉)

君子去之，國人思望焉。(〈國風・鄭風・遵大路〉)

亂世則思君子不改其度焉。(〈國風・鄭風・風雨〉)

思君子之善行，以為法也。

2. 友　睦

續序云：

親親以睦，友賢不棄，不遺故舊，則民德歸厚矣。(〈小雅・伐木〉)

能逮下而無嫉妒之心焉。(〈國風・周南・樛木〉)

不妒忌，則子孫眾多也。(〈國風・周南・螽斯〉)

不妒忌則能和睦相處，反言之，親親則不相妒也。

3. 理　想

續序於人格理念之敘述不多，雖嘗曰：「鵲巢騶虞之德，諸侯之風也，先王之所以教。」(〈周南・關雎〉)，只言先王以德為教，未明其德行之理想境界若何也，然於人格之楷模則有所陳也，其言曰：「醉酒飽德，人有士君子之行焉。」(〈大雅・既醉〉)，《鄭箋》云：「乃見十倫之義，志意充滿，是謂之飽德。」，「飽德」者，或可謂人格之理想乎？而其人格之模範當是「士君子」也。

三、示教方式

續序多方言教，歸納其法，可由五端縷陳之：

（一）以古為教

1. 風　刺

續序云：

襄公好田獵畢弋，而不脩民事，百姓苦之，故陳古以風焉。(〈國風・齊風・盧令〉)

言古之君子，以風其朝焉。(〈國風・鄭風・羔裘〉)

二首皆直明其詩義為陳古以風，前者風其上，後者風其朝。

續序云：

故陳古以刺今大夫，不能聽男女之訟焉。(〈國風・王風・大車〉)

陳古義以刺今不說德而好色也。(〈國風‧鄭風‧女曰雞鳴〉)

二者皆未明所陳古義爲何,然所刺則至明,前者刺人臣不脩政事,後者刺當世失德好色,以刺爲教之意甚明也。

續序云:

古者長民,衣服不貳,從容有常,以齊其民,則民德歸壹。傷今不復見古人也。(〈小雅‧都人士〉)

先陳古王爲政之道,乃言傷今不見之也。

2. 思古

續序云:

思古明王,能爵命諸侯,賞善罰惡焉。(〈小雅‧瞻彼洛矣〉)

思古明王,交於萬物有道,自奉養有節焉。(〈小雅‧鴛鴦〉)

思古之人不以微薄廢禮焉。(〈小雅‧瓠葉〉)

其所思者,或言古之善治,或言古之仁愛萬物,或言古之重禮,其思多方,其意則在法古也。

續序云:

古者國有凶荒,則殺禮而多昏,會男女之無夫家者,所以育人民也。

(〈國風‧衛風‧有狐〉)

此言古者凶荒之時,有殺禮多昏之制,實明古者以「時中」爲政之義以爲教也。

上言以古爲教者二焉,審其深衷,當爲傷今世之失道衰亂,而明陳古人之善道以風今、刺今,其未言風刺者,雖僅思古、陳古,實亦有教戒風刺之義寓焉。

(二)言風俗以教

續序云:

衛之淫風流行,雖有七子之母,猶不能安其室。故美七子能盡其孝道,以慰其母心,而成其志爾。(〈國風‧邶風‧凱風〉)

此言衛國淫風以釋詩義。

哀公好田獵,從禽獸而無厭,國人化之,遂成風俗。習於田獵,謂之賢;閑於馳逐,謂之好焉。(〈國風‧齊風‧還〉)

化於惡俗者,始謂其賢,或謂其好,蓋言其惡俗爲戒以教焉。

（三）言史事為教

續序云：

> 衛為狄所滅，東徒渡河，野處漕邑。齊桓公攘夷狄而封之。文公徒
> 居楚丘，始建城市，而營宮室，得其時制，百姓說之，國家殷富焉。
> （〈國風・鄘風・定之方中〉）

此言衛由衰而盛之史以釋詩為教也。續序又云：

> 衛懿公為狄人所滅，國人分散，露於漕邑。許穆夫人閔衛之亡，傷
> 許之小，力不能救。思歸中其兄，又義不得，故賦是詩也。（〈國風・
> 鄘風・載馳〉）

此先言衛史，繼言作詩之義也。續序又云：

> 高克好利而不顧其君，文公惡而欲遠之不能，使高克將兵，而禦狄
> 於竟，陳其師旅，翱翔河上，久而不召，眾散而歸，高克奔陳。公
> 子素，惡高克，進之不以禮，文公退之不以道，危國亡師之本，故
> 作是詩也。（〈國風・鄭風・清人〉）

此先言史事，繼以評史，以言其作意也。

他如〈國風・鄭風〉〈有女同車〉、〈小雅・采薇〉皆言史以教也。

（四）明章法為教

1. 明編義

續序云：

> 儉不中禮，故作是詩以閔之，欲其及時以禮自虞樂也。此晉也，而
> 謂之唐，本其風俗，憂深思遠，儉而用禮，乃有堯之遺風焉。（〈國
> 風・唐風・蟋蟀〉）

此先言作意，後復明其編次之義，蓋其有教化寓焉。

> 文武以〈天保〉以上治內，〈采薇〉以下治外，始於憂勤，終於逸樂。
> （〈小雅・魚麗〉）

此則明編詩詩次上下之義，實有政治理念之教寓之。

2. 述作意

續序云：

> 宣公之時禮義消亡，淫風大行，男女無別，遂相奔誘，華落色衰，
> 復相棄背，或乃困而自悔，喪甚妃耦，故序其事以風焉。美反正，

刺淫泆也。（〈國風・衛風・氓〉）

此先言其民風，繼言其作意，末句則更明言其教義焉。又云：

周大夫行役，至于宗周，過故宗廟宮室，盡爲禾黍，閔周室之顛覆，

徬徨不忍去，而作是詩焉。（〈國風・王風・黍離〉）

此直言其作意也。

他如〈唐風・山有樞〉言作詩刺君不能脩道，〈秦風・渭陽〉言思母而作，〈陳風・衡門〉言作詩以誘其君，〈豳風・鴟鴞〉言爲詩以遺王也。

3. 釋詩題

續序云：

雨自上下者也，眾多如雨，而非所以爲政也。（〈小雅・雨無正〉）

旻，閔也。閔天下無如召公之臣也。（〈大雅・召旻〉）

賚，予也。言所以錫予善人也。（〈周頌・賚〉）

此皆續序釋詩題之含教義者以示教也。

4. 言章法

續序云：

一章言其完也，二章言其思也，三章言其室家之望女也，四章樂男

女之得及時也。君子之於人，序其情而閔其勞，所以說也，說以使

民，民忘其死，其唯東山乎？（〈國風・豳風・東山〉）

此析言詩歌章法，明其序情閔勞而說其民之意以爲教，故其言章法者，有教存之也。

（五）言詩廢之危為教

續序於〈小雅・六月〉詩由「鹿鳴廢」言起，直至「菁菁者莪廢」爲止，逐首明其若廢則失其道之義，而於末句統言曰：「小雅盡廢，則四夷交侵，中國微矣。」，其言蓋謂〈小雅〉至要也。續序於此所言〈小雅〉之詩教至明矣。

第四章　毛傳之詩教

第一節　毛傳之注詩特色

　　《毛傳》者，《毛詩詁訓傳》也，據鄭玄與陸璣所言，乃六國時魯人毛亨所作〔註1〕，施炳華先生以《毛傳》所言既涉秦漢間之制度，且與〈考工記〉、〈月令〉、〈王制〉諸篇相合，並參稽陸氏之言，乃謂「詁訓傳乃亨之口授，萇始著於竹帛，又增益以成之者也。要之，其最後成書，蓋在西漢初葉。」〔註2〕，其言有據，或不誤也。

　　《毛傳》之注詩，其體制可由書名知之也，清人馬瑞辰〈毛詩詁訓傳名義考〉曰：「毛公傳詩多古文，其釋詩實兼詁、訓、傳三體，故名其書爲詁訓傳。嘗即〈關雎〉一詩言之，如『窈窕，幽閒也』，『淑，善；逑，匹也』之類，詁之體也。『關關，和聲也』之類，訓之體也。若『夫婦有別則父子親，父子親則君臣敬，君臣敬則朝廷正，朝廷正則王化成』，則傳之體也。」〔註3〕，而其訓詁之體，施炳華嘗鉤其例得四十一焉〔註4〕，體例頗爲繁雜。

〔註1〕鄭玄《詩譜・序》云：「魯人大毛公爲訓詁傳于其家，河間獻王得而獻之，以小毛公爲博士。」，陸璣毛詩草木鳥獸蟲魚疏云：「孔子刪詩授卜商，商爲之序，以授魯人曾申，申授魏人李克，克授魯人孟仲子，孟仲子授根牟子，根牟子授趙人荀卿，荀卿授魯國毛亨，亨作訓詁傳以授趙國毛萇，時人謂亨爲大毛公，萇爲小毛公。」，鄭陸並傳毛詩，淵源必有自也，合二者之說觀之，詁訓傳爲毛亨所作，似不遠差也。

〔註2〕施炳華：《毛傳釋例》（台北：國立政治大學中國文學研究所碩士論文，民國63年6月），頁22。

〔註3〕清馬瑞辰：《毛詩傳箋通釋》（北京：中華書局，1989年3月），上冊，頁5。

〔註4〕施炳華：《毛傳釋例》，頁137至頁394，第九章毛傳訓詁例。

　　至其為傳之例，向熹先生曾鉤稽傳文八百六十多條，歸其類為三，一為「釋句意」，其法有五：「點明句意所在」、「詩句散譯」、「說明比喻義」、「申說原因」、「引史證詩」也。一為「釋章旨」，即解釋全章全詩旨意也。一為「釋表現手法」，即注明興體。由此觀之，毛氏之傳文較之訓詁之體最能明示其思想也。〔註5〕

　　惟《毛傳》雖為注釋《詩經》最古之本，然而其例猶有其源，非全出於自創，蕭璋先生嘗就其條例索其上源〔註6〕，謂《國語・周語》所引晉羊舌肸說〈周頌・昊天有成命〉詩之言，為《毛傳》之前說釋全詩之基本形式，是《毛傳》之通例乃有所本也。而各具體條例，無論單字訓詁，或詩句釋義，亦多有所本，可知《毛傳》之訓詁體例，有承前人之法以說詩者也。

　　《毛傳》注詩之體例既有所承，而其為文亦承序以說解，清人姚際恆謂「毛傳不釋序，且其言亦全不知有序者。」〔註7〕，林葉連先生舉〈周南・關雎〉與〈卷耳〉為例以明《毛傳》依序為文之意駁之〔註8〕，文幸福先生亦嘗著「毛傳與古序相應考」〔註9〕，得五十四條二者相應合之例，計六十篇詩，謂曰：「上述《毛傳》與古序相應合者六十篇，特其顯見者耳，至其相與暗合者，又不可勝言。」，故《毛傳》釋經乃據古序以言者，殆無疑慮也。

　　《毛傳》較之三家晚出，猶能視三家而獨勝者，必有其過人之處也，趙制陽先生嘗言其三大優點謂「不信神奇，述義平實」、「提示作法，獨標興體」、「釋詞述義，可取者多」〔註10〕，其言可謂確當也，徐英先生以三家「旁出異議，繆乎本旨」，毛傳則「悉本聖訓，勿背前修」，故能獨有千古也，乃謂其因有五焉：一為「賦比興之說本於周官太師也，……傳文言興特詳」，二為「制度悉與禮經及戴記合也」，三為「事案以序為主，本之子夏，悉與尚書、左氏傳、國語、孟子、儀禮合也」，四為「訓釋詩詞詩義悉與荀子相合也」，五為「訓詁多本諸

〔註5〕毛氏之詩教思想當以傳文所言最為明顯，雖訓詁之體亦有寓寄，然其隱而難明，不易索求，若欲以之探求者，非特費神耗時，猶且因輾轉訓釋而有失其本意之虞也，故本論文所據以探討之範圍，乃以其傳文為主，而少及於訓詁之文者也。

〔註6〕蕭璋：〈毛傳條例探原〉，《詩經學論叢》，頁501至頁524。

〔註7〕清姚際恆：《詩經通論》，詩經論旨，頁3。

〔註8〕林葉連：《中國歷代詩經學》（台北：中國文化大學中國文學研究所博士論文，民國79年6月），頁105。

〔註9〕文幸福：《詩經毛傳鄭箋辨異》，頁232至頁280。

〔註10〕趙制陽：〈毛傳評介〉，《詩經名著評介》，頁55至頁61。

爾雅也」〔註11〕，徐氏蓋以《毛傳》出言有本而勝三家，與趙氏之言可互爲發明。又清人陳奐述《毛傳》之淵源，稱其多用師說以明詩義〔註12〕，是又出言有本之證也。

　　上皆明《毛傳》之特色也，林葉連歸結前人之說，統言《毛傳》之特色有四焉：一爲依序解詩，二爲釋義精當，可取者多，三爲不信荒誕神奇之說，四爲獨標興體。〔註13〕此言明之矣。

第二節　毛傳之倫理思想

　　毛公因古序而作傳，於詩之義，序已明者，傳即略之，故傳獨詳於訓詁也，此意已詳於前文。至其人倫思想，〈關雎〉首章即已揭示曰：「夫婦有別，則父子親；父子親，則君臣敬；君臣敬，則朝廷正；朝廷正，則王化成。」，其體系始於夫婦之倫，終於天下化成，由家庭倫理推而至社會倫理，層次至爲分明。因之，毛公於此傳中，必有其倫理思想寓寄也。

　　《毛傳》之倫理思想兼及五達道與物我、天人之倫等，而尤重君臣之倫，茲論述於後。

壹、君臣之倫

一、君　臣

（一）君　道

《毛傳》嘗謂上下之倫曰：「上爲亂政而求下之治，終不可得也。」（〈小雅・小宛五〉），其重君道甚矣。就其君道思想之基礎言，有三焉，其言曰：

　　先君招賢人，賢人往之駛疾。（〈國風・秦風・晨風一〉）

　　不能致其樂則不能得其志，不能得其志則嘉賓不能竭其力。（〈小雅・鹿鳴三〉）

　　君子能盡人之情，故人忘其死。（〈小雅・采薇六〉）

君臣之道是否昌明，端視爲人君者能否招賢人，能否致其樂，能否盡其情？

〔註11〕徐英：《詩經學纂要》，頁116至頁117。
〔註12〕清陳奐：《詩毛氏傳疏》，（二）冊，〈毛詩說・毛傳淵源通論〉，頁1001至頁1004。
〔註13〕林葉連：《中國歷代詩經學》，頁105至頁117。

易言之，若能用賢，又能致其樂、盡其情者，則人臣必心往之，且能竭其力，甚而忘其死也。《毛傳》之意在此，故其爲君之法有美士者、有友賢者、有命諸侯者、有使陳志者，其言曰：

> 宣王能新美天下之士，然後用之。(〈小雅・采芑一〉)

> 國君友其賢臣，大夫士友其宗族之仁者。(〈小雅・伐木三〉)

> 今宣王平大亂命諸侯。有倬其道，有倬然之道者也。(〈大雅・韓奕一〉)

> 明王使公卿獻詩以陳其志。(〈大雅・卷阿十〉)

既美之、友之、命之、使之陳志，則必能維持諸侯，乃爲明王焉，故曰：

> 明王能維持諸侯也。(〈小雅・采菽五〉)

由上觀之，《毛傳》君道之終極理想即在成爲「明王」，而明王者當能實踐上述之三基礎、四方法也。明王之理想典範即爲文王，傳曰：「文王之德，明明於下，故赫赫然著見於天。」(〈大雅・大明一〉) 推崇典範之意甚明。

（二）臣　道

至於爲臣之道，傳亦有述焉。爲臣之條件，一者必待王之正名，一者當憂於國事。其言曰：

> 諸侯不命於天子，則不成爲君。(〈國風・唐風・無衣一〉)

> 國無政令，使我心勞。(〈國風・檜風・羔裘一〉)

受命於天子，乃君臣一倫之常道，其正名之義，即在扶倫常之道也。及其受命於君，當憂勞國事。既爲臣矣，其待君之法，可得而如下之言：

> 人臣待君倡而後和。(〈國風・鄭風・蘀兮一〉)

> 忠臣奉使，能光君命，無遠無近。(〈小雅・皇皇者華一〉)

> 周公作樂，以歌文王之道，爲後世法。(〈小雅・四牡一〉)

> 有袞冕者，君之上服也。仲山甫補之，善補過也。(〈大雅・烝民六〉)

爲臣者應和君倡、光君命、補君過、頌君道也，此四者臣之所當行，方不負君之命。

（三）相互之道

《毛傳》於君臣相待之道言之特明，就其原則而言，其內涵爲君仁臣敬，其法則爲君惠臣敬也。傳云：

> 爲人君止於仁，爲人臣止於敬。(〈大雅・抑八〉)

臣有餘敬而君有餘惠。（〈魯頌・有駜二〉）

君心存仁而臣心存敬，君臣之倫乃能久固，若欲繫君臣於不墜，君須常施恩於下，則臣無不時刻敬之。就其方法而言，傳嘗明示於〈國風・豳風・伐柯〉詩矣，其言曰：

以其所願乎上交乎下，以其所願乎下事乎上，不遠求也。

蓋其法存乎一「願」字耳，以願上待己之心待於下，以願下事己之心事於上，此實求諸己心，故傳謂「不遠求」。上顧周秦先儒之論，毛公此言洵有其源，中庸曰：

忠恕違道不遠，施諸己而不願，亦勿施於人。君子之道四，丘未能一焉，所求乎子以事父，未能也；所求乎臣以事君，未能也；所求乎弟以事兄，未能也；所求乎朋友先施之，未能也。〔註14〕

中庸雖以四道言之，而《毛傳》僅就君臣之義為言，然而，其推己及人忠恕精神則一，足具毛公之倫理思想乃上承孔子之忠恕思想，其脈絡明晰可尋。傳又於〈國風・秦風・駟驖〉詩注曰：

能以道媚於上下。

以此對照毛傳〈伐柯〉之注，「道」之義實為忠恕之道，《鄭箋》云：「媚於上下，謂使君臣和合也。」，以忠恕之道待於上下，則君臣必能和合融洽，故古序曰：「駟驖，美襄公也。」美其能以忠恕之道和合上下也。君臣相待之道，其理想即如毛傳於〈國風・鄭風・籜兮〉之言「君倡臣和」也。

根據上述分析，可得君臣一倫之簡表於下：

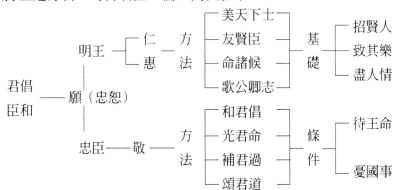

二、君　民

《毛傳》之君民關係側重為人君之敘述，其於治民之基本思想，可由下

〔註14〕見《中庸》第十三章〈伐柯之訓〉。

知之：

> 女爲善，則民爲善矣。(〈大雅・抑八〉)
>
> 上與百姓同欲，則百姓樂致其死。(〈國風・秦風・無衣一〉)
>
> 人君能有美德，盡其仁愛，百姓欣而奉之，愛而樂之。(〈國風・齊風・盧令一〉)

要而言之，民欲得治，端視君王之行，其意有三焉：1.王爲善，則民爲善。2.上同欲，則民樂死。3.君仁愛，則民奉樂。故毛傳君民之倫，只言君道而未及民道，蓋有意爲之耶？此或承孟子諫君「義利之辨」乎？果如此，則其知人論世之詩教已得紹述矣。

至其治民之術，可歸其要者如次：1.率民同出同歸：「豳公子躬率其民，同時出同時歸也。」(〈國風・豳風・七月二〉)2.播百穀以利民：「后稷播百穀以利民。」(〈大雅・生民一〉)3.順時遊田共樂同獲：「順時遊田，與百姓共其樂，同其獲，故百姓聞而說之。」(〈國風・齊風・盧令一〉)4.富民讓下：「上欲富其民而讓於下，欲民之大發其私田耳。」(〈周頌・噫嘻一〉)此御民之道皆關乎農業，當其時也，民賴耕作以生，上者治民以時爲其首要，若能以田以穀利之富之，又能與之同出歸，共樂獲，則民必當欣奉其君，愛樂其君，甚而樂其死也。故探其深意，爲政當以民爲先，君上不可自囿於深宮，始能體察民情也。至若〈唐風・羔裘〉之詩傳曰：「本末不同，在位與民異心。」，則民必如詩所云「豈無他人」也，然民之念君，乃謂「維子之好」，其厚如此，在位當思之，是故古序有曰：「羔裘，刺時也。」

貳、父子之倫

《毛傳》於父子一倫述之甚少，觀其所言，不外二端：一爲父道之原則；一爲父子人倫之內涵。

其言原則者，曰：

> 人無子道以來事己，己亦不得以母道往加之。(〈國風・邶風・終風二〉)
>
> 父尚義。(〈國風・魏風・陟岵一〉)
>
> 母尚恩也。(〈國風・魏風・陟岵二〉)

爲父之道，當戒子以「義」，母戒子則重「恩」，既尙恩，故言母當俟子道之

先來，此乃重長幼先後之倫也。然其所尙者，蓋出之於天性，若子道不來，母則心悠悠然。

其言內涵者，曰：

父之所樹，己尙不敢不恭敬。(〈小雅・小弁三〉)

爲人子止於孝，爲人父止於慈。(〈大雅・抑八〉)

樹且敬矣，則其敬父益尊，故人子之孝，實含恭敬之義。至爲父者，前既言其教子尙義，則父待子亦必出之以義爲常道，故有言「嚴父」者也，惟父子之倫當繫於仁，本之於慈，始爲人倫之正，故云「止於慈」。

參、夫婦之倫

一、夫　婦

《毛傳》論夫婦一倫除言夫道者一外〔註15〕，餘皆述妻道，且多在〈國風〉篇什之中。茲分其類，乃得賢妻要件與侍夫之道二端。

其言爲妻之條件者曰：

待禮而行，隨從君子。(〈國風・召南・草蟲一〉)

說樂君子之德，無不和諧，又不淫其色，愼固幽深，若雎鳩之有別焉。(〈國風・周南・關雎一〉)

幽閒貞專之善女，宜爲君子之好匹。(〈國風・周南・關雎一〉)

既有靜德，又有美色，又能遺我以古人之法，可以配人君也。(〈國風・邶風・靜女二〉)

外有美色，內則當有和諧、愼固幽深、貞靜專一等美德，德色兼具猶待禮之行來，始可爲人賢妻也。

既爲人妻，其侍夫之道則多矣。傳曰：

婦至門，夫揖而入，不敢當尊，宛然而左辟。(〈國風・魏風・葛屨二〉)

古之夫人配其君子，亦不忘其敬。(〈國風・齊風・雞鳴三〉)

公侯夫人執蘩菜以助祭。(〈國風・召南・采蘩一〉)

〔註15〕〈國風・雞鳴〉傳曰：「卿大夫朝會於君朝聽政，夕歸治其家事。無庶予子憎，無見惡於夫人。」外治於朝，內修於室，此夫道之常，自爲其妻所愛。

室家踰時則思。(〈小雅‧杕杜二〉)

禮,夫不在,斂枕篋衾席,韜而藏之。(〈國風‧唐風‧葛生三〉)

思君子,官賢人,置周之列位。(〈國風‧周南‧卷耳一〉)

要言之,其道如下:1.宛然不自尊。2.敬其夫。3.助祭,共事宗廟。4.踰時未歸則思之。5.夫不在則斂寢具。6.對外佐夫用賢。前五項為在家之道,末一項為對外之行,足見妻道仍以室家為重。為妻者,態度宜宛然而虔敬,及夫行事當助之,若夫出則思而持禮;至其夫位尊事繁則佐理之。此《毛傳》妻道者,體類周密而內外兼俱,微至心態顏色,巨至分勞治國,靡不兼賅。能勝此道者,如傳之言僅「后妃」耳,是故妻道之理想典範即為后妃。

至夫婦之倡和有別,《毛傳》亦嘗曰:「雞鳴而夫人作,朝盈而君作。」(〈國風‧齊風‧雞鳴一〉)《鄭箋》乃云:「雞鳴朝盈,夫人也,君也,可以起之常禮。」常禮既行,夫婦乃和樂也,《毛傳》云:「陰陽和而谷風至,夫婦和則室家成,室家成而繼嗣生。」(〈國風‧邶風‧谷風一〉)故「和」即為夫婦之倫之終極理想。

二、男 女

《毛傳》於男女之道特重「禮義」,其言曰:

鳩,鶻鳩也。食桑葚過則醉而傷其性。耽,樂也。女與士耽則傷禮義。(〈國風‧衛風‧氓三〉)

閑閑然,男女無別往來之貌。(〈國風‧魏風‧十畝之閒一〉)

傳以「傷禮義」比之鳩鳥之「傷其性」,性者,本然天成者也。乃知禮義者,男女之倫常也,而耽樂、無別者,皆傷禮義之常。又云:

男女之際,安可以無禮義,將無以自濟也。(〈國風‧邶風‧匏有苦葉一〉)

其重禮義可知矣。是故,禮備乃得以行,其言曰:

舟楫相配,得水而行;男女相配,得禮而備。(〈國風‧衛風‧竹竿四〉)

男女之際,近而易,則如東門之墠;遠而難,則如茹藘在阪。……得禮則近,不得禮則遠。(〈國風‧鄭風‧東門之墠一〉)

男女以禮相往,則其倫近切。男女之倫近切,則夫婦之倫亦將得其正。否則,如傳之言「男女失時,不逮秋冬……期而不至也」(〈國風‧陳風‧東門之楊

一〉），不逮秋冬，非禮也，期而不至，非義也，則夫婦之倫無以行矣。

肆、長幼之倫

傳之述長幼之倫者可略分原則與作法明之。其言原則者云：

> 兄尚親也。（〈國風・魏風・陟岵三〉）

> 兄弟尚恩怡怡然。（〈小雅・常棣五〉）

此言手足之關係。傳曰：

> 王與親戚燕則尚毛。（〈小雅・常棣六〉）

此則述宗族之義。「尚親」、「尚恩」皆基於親情爲言，「尚毛」則著長幼之序也。其言作法者云：

> 兄弟之相救於急難。（〈小雅・常棣三〉）

是言手足之道。又云：

> 大夫士友其宗族之仁者。（〈小雅・伐木三〉）

> 宗子將有事則族人皆侍，不醉不出，是不親也；醉而不出，是渫宗也。（〈小雅・湛露一〉）

此明宗族之道。「救難」者尚其親，「友仁」者尚其恩，「侍飲」則尚其節也，然而親疏有別，故手足尚親、尚恩，而宗族尚恩、尚禮也。其別當在一者以親，而一者以禮也。

伍、朋友之倫

朋友一倫，《毛傳》明其原則者如下：

> 朋友以義，切切然。（〈小雅・常棣五〉）

> 與國人交，止於信。（〈大雅・抑八〉）

> 尊其尊而親其親。（〈大雅・皇矣八〉）

此言人我關係。傳曰：

> 賓主和樂，無不安好。（〈國風・鄭風・女曰雞鳴二〉）

此述賓主關係。「義」、「信」、「和樂」、「尊尊」、「親親」五者可謂朋友之倫常，無論個人抑或侯國之間，皆可行之。彼此相交以信以義，終致和樂，猶擴及其尊其親，傳意可謂深廣矣。此蓋承儒家「老人老」、「幼人幼」之忠恕精神，故朋友之倫自有「仁」道哉！

至其朋友相待之法,《毛傳》多所言之,曰:

> 君子雖遷於高位,不可以忘其朋友。(〈小雅‧伐木一〉)

> 朋友相須而成。(〈小雅‧谷風二〉)

> 民相與和睦,以顯於時也。(〈大雅‧公劉一〉)

此言人我相待之道。又云:

> 鄰國有急,以簡書相告,則奔命救之。(〈小雅‧出車四〉)

> 諸侯以國相連屬,憂患相及。(〈國風‧邶風‧旄丘一〉)

此則明侯國之間相處之道也。顯赫不忘舊友,義也;相須成事,信也;救於急難,亦義也。信義相守,則能和睦以處,此乃《毛傳》朋友一倫之義也。

陸、他 倫

五倫外,《毛傳》尚及於物我、天人等關係,其中有其重要思想寄焉,不可略之。

先言物我之倫,《毛傳》曰:

> 彤管,以赤心正人也。(〈國風‧邶風‧靜女二〉)

> 夫婦過禮,則虹氣盛,君子見戒而懼諱之,莫之敢指。(〈國風‧鄘風‧蝃蝀一〉)

> 大平而後微物眾多,取之有時,用之有道,則物莫不多矣。古者,不風不暴,不行火,草木不折,不操斧斤,不入山林。豺祭獸然後殺,獺祭魚然後漁,鷹隼擊然後罻羅設。是以天子不合圍,諸侯不掩群,大夫不麛不卵,士不隱塞,庶人不數罟,罟必四寸,然後入澤梁,故山不童,澤不竭,鳥獸魚鱉皆得其所然。(〈小雅‧魚麗一〉)

彤管,物也;虹,乃自然現象,以其特質戒正人倫,《毛傳》洵有意法自然耶?然而物之於人其要可知之,故傳乃詳明古時取之有時、用之有道之舉措,天子以下存仁待物,而物食於人又正誠人,二者關係緊密和諧也。傳於此不憚辭費,誠有意特明於物我之倫。

次及天人關係,帝之生乃天所命,傳嘗曰:「天生后稷,異之於人,欲以顯其靈也。」(〈大雅‧生民三〉),天力之大如此,因之,傳多明事天之道也,其言曰:

　　　堯見天因邰而生后稷，故國后稷於邰，命使事天，以顯神順天命耳。
　　　（〈大雅・生民五〉）

　　　承天意而異之於天下。（〈大雅・生民三〉）

　　　我長配天命而行，爾庶國亦當自求多福。（〈大雅・文王六〉）

　　　大王行道，能安天之所作也。（〈周頌・天作一〉）

承天、配天以行其道，事天、安天以順其命。至其事天之終極理想，即如傳之言曰：

　　　文王升接天，下接人也。（〈大雅・文王一〉）

　　　湯與天心齊。（〈商頌・長發三〉）

接天即通天，其意當與齊天心同，是故求與天齊心實爲事天之理想，於此乃知天人之倫之楷模即爲湯與文王，順天治民，故其國昌焉。

第三節　毛傳之教化觀

壹、政治理念

一、政治原理

　　君王之位乃受天命而得，傳曰：「言受命之宜，王基乃始於是也。」（〈大雅・大明五〉）此乃《毛傳》之所特明之者，其政治原理實根於天命觀也。以下可見《毛傳》的政治原理基於道德仁禮的內容：

　　（一）取有德

　　傳曰：

　　　君子能此九者，可謂有德音，可以爲大夫。（〈國風・鄘風・定之方中二〉）

　　　有德君子宜世居卿士之位焉。（〈國風・鄭風・緇衣一〉）

　　　幽王用樂不與德比……賢者爲之憂傷。（〈小雅・鼓鐘一〉）

前二者謂用臣當以有德爲標準，後者則言以德爲用事之準繩。《毛傳》用人治事蓋以德爲取也。

　　（二）依於道

　　傳曰：

> 天下有道，則禮樂征伐自天子出。（〈國風・秦風・無衣一〉）
>
> 道可憑依以爲輔翼也。（〈大雅・卷阿五〉）
>
> 國有道則知，國無道則愚。（〈大雅・抑一〉）
>
> 大王行道，能安天之所作也。（〈周頌・天作〉）

治國行事皆以道出，內以禮樂爲治道，外以征伐爲連率之道，能如此則則得以安天命也。

（三）基於仁

傳曰：

> 爲人君止於仁；爲人臣止於敬。（〈大雅・抑八〉）
>
> 言與仁義也。（〈國風・邶風・旄丘二〉）

一言君臣，一言國，皆求其有仁德也。

（四）治以禮

傳曰：

> 媒所以用禮也，治國不能用禮則不安。（〈國風・豳風・伐柯一〉）
>
> 國家待禮然後興。（〈國風・秦風・蒹葭一〉）
>
> 順禮求濟，道來迎之。（〈國風・秦風・蒹葭一〉）

以禮治則道化行，故國乃得安而興盛也。

二、政治主張

（一）用賢勤政

傳曰：

> 舉賢用滯，則可以治國。（〈小雅・鶴鳴一〉）
>
> 古者臣有大功，世其官邑。（〈國風・鄘風・干旄一〉）
>
> 臣彊力則能安國。（〈魯頌・有駜一〉）
>
> 宣王之末，不能用賢，賢者有乘白駒而去者。（〈小雅・白駒一〉）

臣彊力可安其國，故當舉賢而用，以治其國，若臣居功則世官之，以爲用也。王不用賢則賢者乃去，國遂無以安，是故宣王之末難治也。傳復曰：

> 上爲亂政而求下之治，終不可得也。（〈小雅・小宛五〉）
>
> 爲政有緩有急，用心之不均。（〈國風・王風・兔爰一〉）

上亂則下無以治，故當勤於政事，上位若能用心治國，其政將無時緩時急之

現象。

（二）親民教化

傳曰：

> 王者不能親親以及遠。（〈小雅・正月十二〉）
>
> 先教戰，然後用師。（〈小雅・六月二〉）
>
> 樂以彊教之，易以說安之，民皆有父之尊，有母之親。（〈大雅・洞酌一〉）

廣被德澤，親其百姓，則民乃化，王業始大焉，親而教之，欲使其樂王用以忘其死也。

（三）遠近有謀

《毛傳》對於謀略亦甚重視，傳曰：「武力比於虎，可以御亂；御眾有文章，言能治眾。動於近，成於遠也。」（〈國風・邶風・簡兮二〉）以武平其亂，是近謀；繼以詩書而安治之，是遠謀，近所以成其遠也。

三、施政要領

《毛傳》言施政頗重儒家忠恕之道，傳曰：「以其所願乎上交乎下，以其所願乎下事乎上，不遠求也。」（〈國風・豳風・伐柯二〉）以己所願度其上下之意願而事之交之，則能和諧於政也。

（一）慎賞罰

傳曰：

> 不僭不濫，賞不僭，刑不濫也。（〈商頌・殷武四〉）
>
> 諸侯有大功德，賜之名山土田附庸。（〈大雅・江漢五〉）
>
> 諸侯有大功則賜虎賁。（〈大雅・崧高七〉）
>
> 上能賜以車馬，行中節，馳中法也。（〈大雅・卷阿十〉）

諸侯有大功則賞賜田地虎賁，賢者守禮法則賜車馬，是賞不僭也。

（二）善御臣

《毛傳》重視用賢才，傳曰：「君子能長育人材，如阿之長莪菁菁然。」（〈小雅・菁菁者莪一〉）育人材者，所以用賢也。對下臣亦善御之，傳曰：

> 慈和遍服曰順。（〈大雅・皇矣四〉）
>
> 使文武之臣征伐，與孝友之臣處內。（〈小雅・六月六〉）

前者言御臣之理，後者言御臣之法，上位者慈和以待其下，則諸臣無不順之。既順乃以其所長遣之，分掌內外，則國無不治者也。

（三）親族國

傳曰：「王與親戚燕則尚毛。」（〈小雅・常棣六〉）尚毛者，依序而尊其長也。能尊族親，則九族和睦，王乃安也。傳又曰：「諸侯以國相連屬，憂患相及，如葛之蔓延相連及也。」（〈國風・邶風・旄丘一〉）侯國之間憂患相及，相持以治，能久安也。

對週邊四夷亦宜親和之，傳曰：「舞四夷之樂，大德廣所及也。」（〈小雅・鼓鐘四〉）德化於四夷，則其和而不僭，舞其樂以示德廣也。

（四）敬諸神

傳曰：

> 古者天子為藉千畝，冕而朱紘，躬秉耒；諸侯為藉百畝，冕而青紘，躬秉耒。以事天地山川社稷先古，敬之至也。（〈大雅・瞻卬四〉）

> 滔滔，大水貌。其神足以綱紀一方。（〈小雅・四月六〉）

事天地山川社稷諸神，有敬意存焉。當其大水泛濫，乃謂其山川之神足以治之，尊神之意表焉。

（五）重保育

傳曰：

> 天子不合圍，諸侯不掩群，大夫不麛不卵，士不隱塞，庶人不數罟，罟必四寸，然後入澤梁，故山不童，澤不竭，鳥獸魚鱉，皆得其所然。（〈小雅・魚麗一〉）

此言古代為政不違害自然也。

四、政治理想

《毛傳》未曾明指其政治理想為何也，然猶可鉤檢其文以得之：一為致大平，一為靈道行也。傳曰：「大平而後微物眾多，取之有時，用之有道，則物莫不多矣。」（〈小雅・魚麗一〉），又曰：「大平則萬物眾多。」（〈大雅・鳧鷖一〉），大平即天下治也，人既治矣，乃以道及物焉。故傳又曰：「靈囿，言靈道行於囿也。」（〈大雅靈臺二〉），及云：「靈沼，言靈道行於沼也。」（〈大雅・靈臺三〉），靈道行者，猶言王化行也，傳曰：「神之精明者稱靈。」（〈大雅・靈臺一〉），箋云：「觀臺而曰靈者，文王化行似神之精明，故以名焉。」

（〈大雅・靈臺一〉），王化行於禽獸，行於池沼，是謂仁於萬物也。由此乃知《毛傳》之政治理想即在致大平與靈道行也。

貳、人格理念

一、德　論

《毛傳》所論德行項目頗多，歸結其說，可得五焉，曰德、曰道、曰禮、曰仁義、曰信，茲述於下：

（一）德

傳曰：

> 德如玉也。（〈國風・召南・野有死麕二〉）
>
> 瑤，言有美德也，下曰鞞，上曰琫，言德有度數也。（〈大雅・公劉二〉）
>
> 德盛而尊，嫁則錦衣加裟襜。（〈國風・衛風・碩人一〉）
>
> 非但有華色，又有婦德。（〈國風・周南・桃天二〉）
>
> 執蘩菜以助祭，神饗德與信，不求備焉。（〈國風・召南・采蘩一〉）
>
> 惡人被德化而消，猶飄風之入曲阿也。（〈大雅・卷阿一〉）

傳以玉石言德之美，雖重德之美，猶兼及色也，故謂「有華色又有婦德」，云德盛猶加裟襜美之，足見毛傳德色並重之義，然而，神享德而惡亦化於德，未及其色者，知德之重於色也。

（二）道

傳曰：

> 天下室家，不以其道而相去，是失其性。（〈小雅・黃鳥一〉）
>
> 行小人道，責高明之功，終不可得也。（〈小雅・小宛一〉）
>
> 所以交於神明者，言道之遍至也。（〈大雅・既醉四〉）
>
> 休休，樂道之心。（〈國風・唐風・蟋蟀三〉）
>
> 樂飢，可以樂道忘飢。（〈國風・陳風・衡門一〉）

毛言道者多義也，或指夫婦之道，或指人之行為，或泛言一切常理。而言「樂」於道，蓋有意承孔子樂道忘憂之精神耶？

（三）禮

《毛傳》論諸德以禮為最夥，其言或直謂禮，或與義並說為「禮義」，或

與樂並言爲「禮樂」，以廣明禮之重要。傳曰：

> 濯所以救熱也，禮亦所以悆亂也。(〈大雅・桑柔五〉)

> 得禮則近，不得禮則遠。(〈國風・鄭風・東門之墠一〉)

> 逆禮則莫能以至也。(〈國風・秦風・蒹葭一〉)

> 願見有禮之人，與之同歸。(〈國風・檜風・素冠二〉)

> 既者，盡其禮，終其事。(〈大雅・既醉一〉)

其言禮能悆亂，又言順禮行事乃得至也。故願歸於禮，行以禮。傳又曰：

> 咨禮義所宜爲度。(〈小雅・皇皇者華四〉)

> 當如善士瞿瞿然顧禮義也。(〈國風・唐風・蟋蟀一〉)

> 安可以無禮義，將無以自濟也。(〈國風・邶風・匏有苦葉一〉)

> 室家之道，非得所適，貞女不行，非得禮義，昏姻不成。(〈國風・邶風・匏有苦葉四〉)

首言以禮義爲度者，實與「心能制義曰度」(〈大雅・皇矣四〉)者同也，以禮義爲規臬，度其行爲確當與否，此蓋毛傳人格理念之準繩也。若其言「違禮義，不由其道。」(〈國風・邶風・匏有苦葉二〉)，及「女與士耽，則傷禮義。」(〈國風・衛風・氓三〉)，所言違、言傷者，皆以禮義爲斷也。傳曰：

> 禮樂不可一日而廢。(〈國風・鄭風・子衿三〉)

直言禮樂之重要如此。

《毛傳》以禮義爲度，又云制義爲度，或可析其內涵爲「以禮爲其基礎，以義爲其法則」也，而二者生之於心，則禮義之於人者，當如物之性也〔註16〕，是爲人之本性而非外塑之德行，此或爲孟子「性善說」之餘緒乎？

(四)仁　義

傳曰：

> 鳥止於阿，人止於仁。(〈小雅・緜蠻一〉)

鳥擇曲阿之枝以棲止之，人則依於仁者之君也，蓋仁德乃眾人之所宗，喜於仁猶鳥之止阿者，性也。

傳曰：

〔註16〕毛傳嘗以物之本性，比言人之德行，如〈國風・衛風・氓〉詩第三章，傳云：「鳩，鶻鳩也。食桑葚過則醉而傷其性。耽，樂也。女與士耽，則傷禮義也。」，以鳥之傷性，比言人之傷禮義，則傳意當以禮義爲人之本性也，爲人生而具有之德也。

心能制義曰度。(〈大雅・皇矣四〉)

賊義曰殘。(〈大雅・民勞五〉)

以人之心存義爲度者，以義爲之衡也，度其行若有違，則謂之殘，《毛傳》以
義爲測人行爲之尺度，其重義之德者甚明。

（五）信

傳曰：

與國人交，止於信。(〈大雅・抑八〉)

麟信而應禮，以足至者也。(〈國風・周南・麟之趾一〉)

有至信之德則應之。(〈國風・召南・騶虞一〉)

直言交人以信，物亦若人之有信也，信德者，萬物之通德，此傳意也。

二、修 爲

傳之言德行如上，而欲修言行以進其德，傳亦有述。

（一）修 德

傳曰：

思與君子同心也。(〈國風・邶風・谷風一〉)

其有一心乎君子，故能自悔。(〈國風・衛風・氓二〉)

此專壹之德，實爲婦人事夫之道，其內涵當有禮義寓之也。擇善而從於有德
之人，乃修德之法，傳曰：「擇善而從曰比。」(〈大雅・皇矣四〉)「歸有德也。」
(〈國風・邶風・北風二〉) 前則謂「擇善而從」者，言其「比于文王」也，
乃從有德之文王。後者直言歸有德，所擇所歸之德目，傳嘗略言之也，其言
曰：「取其有始有終。」(〈國風・邶風・靜女三〉)，又曰：「君子以德，當柔
潤溫良。」(〈國風・衛風・芄蘭一〉)，一爲「有始有終」，一爲「柔潤溫良」，
二德爲人所欲修習從歸者也。

修德必重愼微之行，傳曰：

重物愼微，將用馬力，必先爲之禱其祖。(〈小雅・吉日一〉)

愼小以懲大也。(〈大雅・民勞一〉)

愼微行事則不背禮義焉。

（二）行 禮

傳曰：

> 古之將嫁女者，必先禮之於宗室。（〈國風‧召南‧采蘋三〉）
>
> 待禮而行，隨從君子。（〈國風‧召南‧草蟲一〉）
>
> 終不棄禮而隨此彊暴之男。（〈國風‧召南‧行露三〉）
>
> 男女待禮而成。（〈國風‧唐風‧綢繆一〉）
>
> 婦人待禮以成爲室家。（〈國風‧衛風‧竹竿一〉）
>
> 男女相配，得禮而備。（〈國風‧衛風‧竹竿四〉）

上皆言男女以禮以成其道，其若不以禮行者，將相奔而無以成室家，如傳之云：「男女失時，不逮秋冬。」（〈國風‧陳風‧東門之楊一〉），不待秋冬者，不以禮行也，又曰：「室家離散，匹妃相去，有不以禮者。」（〈小雅‧黃鳥一〉），其不以禮者，終將無以維繼室家也。故傳乃云：「室家之道，非得所適，貞女不行；非得禮義，昏姻不成。」（〈國風‧邶風‧匏有苦葉四〉），以禮行乃能成室家，此傳意也。

《毛傳》以成家室應無踰時，始合禮，傳曰：「宜以有室家，無踰時者。」（〈國風‧周南‧桃夭一〉）「三星在天，可以嫁取矣。」（〈國風‧唐風‧綢繆一〉）無踰時者，亦有依禮行事之義。

但《毛傳》亦不拘於禮而失大本者，嘗曰：「三十之男，二十之女，禮未備，則不待禮會而行之者，所以蕃育民人也。」（〈國風‧召南‧摽有梅三〉）男女以禮成室家之道者，常道也，然亦有非常者，若凶荒之年，或踰時而未嫁取，皆有殺禮以昏之道也，《毛傳》此說或爲續序所襲焉，〈國風‧衛風‧有狐〉詩續序云：「古者國有凶荒，則殺禮而多昏，會男女之無夫家者，所以育人民也。」，蓋禮備行於常，而殺禮則行於非常也，此乃《毛傳》時中之論也。

（三）行　孝

傳曰：

> 爲人子止於孝，爲人父止於慈。（〈大雅‧抑八〉）
>
> 善父母爲孝，善兄弟爲友。（〈小雅‧六月六〉）
>
> 念父，孝也。（〈小雅‧小弁八〉）
>
> 善兄弟曰友。（〈大雅‧皇矣三〉）

《毛傳》所言「孝」、「慈」、「友」三德實爲齊家之道，具體指出了父子兄弟相處之準則。

（四）和　諧

傳曰：

> 民相與和睦，以顯於時也。（〈大雅・公劉一〉）

> 東夷之樂曰昧：以爲籥舞，若是爲和而不僭矣。（〈小雅・鼓鐘四〉）

> 驂之與服，和諧中節。（〈國風・鄭風・大叔于田一〉）

> 爵祿不以相讓，故怨禍及之。（〈小雅・角弓三〉）

上之言和諧，廣及情感之和睦、樂舞之和與車服之中節，無處不求其和也，如不相讓則怨禍將及之矣。

三、理　想

《毛傳》人格理念之理想可由人格之模範與境界之理想言之。

（一）模　範

《毛傳》之人格模範即古之君子也，傳曰：「古之君子，實得我之心也。」（〈國風・邶風・綠衣四〉），傳未明指古之君子其德若何，何以能得我心耶？雖《鄭箋》云：「古之聖人制禮者，使夫婦有道，妻妾貴賤各有次序。」，指古之君子爲聖人制禮者也，然毛意或不以如此，陳奐嘗疏曰：「傳云古之君子寔得我之心也者，思古之人，傷今之己也。」〔註17〕，古之君子德行至善，今則己未逢之，乃傷今己之遇人不淑也，陳氏之意不差矣。

（二）境　界

《毛傳》理想之境界有一焉：即合天也。傳曰：「性與天合也。」（〈大雅・思齊四〉），此言性者，蓋即謂聖德也，陳奐疏曰：「聞式諫入，正是文王之聖德。傳云性與天合者，即是孟子性善之義，《孟子・盡心》篇云：『盡其心者，知其性也。』，知其性則知天矣，所謂性與天合也。」〔註18〕，陳疏頗能會通毛傳德與性之義，傳意以諸德爲本性，此於前文禮之德論已明之矣，則德之境界當以與天德合一爲其最也，此或即《毛傳》有意上承孟子性善思想以爲詩教之理想乎？

參、示教方式

《毛傳》說解詩義以爲示教之方式至爲多方而靈活，就其示教內涵而言，

〔註17〕清陳奐：《詩毛氏傳疏》，（二）冊，頁675。
〔註18〕清陳奐：《詩毛氏傳疏》，（一）冊，頁80至81。

多偏於禮法制度及名稱之闡述，茲歸納其陳述方式分類詳言於后。

一、明制度

（一）禮　制

《毛傳》之言禮制爲教者，述及射禮、燕飲之禮、昏嫁之禮以及祭禮等，其言射禮者，如傳曰：

> 天子之弓，合九而成規。（〈大雅・行葦六〉）

> 一曰乾豆，二曰賓客，三曰充君之庖。故自左膘而射之，達於右隅爲上殺；射右耳本次之；射左髀達於右　爲下殺。面傷不獻，踐毛不獻，不成禽不獻。禽雖多，擇取三十焉。……古者以辭讓取，不以勇力取。（〈小雅・車攻七〉）

此兼言射禮之制度與精神，當以明其禮制而習其精神爲教也。

其言燕飲之禮者，如傳曰：

> 饗者，鄉人以狗，大夫加以羔羊。（〈國風・豳風・七月八〉）

> 不脫屨升堂謂之飫。（〈小雅・常棣六〉）

> 夜飲必於宗室。（〈小雅・湛露二〉）

上所言或爲食物之制，或明燕禮儀節以爲教也。

其言昏嫁之禮者，如傳曰：

> 諸侯之子嫁於諸侯，送御皆百乘。（〈國風・召南・鵲巢一〉）

> 男女待禮而成，若薪芻待人事而後束也，三星在天，可以嫁取矣。（〈國風・唐風・綢繆一〉）

> 三女爲粲，大夫一妻二妾。（〈國風・唐風・綢繆三〉）

> 諸侯一取九女，二國媵之。（〈大雅・韓奕四〉）

或言嫁禮送乘之制，或明昏禮之時，或言昏配之數，以申昏禮之教也。至於夫妻之禮，傳曰：

> 禮，夫不在，斂枕篋衾席，韣而藏之。（〈國風・唐風・葛生三〉）

此夫妻禮俗，實有辟嫌之義也，所以明之者，蓋以申其貞節爲教。

其言祭祀之禮者，如傳曰：

> 大夫士祭於宗廟，奠於牖下。（〈國風・召南・采蘋三〉）

> 冬獻狼，夏獻麋，春秋獻鹿豕群獸。（〈國風・秦風・駟驖二〉）

諸侯夏禘則不礿，秋袷則不嘗，唯天子兼之。（〈魯頌・閟宮三〉）

公族有辟，公親素服，不舉樂，爲之變，如其倫之喪。（〈國風・豳風・東山一〉）

上皆明祭禮之制也，知其制則不踰禮也，是以爲教者也。

（二）一般制度

《毛傳》除禮制外，各種制度亦時有提及，如服制、兵制、田獵及度量衡等規制，皆或詳或略，加以說明，欲讀者知名物而深於詩也。

先及服飾之制，傳曰：

天子玉瑬而珧琫，諸侯璗瑬而璆琫，大夫鐐瑬而鏐琫，士珧瑬而珧琫。（〈小雅・瞻彼洛矣二〉）

禮有展衣者，以丹縠爲衣。（〈國風・鄘風・君子偕老三〉）

青衿，青領也，學子之所服。（〈國風・鄭風・子衿一〉）

士佩瓀珉而青組綬。（〈國風・鄭風・子衿二〉）

瓊華，美石，士之服也。（〈國風・齊風・著一〉）

瓊瑩，石似玉，卿大夫之服也。（〈國風・齊風・著二〉）

瓊英，美石似玉者，人君之服也。（〈國風・齊風・著三〉）

侯伯之禮七命，冕服七章。（〈國風・唐風・無衣一〉）

天子之卿六命，車旗衣服以六爲節。（〈國風・唐風・無衣二〉）

一命縕茀黝珩，再命赤茀黝珩，三命赤茀蔥珩，大夫以上，赤茀乘軒。（〈國風・曹風・候人一〉）

上言皆明服飾之制度，且多爲官職服制，而兼及學子之服。明其服制則知其禮而無失也。

又有言官職者，如傳曰：

祈父，司馬也，職掌封圻之兵甲。（〈小雅・祈父一〉）

此言官職及其職掌以爲教也。再及兵制，如傳曰：

天子六軍。（〈大雅・棫樸三〉）

大國之賦千乘。（〈魯頌・閟宮四〉）

此言天子侯國之兵制以示教也。又及田獵之制，傳曰：

囿，所以域養禽獸也。天子百里，諸侯四十里。（〈大雅・靈臺二〉）

> 天子發然後諸侯發，諸侯發然後大夫士發。天子發，抗大綏；諸侯
> 發，抗小綏，獻禽於其下。故戰不出頃，田不出防，不逐奔走，古
> 之道也。（〈小雅・車攻二〉）

此言田獵之制以為教者也。至於生活中之度量衡規矩，《毛傳》亦曾言之，如傳
曰：

> 鼖，大鼓也，長一丈二尺。（〈大雅・緜六〉）

> 大斗，長三尺也。（〈大雅・行葦七〉）

> 一丈為版，五版為堵。（〈小雅・鴻雁二〉）

> 五十矢為束。（〈魯頌・泮水七〉）

> 八尺曰尋。（〈魯頌・閟宮八〉）

明度量衡之制，亦以言制度為教也。

二、詳名稱

《毛傳》於名稱之說明時加提示，便於詩義之瞭解，無論人稱、物名、
林野蟲獸、器樂等類皆能釋之。如稱謂，傳曰：「天子謂同姓諸侯，諸侯謂同
姓大夫，皆曰父，異姓則稱舅。」（〈小雅・伐木三〉）言人稱者，所以明其人
倫為教焉。又有言物名者，傳曰：

> 王之郭門曰皋門，……王之正門曰應門。（〈大雅・緜七〉）

> 大鼎謂之鼐，小鼎謂之鼒。（〈周頌・絲衣〉）

> 夏曰醆，殷曰斝，周曰爵。（〈大雅・行葦三〉）

> 夏后氏曰鈞車，先正也；殷曰寅車，先疾也；周曰元戎，先良也。
>
> （〈小雅・六月四〉）

> 哻，殷冠也，夏后氏曰收，周曰冕。（〈大雅・文王五〉）

此言物之名以為教也，或明器物之名以教，或別以三代之名為教，實欲人通
其名制而知其禮也。或及學制之稱，傳曰：「天子辟廱，諸侯泮宮。」（〈魯頌・
泮水一〉）

此外，有言山林田野名稱者，如傳曰：

> 東嶽岱，南嶽衡，西嶽華，北嶽恆。（〈大雅・崧高一〉）

> 邑外曰郊，郊外曰野，野外曰林，林外曰坰。（〈魯頌・駉一〉）

> 田一歲曰菑，二歲曰新田，三歲曰畬。（〈小雅・采芑一〉）

田二歲曰新，三歲曰畬。(〈周頌・臣工〉)

這些雅頌詩之專名，對詩義之理解，至為重要。其次，對蟲獸之名，亦偶及之，傳曰：

食心曰螟，食葉曰螣，食根曰蟊，食節曰賊。(〈小雅・大田二〉)

驪馬白跨曰驕，黃白曰皇，純黑曰驪，黃騂曰黃。(〈魯頌・駉一〉)

前者明示蟲類啃食之有別，後者言馬之色別，毛傳之細膩可見一斑。

又有言音樂之名者，傳曰：「東夷之樂曰昧，南夷之樂曰南，西夷之樂曰朱離，北夷之樂曰禁。」(〈小雅・鼓鐘四〉)、「夏后氏足鼓，殷人置鼓，周人縣鼓。」(〈商頌・那一〉) 地域不同，則樂名有別也，古今時間相異，則用鼓亦不同也。

上言各類，謂以事物名稱為教者，實本諸孔子識名為教之義也，識其名而知其義，學詩以致博學焉。

三、言古制

《毛傳》喜以述古為言以教，歸納其言，有祭祀、服制、朝制及刑制等，如言祭祀者，傳曰：「去無子，求有子，古者必立郊禖焉。」(〈大雅・生民一〉) 此言古郊禖之祀，申禮之義甚明。如言服制者，傳曰：

古者王后織玄紞，公侯夫人紘綖，卿之內子大帶，大夫命婦成祭服，士妻朝服，庶士以下，各衣其夫。(〈國風・周南・葛覃二〉)

古者素絲以英裘，不失其制，大夫羔裘以居。(〈國風・召南・羔羊一〉)

古之服制上下各有其制，非特男子有其制，即其婦亦有制焉，明古之服制者，蓋欲今人守禮如昔也。又如說古時之朝制者，傳曰：

古者以水火分日夜，告時於朝。(〈國風・齊風・東方未明三〉)

古者后夫人，必有女史彤管之法，史不記過，其罪殺之。后妃群妾以禮御於君所，女史書其日月，授之以環，以進退之，生子日辰，則以金環退之，當御者以銀環進之，著于左手，既御，著于手右，事無大小，記以成法。(〈國風・邶風・靜女二〉)

謀人之國，國危則死之，古之道也。(〈小雅・小旻三〉)

古挈壺氏掌告時之職，女史掌彤管之法，皆述朝官之職，而謀人之國者，亦為官於朝也，其責當振其國之運，若將危殆，則義以死焉。凡此，皆明官責

也。古代治民有仁道，如傳曰：「古者有罪不入於刑，則役之圜土以爲臣僕。」（〈小雅‧正月三〉）此言古王者治民，於其有罪者免其刑而僕之也。

此外，古人田獵亦重仁道，傳曰：

> 戰不出頃，田不出防，不逐奔走，古之道也。（〈小雅‧車攻二〉）

> 古者不風不暴，不行火，草木不折，不操斧斤，不入山林。豺祭
> 獸然後殺，獺祭魚然後漁，鷹隼擊然後罻羅設，是以天子不合圍，
> 諸侯不掩群，大夫不麛不卵，士不隱塞，庶人不數罟，罟必四寸，
> 然後入梁澤。故山不童，澤不竭，鳥獸魚鱉皆得其所然。（〈小雅‧
> 魚麗一〉）

《毛傳》細言古者田獵之道，欲申其仁於萬物之精神，以爲今教也，蓋此仁及萬物者，當承先秦儒家「民胞物與」之仁道思想，毛氏費辭明述，亦可知其以儒家經生自命之意寓焉。

《毛傳》申古制當有意以今昔比較之法以明其教，如〈大雅‧召旻〉第五章，傳曰：「往者富仁賢，今也富讒佞……今則病賢。」，以申其用賢之政治主張；又〈商頌‧那〉詩首章，傳曰：「周尚臭，殷尚聲。」，以明祀禮內涵爲教也。

四、廣徵引

（一）引史事

《毛傳》引歷史事件者，如〈大雅‧緜〉詩首章，毛傳述古公處豳，狄人侵之，後徙居岐山之下，豳人因其仁而歸之。又同詩第九章，《毛傳》言虞芮二君爭田，相約往質於西伯，及入周境，見百姓群臣相讓不爭，乃感而讓田，天下因此而歸附者四十餘國。〈大雅‧崧高〉詩首章，《毛傳》云：「堯之時，姜氏爲四伯，掌四嶽之祀，述諸侯之職。於周則有甫、有申、有齊、有許也。」又〈小雅‧巷伯〉詩第二章，《毛傳》述昔人顏叔子獨處，夜納鄰婦而自以辟嫌不審，謂己當如魯人不學柳下惠而堅拒鄰婦之求也。觀乎傳之述史事以申其義者，皆有其教義寓焉，如〈緜〉詩之謂君仁而下化也，乃明《毛傳》「爲政以仁」之政治原理；〈崧高〉詩之云職掌也，乃示其「禮治」之理念；〈巷伯〉詩之言辟嫌不審也，乃申其「愼微」之德行理念也。

（二）引人言

《毛傳》嘗引前人之言以釋詩題或詩義者，如〈魯頌‧閟宮〉詩首章，

傳云：「孟仲子曰：是祑宮也。」，以釋詩題「閟宮」之義。又如〈國風‧鄘風‧定之方中〉首章，傳云：「仲梁子曰：『初立楚宮也』。」以明詩「定之方中，作于楚宮」之義。又如〈小雅‧巷伯〉詩次章，傳曰：「孔子曰：欲學柳下惠者，未有似於是也。」，以釋辟嫌之義。又如〈小雅‧小弁〉詩第八章，傳引高子曰：「小弁，小人之詩也。」繼而引述孟子辯〈小弁〉與〈凱風〉二詩之義以明孝道也。

（三）引書籍

《毛傳》釋詩常引故書之文或義以為教，其引書之例，施炳華先生嘗詳之矣〔註 19〕，所引之書有《周易》、《論語》、《孟子》、《荀子》、《左傳》、《國語》、《禮記》、《周禮》、《儀禮》、《大戴禮》等，就引書範圍言，乃以禮書為多，可知毛氏釋詩特重禮制禮義也。

五、明物性

《毛傳》數言物之性以教也，若〈小雅‧魚藻〉詩首章，傳曰：「魚以依蒲藻為得其性。」，以明人依明王之義；又如〈小雅‧緜蠻〉詩首章，傳曰：「鳥止於阿，人止於仁。」，言人之止仁若鳥性之止於阿也，以明其「基於仁」之政治原理；又〈商頌‧那〉詩首章，傳曰：「磬，聲之清者也，以象萬物之成。」，言眾樂和平之音依於磬之清聲，象湯王功烈而萬物成焉，乃示其「大平」之政治理想也。

六、其　他

《毛傳》以教化釋詩之方式，除上舉各類之外，猶有多端也，或言節候行事以示其教，如〈國風‧豳風‧七月〉詩首章，傳曰：「九月霜始降，婦功成，可以授多衣矣。」，七章傳曰：「春夏為圃，秋冬為場。」，乃以節候明農事以教也。或言陰陽之說為教者，如〈國風‧邶風‧谷風〉詩首章，傳曰：「陰陽和而谷風至，夫婦和則室家成，室家成而繼嗣生。」〈小雅‧無羊〉詩第四章，傳曰：「陰陽和則魚眾多矣。」，皆言陰陽和諧，則事成物多也，唯其雖以陰陽為說，而其義則在於「和」也。或言宮室之營建為教，如〈大雅‧緜〉詩第五章，傳曰：「君子將營宮室，宗廟為先，廄車為次，居室為後。」，明其先後之次，以申其禮法，亦示其為政之要領也。或直言教示之內容者，如〈大雅‧泂酌〉詩首章，傳曰：「樂以彊教之，易以說安之，民

〔註 19〕 施炳華：《毛傳釋例》，頁 109 至頁 136，第八章毛傳引書例。

皆有父之尊，有母之親。」，〈國風・鄭風・子衿〉詩首章，傳曰：「古者教
以詩樂，誦之歌之，絃之舞之。」，明言以詩樂爲教，申其化民之法也。凡
此諸端，皆《毛傳》言教之方式，其方式固多矣，而其目的乃在於政治及人
格理念之闡述與理想之達成。

第四節　「興」之詩教

壹、毛詩興體

　　《毛傳》標「興」者，乃爲其闡明詩法之特色，其釋說之方式，據向熹
先生之歸納，可得四種類型，一是注明「興也」，並指明其比喻義，用如、
喻、猶等詞表示；一是注明「興也」，並指明詩句之隱喻意義，不用如、喻
等詞；一是注明詩爲興體，並就字面解釋詩句之意義，但未指明興句與正文
之關係；另則一是注明興體，並解釋句中某些字義，而不解釋句子之含義。
〔註20〕前二類可直探其詩教之義，第三類則或可推知一二，至於末一類則難
知之矣。

　　施炳華先生嘗就興體所言詩義別其類有三焉：一者，所詠之事與下文有
關，如〈衛風・有狐〉詩：

　　　　「有狐綏綏，在彼其梁」，傳曰：「興也，綏綏，匹行貌。」，

　　　　「心之憂矣，之子無裳」，傳曰：「之子，無室家者。在下曰裳，所
　　　　以配衣也。」

此見狐雌雄之匹行，而興己無室家之憂也，故與下文有關；二者，所詠之事
與下文無關，如〈陳風・防有鵲巢〉詩：

　　　　「防有鵲巢，邛有旨苕」，傳曰：「興也。防，邑也。邛，丘也。苕，
　　　　草也。」

　　　　「誰侜予美，心焉忉忉」，傳曰：「侜張，誑也。」

是所興者與下文無涉也；三者，以彼物比此物，如〈周南・麟之趾〉詩：

　　　　「麟之趾，振振公子」，傳曰：「興也。趾，足也。麟信而應禮，以
　　　　足至者也。振振，信厚也。」

〔註20〕向熹：〈毛詩傳說〉，《詩經學論叢》（台北：崧高書社，民國74年6月），頁
　　　　476至頁478。

此以麟之應禮比之公子之信厚也。〔註21〕施氏之言或可商榷，向熹嘗云：「不能因為毛傳沒有解釋就認為上述興句和下文意義沒有聯繫。」〔註22〕更有甚者，近人何定生以為「興」本是「歌謠上與本意沒有干係的趁聲」，故謂毛鄭以來，經孔穎達，乃至於朱熹之徒皆以名教說詩而從不懂詩，蓋渠等以為「興也者，興此物以及于名教之謂也」故〔註23〕，何氏與顧頡剛等完全否定經生治詩所明之興義，當為一偏之執，筆者以為名教實漢儒治詩之特色也。

察乎《毛傳》標興所申之義，當可定其詩教與興法之關係，請以明之。據裴普賢先生之統計，《毛傳》標「興也」之詩共一一五篇〔註24〕，與施氏及向熹所言一一六篇稍異〔註25〕，占《詩經》三分之一強，除向氏所言第四類者不論，考究其名教之內涵，實含倫理與教化二端。

貳、興體之倫理思想

就倫理思想觀之，《毛傳》之興詩以申明君臣與夫婦二倫居多，偶及於朋友之倫與物我之倫也。君臣之倫中，言君道者曰：

> 武公質美德盛，有康叔之餘烈。（〈國風・衛風・淇奧一〉）

> 國君尊嚴如南山崔崔然。（〈國風・齊風・南山一〉）

此興君之德行與容貌也。又明其為君之道云：

> 宣王能新美天下之士，然後用之。（〈小雅・采芑一〉）

> 菽，所以芼大牢而待君子也。（〈小雅・采菽一〉）

> 君子能長育人材，如阿之長莪菁菁然。（〈小雅・菁菁者莪一〉）

> 上與百姓同欲，則百姓樂致其死。（〈國風・秦風・無衣一〉）

〔註21〕施炳華：《毛傳釋例》，頁79至85。
〔註22〕向熹：〈毛詩傳說〉，《詩經學論叢》，頁478。向熹舉《周南》〈桃夭〉及《齊風》〈敝笱〉二詩為例以申《毛傳》雖未釋句意，然其所興猶與詩義相涉也。
〔註23〕何定生：〈關於詩的起興〉，《古史辨》（台北：明倫出版社重刊，易名為《中國古史研究》），第三冊，頁694至705。
〔註24〕裴普賢：〈詩經興義的歷史發展〉，《詩經研讀指導》（台北：東大圖書公司，民國76年9月），頁177至頁190。
〔註25〕施炳華：《毛傳釋例》，頁79；《詩經學論叢》，頁475。據向氏之言，一一六篇者，較之裴氏多〈魯頌・有駜〉一首。〈有駜〉傳注：「以興絜白之士」，注法異於通例，故裴氏不采。

國君有財貨而不能用，如山隰不能自用其財。(〈國風·唐風·山有樞一〉)

興君王當禮賢以用之，爲用賢故，乃重教化以長育人材，而其治民之道當與民人同其欲，以得其心，至其財政亦當善理之也。

言臣道者曰：

人臣待君倡而後和，(〈國風·鄭風·蘀兮一〉)

寧亡二子，不可以毀我周室。(〈國風·豳風·鴟鴞一〉)

前者興人臣知先後而不僭越，後者興其忠心護國，是所興者乃爲臣之道之兩大端者也。

言君臣相互之道者曰：

諸公非自有尊，託王之尊。(〈小雅·頍弁一〉)

先君招賢人，賢人往之駛疾，如晨風之飛入北林。(〈國風·秦風·晨風一〉)

前者興臣以王尊，後者興君用賢，則賢人自急就之，以助君也。此蓋以明臣之尊乃待君之尊，臣之用亦待君之用也，其重亦在君道矣。

夫婦之倫，言室家觀念者曰：

雄狐相隨綏綏然無別，失陰陽之匹。(〈國風·齊風·南山一〉)

興陰陽相配始無失室家之道焉。其言妻道者曰：

婦人待禮以成爲室家。(〈國風·衛風·竹竿一〉)

婦人外成於他家。(〈國風·唐風·葛生一〉)

違禮義，不由其道，猶雌鳴而求其牡矣。(〈國風·邶風·匏有苦葉二〉)

興婦人當依禮適人，以成室家之道，不可違禮義也。又曰：

后妃說樂君子之德，無不和諧，又不淫其色，慎固幽深，若雎鳩之有別焉，然後可以風化天下。(〈國風·周南·關雎一〉)

卿大夫之妻，待禮而行而隨從君子。(〈國風·召南·草蟲一〉)

興人妻之德，重和諧、不淫、慎固等，並以禮隨行於其夫。至明夫婦相處之道者，有云：

男女待禮而成，若薪芻待人事而後束也。(〈國風·唐風·綢繆一〉)

陰陽和而谷風至，夫婦和則室家成，室家成而繼嗣生。(〈國風·邶

風・谷風一〉）

天下室家不以其道而相去，是失其性。（〈小雅・黃鳥一〉）

興男女以禮而成室家，室家既成，乃以和相待，繼嗣於焉而生。至不以道相處而離者，將失夫婦之性也。傳又曰：「天下室家離散，妃匹相去，有不以禮者。」（〈小雅・黃鳥一〉），是「不以道」即「不以禮」也，乃知《毛傳》所興夫婦之倫者，始以禮成，終以禮待，則必和諧也，可知其重在禮。

君臣、夫婦二倫之外，傳所興者尚有朋友之倫，其言曰：

風雨相感，朋友相須。（〈小雅・谷風一〉）

嘉樂賓客，當有懇誠相招呼以成禮也。（〈小雅・鹿鳴一〉）

諸侯以國相連屬，憂患相及，如葛之蔓延相連及也。（〈國風・邶風・旄丘一〉）

興朋友之間相扶助，彼此心存誠意相待，燕禮乃成之。侯國亦朋友之倫，當共除憂患，相扶助也。

《毛傳》於物我之倫則謂：

大平之時，交於萬物有道，取之以時，於其飛乃畢掩而羅之。（〈小雅・鴛鴦一〉）

阿然，美貌；難然，盛貌。有以利人也。（〈小雅・隰桑一〉）

人以道待物，物亦有利於人，所興相互之道明矣。

參、興體之教化觀

就教化觀言之，《毛傳》所興之義亦可別之為三，一為政治理念，一為人格理念，另一為教化方式。其言政治者，曰：

白露凝戾為霜，然後歲事成。國家待禮然後興。（〈國風・秦風・蒹葭一〉）

惡人被德化而消，猶飄風入曲阿也。（〈大雅・卷阿一〉）

二者皆興政治之原理，行禮則國乃興，有德則民乃化，是治國當本於行禮隆德也。傳又云：

馬肥彊則能升高進遠，臣彊力則能安國。（〈魯頌・有駜一〉）

山木茂盛，萬民得而薪之，賢人眾多，國家得用蕃興。（〈大雅・棫樸一〉）

杕杜猶得其時蓄滋，役夫勞苦，不得盡其天性。(〈小雅‧杕杜一〉)
此興其政治主張，欲興安邦國當用賢臣，且反徭役也。又曰：「為政有緩有急，
用心之不均。」(〈國風‧王風‧兔爰一〉)此興施政要領，用心均一則政無緩
急焉。

其言人格者，曰：

　　鳥止於阿，人止於仁。(〈小雅‧緜蠻一〉)

　　麟信而應禮，以足至者也。振振，信厚也。(〈國風‧周南‧麟之趾
　　一〉)

興仁、信及禮三德也，又曰：

　　君子以德，當柔潤溫良。(〈國風‧衛風‧芄蘭一〉)

　　宜以戒不宜也。(〈國風‧秦風‧終南一〉)

　　行小人道，責高明之功，終不可得。(〈小雅‧小宛一〉)

此興修德之法，君子以溫柔進德，若芄蘭之柔，依緣而起。又當以其所宜，
戒其不所不宜。若行君子之道，乃有高明之功也。

其言教化方式者，多明物之性或行為或用處以為教，其言曰：

　　鴇之性不樹止。(〈國風‧唐風‧鴇羽一〉)

　　鳲鳩不自為巢，居鵲之成巢。(〈國風‧召南‧鵲巢一〉)

　　鳲鳩之養其子，朝從上下，莫從下上，平均如一。(〈國風‧曹風‧
　　鳲鳩一〉)

　　風且雨淒淒然，雞猶守時而鳴喈喈然。(〈國風‧鄭風‧風雨一〉)

　　黃鳥以時往來得其所，人以壽命終，亦得其所。(〈國風‧秦風‧黃
　　鳥一〉)

皆以鳥類興，或直言其性，如鴇、鳲鳩之屬；或明其德，如鳲鳩與雞之屬；
或述其境遇，如黃鳥之屬。又曰：

　　稂，童粱。非溉草，得水而病也。(〈國風‧曹風‧下泉一〉)

　　匏葉苦，不可食也。(〈國風‧邶風‧匏有苦葉一〉)

　　陸草生於谷中，傷於水。(〈國風‧王風‧中谷有蓷一〉)

皆以植物興，明其性之本，以其非遇為教。又曰：「露雖湛湛然，見陽則乾。」
(〈小雅‧湛露一〉)亦以露之性以興其教也。又曰：

　　牆所以防非常。(〈國風‧鄘風‧牆有茨一〉)

　　葛所以爲絺綌，女功之事煩辱者。(〈國風‧周南‧葛覃〉)

　　幽閒希行，用生此棘薪，維斧可以開析之。(〈國風‧陳風‧墓門一〉)
以物之用興之，若牆、葛及斧之屬，必有其用。

　　老狼有胡，進則躐其胡，退則哈其尾。進退有難，然而不失其猛。(〈國
　　風‧豳風‧狼跋一〉)

　　朝生夕死猶有羽翼以自脩飾。(〈國風‧曹風‧蜉蝣一〉)
此以動物之行爲興教也。

　　上所述教化之方式，《毛傳》雖直言物之種種，未申其義者，然而實有其
義寓焉。即使未申涵義，亦不失孔子「多識草木鳥獸」詩教之訓也。

　　綜合言之，傳之所興倫理者，其重在君臣與夫婦之倫，其內涵多申禮義，
若君道之禮下用賢，臣道之忠勤守禮，夫婦之待禮以成室家，侯國之懇誠義
助也。至其所興教化者，其爲政當亦重禮隆德，人格則明仁、信、禮諸德，
施教方式多言物性以廣名物之詩教傳統。因之，《毛傳》藉標注「興也」之體，
直言者，廣其博物之詩教；申言者，明其以禮爲中心之倫理與教化之思想，
而二者當以申言之義爲其詩教之主體，其溫柔敦厚之詩教亦可於此明之矣。

第五章　《鄭箋》之詩教

第一節　《鄭箋》之箋詩特色

　　鄭玄初從東郡張恭祖習韓詩〔註1〕，及見《毛傳》精當而為之作箋，清人陳奐云：

> 鄭康成習韓詩，兼通齊魯，最後治毛詩。箋詩乃在注禮之後，以禮注詩，非墨守一氏，箋中有用三家申毛者，有用三家改毛者，例不外此二端。〔註2〕

作箋者，趙制陽先生曰：「所謂『箋』，有『表明』與『識別』的意思。『表明』是對《毛傳》沒有說清楚的地方將它說清楚來；『識別』是對《毛傳》所說意見不同的地方加以辨別。前者是補充說明，後者是獨抒己見。鄭氏解詩的全部功夫，實可由『表明』與『識別』二者概括之，所以將他的注解定名為『箋』。」〔註3〕，陳氏所謂「申毛」、「改毛」者，當即趙氏之「表明」、「識別」也，惟申毛不必三家，改毛亦不必三家也。故江乾益先生云：「鄭氏箋詩，除用三家詩說以易毛、申毛、補毛之外，於《毛傳》之本身研讀甚精，傳義之有詳於前而略於後，毛或詩本字之先後出現者，皆為之表明，不使隱略。」〔註4〕。賴炎元先生亦曰：「康成之作箋也，雖依《毛傳》，然其訓釋，或以毛意未安，開采三家，並用己意，所以逆取詩旨也。」〔註5〕

〔註1〕《後漢書・鄭玄傳》。
〔註2〕清陳奐：〈鄭氏箋考徵〉，收入《詩毛氏傳疏》，（二）冊，頁1087。
〔註3〕趙制陽：〈鄭玄詩譜詩箋評介〉，《詩經名著評介》，頁82。
〔註4〕江乾益：《陳壽祺父子三家詩遺說研究》（台北：國立臺灣師範大學國文研究所碩士論文，民國74年4月），頁334。
〔註5〕賴炎元：〈毛詩鄭氏箋釋例〉，收入《國立臺灣師範大學國文研究所集刊》，第

其作箋之意如此，而其箋詩之方式多端，近人蔣善國歸其類得十四例
〔註6〕，江乾益先生嘗統言之曰：
　　（一）引群經訓義以釋詩。
　　（二）箋用三家詩以易毛、申毛、補毛。
　　（三）古今字異，箋皆從今字爲釋。
　　（四）經文一字，箋往往重言以釋之。
　　（五）引漢制以證古制。
　　（六）以今語釋古語。
　　（七）經中大義往往與群經注相互發明。
　　（八）箋詩詳略互表。
　　（九）經文相同而箋義往往而異。
　　（十）箋詩常訂正經文之誤。〔註7〕
趙制陽先生曾解析《鄭箋》之缺點九例〔註8〕，其中除訓詁之例者外，餘者正
是鄭氏箋詩之特色也，曰：遵序釋義也，以禮制說詩也，以讖緯說詩也，言
史事說詩也。此與江氏所言合而觀之，則鄭氏箋詩之特色粲然明之矣。

　　然而，《鄭箋》因傳而作，於毛詩雖有大功，猶與《毛傳》多所齟齬，黃焯
嘗云：「鄭君知宗小序，顧於詩辭義求之過深，往往失之迂拙，而不若傳之精簡。」
〔註9〕，故文幸福先生摘《鄭箋》用三家義改毛三十九則，乃《鄭箋》執泥續序
十八例，以深辨其異於毛而遠失經旨者〔註10〕，知《鄭箋》之善而猶有失也。

第二節　《鄭箋》之倫理思想

　　鄭玄注禮之後，始箋《毛傳》，故其倫理思想自多蘊含「禮」義，又其出
入三家，且治讖緯之學，其所闡述之倫理內涵自然駁雜而豐富。在五倫之中，

　　　三號，頁113。
〔註6〕蔣善國：《三百篇演論》（台北：臺灣商務印書館，民國69年6月臺二版），
　　　　頁60至65。
〔註7〕江乾益：《陳壽祺父子三家詩遺說研究》，頁335至337。
〔註8〕趙制陽：《詩經名著評介》，頁86至98。
〔註9〕黃焯：《毛詩鄭箋平議》（上海：上海古籍出版社，1985年6月一版一刷），序，
　　　　頁2。
〔註10〕文幸福：《詩經毛傳鄭箋辨異》，頁130至198，第二編第二章鄭箋用三家義考
　　　　辨。頁292至頁335，第三編第三章鄭箋用詩序考辨。

《鄭箋》特詳於君臣之倫，五倫之外，猶論人與物、人與天、人與神等關係，茲論述於后。

壹、君臣之倫

本論文將君與臣、君與民及官與民三者之關係，皆列入君臣之倫範圍。

一、君臣相互之道

《鄭箋》於君臣一倫正反之筆兼而有之，反筆多述君臣之失道，正筆所論則廣矣，或言君待臣之道。或詳君用人之法、或明臣事君之道。或述為臣之責。或論君臣之間相待之道等，其言詳博，其理深廣，爰由君道、臣道與君臣相互關係三方分述之。

（一）為君之道

1. 君道之失

《鄭箋》以反筆論君臣失道中，以君之失道為多。細究《鄭箋》所言君之失道者有四：

（1）驕慢無威

為君驕慢者，如箋云：「惠公以幼童即位，自謂有才能，而驕慢於大臣，但習威儀，不知為政以禮。」（〈國風·衛風·芄蘭序〉）、「惠公自謂有才能而驕慢，所以見制。」（〈國風·衛風·芄蘭一〉）君以才能自傲於臣，雖曾習禮，卻不施於政，此鄭所言君之失者也。

亦有失於威儀者，如箋云：「動無禮文，舉事而不用先王禮法威儀也。」（〈小雅·桑扈序〉）、「王之為政……威儀又不善於朝廷矣，賢人皆言奔亡。」（〈大雅·瞻卬五〉）賢者重禮法，若王失其威儀，則禮法不行，賢人乃去焉。

（2）任小人

箋云：

> 喻忽置不正之人于上位也，……此言其用臣顛倒，失其所也。（〈國風鄭·風山·有扶蘇一〉）
>
> 與忽好善，不任用賢者，反任用小人。（〈國風·鄭風·山有扶蘇一〉）
>
> 喻宣公信多言之人。（〈國風·陳風·防有鵲巢一〉）
>
> 在位者信讒人之言，是復亂之所生。（〈小雅·巧言二〉）

> 王尊尚小人迷亂於政事者，以傾敗其功德，荒廢其政事，又湛樂於酒，言愛小人之甚。(〈大雅·抑三〉)

> 有愚闇之人爲王言，其事淺且近耳，王反迷惑信用之而喜。(〈大雅·桑柔十〉)

鄭之言「不正」者、「多言」者、「讒」者、「迷亂」者、「愚闇」者，皆小人也，如任之，則生「亂」，且「傾敗功德」、「荒廢政事」，此失道之大者也。

（3）不尚賢

箋云：

> 喻忽置有美德者於下位。(〈國風·鄭風·山有扶蘇一〉)

> 喻陳佗由不觀賢師良傅之訓道，至陷於誅絕之罪。(〈國風·陳風·墓門一〉)

> 刺其不能留賢也。(〈小雅·白駒序〉)

> 言其有貪賢之名，無用賢之實。(〈小雅·正月七〉)

> 四方之國無政治者，由天子不用善人也。(〈小雅·十月之交二〉)

> 無臣無人，謂賢者不用。(〈大雅·蕩三〉)

> 聖人所視而言者百里，言見事遠而王不用。(〈大雅·桑柔十〉)

> 國有善人，王不求索，不進用之。……言其忽賢者而愛小人。(〈大雅·桑柔十一〉)

> 哀其不高尚賢者，尊任有舊德之臣，將以喪亡其國。(〈大雅·召旻七〉)

鄭言王之棄其賢者如此，則終將面臨「誅絕」、「喪亡」之境。

（4）不尊侯

箋云：

> 喻忽無恩澤於大臣也。(〈國風·鄭風·山有扶蘇二〉)

> 君今遇我薄，其食我纔足耳。(〈國風·秦風·權輿一〉)

無恩於大臣，而賢者薄食，則臣亦未能久安也。

箋云：

> 幽王徵會諸侯，爲合義兵征討有罪，既往而無之，是於義事不信也。

> 君子見其如此，知其後必見攻伐，將無救也。(〈小雅·采菽序〉)

諸侯將朝于王，則駗乘乘四馬而往，此之服飾，君子法制之極也，
言其尊，而王今不尊也。(〈小雅・采菽二〉)

王削黜諸侯及卿大夫無罪者。(〈大雅・瞻卬二〉)

會而無事，無信之至，誠戲之也；盛服而朝，卻不尊之；亂黜無罪，不尊極
也。

上述之失，從爲王者自身之不善修養，至官人不當，皆顯示《鄭箋》鋪
陳之用心，陳君之失，誠有教於當世也。

2. 待臣之道

君道之失如上，欲登治世，當正其失也，故《鄭箋》言人君待臣之道，
至爲賅備，其道或征伐、或責讒、或閔、或勞、或禮、或尙賢、或均一、或
順、或友，多端同陳，蓋求其和也。茲析所言，條縷如次：

（1）罰　責

箋云：「周公既反攝政，東伐此四國，誅其君罪，正其民人而已。」(〈國
風・豳風・破斧一〉)四國者，周臣也，流言毀傷周公、成王，是大罪也，故
伐之，以懲其罪。箋云：「君子見讒人，如怒責之，則此亂庶幾可疾止也。」
(〈小雅・巧言二〉)「王倉卒豈將不受女言乎？已則亦將復訕誹女。」(〈小雅・
巷伯四〉)怒責、訕誹讒者，則可止亂，此鄭意也。

（2）閔　勞

箋云：「臣既勤勞於外，僕馬皆病，而今云何乎？其亦憂矣，深閔之辭。」
(〈國風・周南・卷耳四〉)「諸臣之先臣，亦殷勤於此，成王亦宜哀閔之。」
(〈國風・豳風・鴟鴞一〉)閔臣之勤，知其勞於國事，則爲臣者當樂爲之也。

箋云：「臣出使，功成而反，君且當設饗燕之禮，與之飲酒以勞之。」(〈國
風・周南・卷耳二〉)「君勞使臣，述序其情。」(〈小雅・四牡五〉)勞出使之
臣，與之飲酒，又述其情，則臣安之矣。

（3）禮　臣

《鄭箋》之云禮臣之道者多矣，或禮、或樂、或敬、或賜、或惠，無不
言下臣以爲仁君也，其云禮臣者如：

君始於我厚，設禮食大具以食我，其意勤勤然。(〈國風・秦風・權
輿一〉)

十月民事男女俱畢，無飢寒之憂，國君閒於政事而饗群臣。(〈國風・

豳風・七月八〉）

王欲迎周公，當以饗燕之饌行，至則歡樂以說之。（〈國風・豳風・伐柯二〉）

王欲迎周公之來，當有其禮。……當以上公之往服見之。（〈國風・豳風・九罭一〉）

其言樂臣者如：

使臣以王事往來於其職，於其來也，陳其功苦，以歌樂之。（〈小雅・四牡序〉）

時在位者……用酒與賢者燕飲而樂也。（〈小雅・南有嘉魚一〉）

吉甫既伐玁狁而歸，天子以燕禮樂之。（〈小雅・六月六〉）

寢既成，乃鋪席與群臣安燕爲歡以落之。（〈小雅・斯干六〉）

其述敬臣者如：

人君既得賢者置之於位，又尊敬以禮樂樂之，則能爲國家之本，得壽考之福。（〈小雅・南山有臺一〉）

諸侯來朝，王使人迎之……所以爲敬，且省禍福也。（〈小雅・采菽二〉）

其云賜臣者如：

王饗禮之，於是賜彤弓一，彤矢百，旅弓矢千。（〈小雅・彤弓序〉）

古明王爵命賞賜以成賢者。（〈小雅・瞻彼洛矣一〉）

古者天子賜諸侯也，以禮樂樂之，乃後命予之也。（〈小雅・采菽三〉）

其言惠臣者如：

諸侯朝覲會同，天子與之燕，所以示慈惠。（〈小雅・湛露序〉）

既者，欲加恩惠也，王意殷勤於賓，故歌序之。（〈小雅・彤弓一〉）

爲君者果能禮臣如此，則天下賢能之士定爭先以爲王臣也，故《鄭箋》有云：「君子下其臣，故賢者歸往也。」（〈小雅・南有嘉魚三〉）

（4）尚 賢

《鄭箋》於用賢之道嘗明示於〈卷阿〉之詩也，其言曰：

王當屈體以待賢者，賢者則猥來就之，如飄風之入曲阿然，其來也爲長養民。（〈大雅・卷阿一〉）

屈體者，敬甚也，賢者受尊而往，其爲臣乃「爲長養民」也，故禮賢而用，亦民之福祉。乃又云：

> 人君愨愿，任用賢臣則政教成。（〈國風‧陳風‧衡門一〉）

用賢既能成治，是故在位之人莫不久待之，如箋之言：「天下有賢者，在位之人將久如而竝求致之於朝，亦遲之也。」（〈小雅‧南有嘉魚一〉）

（5）順　友

箋云：「人君之德，當均一於下也。」（〈國風‧曹風‧鳲鳩一〉）此「一」之義，當如鄭所言「善人君子，其執義當如一」（〈曹風‧鳲鳩一〉），其均一者，必以義衡之，故成王祭宗廟雖「旅醻下遍群臣，至於無筭爵」（〈大雅‧既醉序〉），然則其亦有別焉，曰：「成王之爲群臣俎實，以尊卑差次行之。」（〈大雅‧既醉二〉）。因之，爲君者待下之道，當執義均一順友於下也。故箋云：「文王爲政，咨於大臣，順於行之。」（〈大雅‧思齊二〉）「王又當施順道於諸侯，下及庶民之子弟。」（〈大雅‧抑六〉）「人君以群臣爲友。」（〈大雅‧雲漢七〉）此人君以臣爲友，乃君臣之倫中，君道之最高理想，蓋前所言君待臣之道中，其閔之、勞之、禮之、一之、順之者，皆所以成其友也。

3. 用人之法

《鄭箋》嘗明示人君用人之重要性，曰：「人君爲政，無彊於得賢人，得賢人則天下教化於其俗，有大德行，則天下順從其政。」（〈大雅‧抑二〉）。細分其言人君用人之法者，可得其條例於下：

（1）用有品德者

箋云：「女誠心而後言，王將謂女不信而不受。欲其誠者，惡其不誠也。」（〈小雅‧巷伯三〉）易言之，心誠則王受之也。箋云：

> 文王以德不以彊……今王之進用臣，當念女祖爲之法。王，斥成王。
> （〈大雅‧文王五〉）

取忠孝之人，箋云：「君任臣何必聖人，亦取忠孝而已。」（〈國風‧陳風‧衡門二〉）用平正之人，箋云：「爲政當用平正之人。」（〈小雅‧節南山四〉）

（2）用賢才之人

箋云：「賢者既來，王以才官秩之，各任其職。」（〈大雅‧卷阿二〉），又以賢知在位爲樂，箋云：「王者之德，樂賢知在位，則能爲天下蔽捍四表患難矣。」（〈小雅‧桑扈二〉）賢才必以保舉命用之，箋云：「成王之官人也，群

臣保右而舉之，乃後命用之，又用天意申勑之，如舜之勑伯禹伯夷之屬。」（〈大雅‧假樂一〉）

此有德人君用人之法也，被用者個人之條件，必品德才能兼備始能受用。在個人條件之中，誠、德、忠孝三者為品德要求，才、知為才能條件，平正屬行為標準，足見「品德」為人君用人條件中之首要因素，其次始斟酌才能因素，與行為標準。個人條件雖備，仍須視其人際關係之能力，若人際圓融，則群臣自樂舉荐於君，孔穎達《毛詩正義》疏云：「謂能相委知，乃相助薦舉，成王得其所舉，乃命用之。」故《鄭箋》所言人君用人之法，既重個人德行才能之條件，又兼人際相處之能力，則所用之人非賢即聖也。人君若能遵此選臣，國之不治者，何有哉！

（二）為臣之道

《鄭箋》之述臣道者，除指陳為臣之失而外，於事君之道論之甚明，待敘於下。

1. 臣道之失

《鄭箋》言為臣者失其道者，略可觀其諸行，如無禮者，箋云：「王流在外，三公及諸侯隨王而行者，皆無君臣之禮，不肯晨夜朝莫省王也。」（〈小雅‧雨無正二〉）無知者，如箋云：「朝廷群臣猶惑於管蔡之言，不知周公之聖德，疑於王迎之禮，是以刺之。」（〈國風‧豳風‧伐柯序〉）不德者，如箋云：「小人雖見任於君，終不能成其德教。」（〈國風‧曹風‧候人四〉）不忠者，如箋云：「群臣並為不忠，惡直醜正。」（〈小雅‧雨無正四〉）不義者，如箋云：「不義者，謂弒君而自立。」（〈國風‧陳風‧墓門序〉）「（小人在朝）終將薄於君也。」（〈國風‧曹風‧候人三〉）

以上多指消極者，又有專恣者，如箋云：

大臣專恣，則日如月然。（〈國風‧邶風‧柏舟五〉）

群臣無其君而行，自以強弱相服。女倡矣，我則將和之，言此者，刺其自專也。（〈國風‧鄭風‧蘀兮一〉）

諸侯奢僭，既不朝天子，復不事侯伯。（〈小雅‧沔水二〉）

大臣自恣，王不能使也。（〈小雅‧節南山七〉）

上所言臣之失道者，除「不德」一項屬品德，「無知」為才智之外，餘皆指個人之行為，而「專恣」實集無禮、不忠、不義之惡行於一者，蓋其既恣，則

王不能使之，若無其君而自爲君行，實僭位之舉，此失道之大者也，《鄭箋》於此項申之最多。

2. 人臣之責

《鄭箋》於爲臣之責任所言不多，其具體指陳者，僅見〈節南山〉之詩，其言曰：「尹氏作大師之官，爲周之桎鎋，持國政之平，維制四方，上輔天子，下教化天下，使民無迷惑之憂。言任至重。」（〈小雅‧節南山三〉）就大師之臣而言，內平國政，外制四方，上佐君王，下教百姓，其責兼及內外上下，實堪「桎鎋」之名也。惟就臣對君之責而言，概括《鄭箋》之意可得四焉：

其一爲佐王，箋云：「使女爲百神主，謂群臣受饗而佐之。」（〈大雅‧卷阿三〉）「有申伯，以賢入爲王之卿士，佐王有功。」（〈大雅‧崧高二〉）其二爲助祭，箋云：「祭祀之禮，王裸以珪瓚，諸臣助之，亞裸以璋瓚。」（〈大雅‧棫樸二〉）助祭雖亦佐王之事，然佐王以政事爲主，且祭祀爲君王宗廟之大事，自宜別之別二也。其三爲補闕，箋云：「王之職有闕，輒能補之者，仲山甫也。」（〈大雅‧烝民六〉）其四爲諫正，箋云：「我若已得見幽王諫正之，則庶幾其變改，意解懌也。」（〈小雅‧頍弁一〉）「補闕」指君王施政之闕誤而言；「諫正」則就君王本身之品德言行而說，對此二者，人臣皆有其責以補諫之。此四者，爲人臣之基本責任，盡之乃能成其忠也。

3. 事君之原則

歸納《鄭箋》所云，可得事君之原則有五端：

（1）專　壹

箋云：

　喻賢者有專壹之意於我。（〈小雅‧南有嘉魚四〉）

　詩人事君無二志，故自決歸之於天。我勤身以事君何哉？忠之至！
　（〈國風‧邶風‧北門一〉）

前所言「忠敬」者，指其事君態度而言，此處所云「至忠」者，指事君心志爲言，至忠則無二其志焉。

（2）忠　敬

箋云：

　王之事多難，其召我必急，欲疾趨之。此序其忠敬也。（〈小雅‧出車一〉）

> 周之臣既世世光明，其爲君之謀事，忠敬翼翼然。(〈大雅·文王三〉)
>
> 公劉既登堂負扆而立，群臣乃適其牧群，搏豕於牢中，以爲飲酒之
> 殽，酌酒以匏爲爵。言忠敬也。(〈大雅·公劉四〉)

〈出車〉與〈公劉〉二詩，箋皆以「忠敬」二字釋其臣子趨召之行及搏豕待
君之義，而於〈文王〉詩則謂其臣謀事忠敬，故箋意事君實以忠敬爲要。

（3）移　去

爲臣事君若有不安則當移異，箋云：「黃鳥止于棘，以求安己也，此棘若
不安則移，興者喻臣之事君亦然。」(〈國風·秦風·黃鳥一〉)且若諫君者三，
亦可離去，箋云：「三諫不從，待放於郊，得玦乃去。」(〈國風·檜風·羔裘
序〉)君若失道甚者，則三諫以正其行，是忠也，終諫而不改，則無復專壹於
君，蓋君失道於先，人臣既已盡忠三諫，諫而不悛，無由忠之也，臣子雖貳
其志，庶幾無不忠之譏矣。

4. 事君之方法

《鄭箋》於事君之法，多方陳之，或美、或譽、或順、或樂、或尊、或顯、
或憂、或戒、或刺、或諫，其道雖繁，卻可歸之於一焉，即《鄭箋》所云：「臣
之道，資於事父以事君。」(〈小雅·沔水一〉)，以事父之道事其君，則於臣道
無差矣。

美之者，如箋云：「臣亦宜歸美於王，以崇君之尊而福祿之，以荅其歌。」
(〈小雅·天保序〉)「臣受恩，無可以報謝者，稱言使君壽考而已。」(〈大雅·
江漢五〉)譽之者，如箋云：「稱王之聲譽，我愛好王無有厭也。」(〈小雅·車
舝二〉)順之者，如箋云：「其（臣）行之也，皆奉順其（王）意，如王口喉舌
親所言也。」(〈大雅·烝民三〉)、「召公忠臣，順於王命。」(〈大雅·江漢二〉)
樂之者，如箋云：「樂易之君子，來就王游而歌，以陳出其聲音。言其將以樂王
也，感主之善心也。」(〈大雅·卷阿一〉)尊之者，如箋云：「公劉雖去邰國來
遷，群臣從而君之尊之，猶在邰也。」(〈大雅·公劉四〉)「善其尊宣王，以常
職來也。」(〈大雅·韓奕二〉)顯之者，如箋云：「顯明王之政教，使群臣施布
之。」(〈大雅·烝民二〉)

以上皆從正面言事君之作法，至如反面事君之法亦多述及。憂之者，如
箋云：「我心憂君之行如此，故歌謠以寫我憂矣。」(〈國風·魏風·園有桃一〉)
戒之者，如箋云：「召公懼成王尚幼稚，不留意於治民之事，故作詩美公劉，

以深戒之。」（〈大雅・公劉序〉）刺之者，如箋云：

> 幽王之時，政煩賦重，而不務農事……，故時臣思古以刺之。（〈小雅・大田序〉）

> 時賦斂重數，繇役煩多，人民勞苦……，故穆公以刺之。（〈大雅・民勞序〉）

> 穆公朝廷之臣，不敢斥言王之惡，故上陳文王，咨嗟殷紂，以切刺之。（〈大雅・蕩二〉）

> 齊大夫見襄王行惡如是，作詩以刺之。（〈國風・齊風・南山序〉）

君因賦重不恤民勞而被刺，或因爲惡遭臣刺，臣則陳古或作詩刺其君。諫之者，如箋云：

> 我若無君，何爲處此乎？臣又極諫之辭。（〈國風・邶風・式微一〉）

> 玉者，君子比德焉。王乎！我欲令女如玉然，故作是詩，用大諫正女。此穆公至忠之言。（〈大雅・民勞五〉）

> 王之謀不能圖遠，用是故我大諫王也。（〈大雅・板一〉）

> 我諫止之以信，言女所行者不可。反背我而大詈，言距己諫之甚。（〈大雅・桑柔十六〉）

上所言美、譽、順、樂、尊、顯者，皆人臣事明君之法，君明始可以此待之；若爲君者治民不力，或德有闇闕，甚而不圖遠謀，則人臣將時以憂之，戒之，刺之，諫之也。故事君之道，端視人君之行耳。

（三）君臣相處之關係

1. 君失而害臣

箋云：

> 君近小人，則賢者見侵害。（〈國風・邶風・柏舟序〉）

> 君政偏，己兼其苦。（〈國風・邶風・北門二〉）

> 王不均大夫之使，而專以我有賢才之故，獨使我從事於役。自苦之辭。（〈小雅・北山二〉）

> 王政不均，臣事不同也。（〈小雅・小明二〉）

凡此皆言君失道致使人臣遭受苦害也，其失道者，以使臣不均爲最，不均之因，或近小人而偏坦之，或以某臣賢而役使之，或君闇不明臣苦。

2. 臣失而害君

箋云：

> 陳佗之性，本未必惡，師傅惡而陳佗從之而惡。（〈國風‧陳風‧墓門二〉）

> 民當被王之恩惠，群臣恣放，損王之德。（〈大雅‧桑柔一〉）

由〈墓門〉詩之箋，知爲君者起用小人之臣，則己亦將濡染惡行，受其害而不自知。臣子爲惡，王德遭其毀損，王澤不下，則亦黎民百姓之厄也。

3. 君臣共惡、共樂

《鄭箋》於君臣之間除一方之失而害於一方者外，尚有共相爲惡或共相燕樂之言。其言共惡者如：

> 猶今君臣相承，爲惡如一。（〈國風‧邶風‧北風三〉）

> 君臣在朝，侮慢元老。召之不問政事，但問占夢，不尚道德而信徵祥之甚。（〈小雅‧正月五〉）

> 屬王施倨慢之化，女群臣又相與而力爲之。言競於惡。（〈大雅‧蕩二〉）

> 王與群臣乖爭而相疑，日祝詛求其凶咎無極巳。（〈大雅‧蕩三〉）

以〈正月〉及〈蕩〉二詩之箋觀之，君臣共惡當指無禮儀也，君臣無禮，初相爲惡，終而互疑相爭，祝詛其凶，則朝政敗壞，國必將危矣。

箋之言君臣共樂者如：

> 君臣以閒暇燕飲相安樂也。（〈國風‧秦風‧車鄰二〉）

> 燕飲常與群臣，非徒樂族人。（〈大雅‧假樂四〉）

能相燕樂則君臣和合也。

4. 相互之道

箋云：「文王之德所以至然者，我念之曰：『此亦由有疏附先後奔奏禦侮之臣力也。』」（〈大雅‧緜九〉），明言君之功實乃臣之力；又言：「文王之在於宗廟，德如此，故大夫士皆有德，子弟皆有所造成。」（〈大雅‧思齊四〉），則言君有德則臣亦將有德，此乃以身化其臣下也，又曰：「託王之尊者，王明則榮，王衰則微。」（〈小雅‧頍弁一〉）。是故君臣之間，功德相成也。箋於此亦嘗多言曰：

> 古之王者與群臣燕飲，上下無失禮者。（〈小雅‧桑扈四〉）

君臣以禮法威儀升降於朝廷，則天下亦觀視而仰樂之。（〈桑扈一〉）

王有賢臣，與之以禮義相切磋。（〈大雅・卷阿六〉）

此言君臣以禮相待，則民樂此而安居也。箋又曰：

君臣之言，宜相成也。（〈大雅・江漢六〉）

明王賢臣以德相承而治道興，則讒諂遠矣。（〈小雅・裳裳者華一〉）

此言君臣之間非特言語相互成說，且相承以德，如此，言詞態度相應，思想相通無礙，品德相濡同進，則讒佞無以構陷，諂言無以逞進，故邦國大治焉，而朝廷上下終能「君臣同福祿也。」（〈大雅・下武六〉）。

二、君民相互之道

（一）君失道於民

《鄭箋》所言人君失道於民者，以暴虐、不施教化、無恩澤等爲多，其言暴虐者曰：

疾王者以刑罰威恐萬民。（〈小雅・小旻一〉）

喻君政教酷暴，使民散亂。（〈國風・邶風・北風一〉）

王方行酷虐之威怒……，時屬王虐而弭謗。（〈大雅・板五〉）

王施刑罪以羅罔天下。（〈大雅・召旻二〉）

刺今王使民行役，曾無休止時。（〈小雅・黍苗二〉）

王反爲無常，維邪其行，爲貪暴，使民之財匱盡而大困急。（〈大雅・抑十二〉）

上多賦斂，富人財盡，而弱民與受困窮。（〈小雅・四月四〉）

共公之施政教，徒困病其民。（〈國風・曹風・下泉一〉）

君之暴虐多以刑罰行之，次爲斂財、行役，終使民困病也。其言不施教化者曰：

不施德教，民無以戰。（〈國風・魏風・園有桃一〉）

曾無教令恩德來顧眷我，又疾其不修政也。（〈魏風・碩鼠一〉）

人心皆樂善，王不啓教之。（〈小雅・角弓七〉）

今小人之行如夷狄，而王不能變化之。（〈小雅・角弓八〉）

「不施德教」、「無教令」、「不啓教」、「不能變化」等，統言王之不修政事也，則朝綱不振，善民困病焉。其言無恩澤者曰：

> 怨平王恩澤不行於民，而久令屯戍不得歸。（〈國風・王風・揚之水序〉）
>
> 喻平王政教煩急，而恩澤之令不行于下民。（〈王風・揚之水一〉）
>
> 王之政，不躬而親之，則恩澤不信於眾民矣。（〈小雅・節南山四〉）
>
> 曾不肯惠施以賙贍眾民，言無恩也。（〈大雅・板五〉）
>
> 王無恩惠於天下，天下之人如旱歲之草，皆枯槁無潤澤。（〈大雅・召旻四〉）

凡使民久戍，不躬親，不施惠者，將無澤而致民枯槁，皆不恤民也，是「不與民同欲」（〈國風・秦風・無衣一〉）。君之失道者，以上所述為大也。

民於君之失道者，或佯愚，如〈抑〉詩箋云：「今王政暴虐，賢者皆佯愚不為容貌，如不肖然。」；或不服之，如〈蒹葭〉詩箋云：「襄公新為諸侯，未習周之禮法，故國人未服焉。」；或疾之，如〈碩鼠〉詩箋云：「疾其稅斂之多也。」；或責之，如〈株林〉詩箋云：「陳人責靈公……為淫洗之行。」；甚或學之，如〈角弓〉詩箋云：「王女不親骨肉，則天下之人皆如之，見女之教令，無善無惡，所尚者，天下之人皆學之。」，又〈蕩〉詩箋云：「殷紂之時，君臣失道如此，且喪亡矣，時人化之甚，尚欲從而行之，不知其非。」。百姓從學無道之君，則上行下效，民風傷敗焉。

（二）治民之法

《鄭箋》言治民之法，有施德、行禮、立法、安順、親教等，略說於次：

1. 施 德

箋云：

> 文王武王施明德于天下。 （〈大雅・大明一〉）
>
> 大王王季以有樂易之德施於民，故其求祿亦得樂易。（〈大雅・旱麓一〉）
>
> 王道尚信，則天下以為法，勤行之。（〈大雅・下武二〉）
>
> 念此君祖文王，上以直道事天，下以直道治民，信無私枉。（〈周頌・閔予小子〉）

箋以君王施德尚信，並以直道治之，言簡意賅也。

2. 行 禮

箋云：

> 猶諸侯之治民，御之以禮法。（〈小雅・采菽五〉）

既告老人，及其來也，以禮引之，以禮翼之。(〈大雅‧行葦八〉)

徵先生君子，與之行飲酒之禮，而因以謀事也。(〈魯頌‧泮水三〉)

行禮待人，治民之法，此爲《鄭箋》所重也。

3. 立 法

箋云：

天子爲法度於天下。(〈大雅‧棫樸四〉)

成王能爲天下之綱紀，謂立法度以理治之也。(〈大雅‧假樂四〉)

《鄭箋》前有禮法並稱者，足見兩者並重之意，立法不可缺也。

4. 安順之

箋云：

思在和其民人，用光大其道，爲今子孫之基。(〈大雅‧公劉一〉)

成王於是則止力役以順民事，不奪民時。(〈小雅‧大田一〉)

此言和順其民，且亦當安其心也，箋云：

可作室家於此。定民心也。(〈大雅‧緜三〉)

述行終其安民之道，又述行多其成民之德。(〈大雅‧文王有聲一〉)

王又使軍，將豫告淮浦徐土之民云：不久處於是也，女三農之事皆就其業。爲其驚怖，先以言安之。(〈大雅‧常武二〉)

5. 親教之

箋云：

成王親爲嘗其饋之美否，示親之也。(〈小雅‧甫田三〉)

孝子之行，非有竭極之時，……廣之以教道天下也。(〈大雅‧既醉五〉)

天神多予后稷以五穀，禹平水土，乃教民播種之，於是天下大有。(〈魯頌‧閟宮一〉)

前述施德、行禮、立法可謂治民之原則、政策，後二者之安順及親教則可謂治民之具體作法，若人君之治民能和、安、親、教，則其德、禮、法、信、直必能施行天下矣，果如此，君必受民之景仰，如箋之云：「至德順民之君，爲百姓所瞻仰者，乃執正心，舉事遍謀於眾。」(〈大雅‧桑柔八〉)，施德、行禮、立法三者即「執正心」，而和、安、親、教四者，蓋爲「遍謀於眾」，

如此之君，當可謂「至德順民」之君也。

（三）君民互動之關係

《鄭箋》言人君「道民在己甚易」，故嘗曰：「民之行多爲邪辟者，乃女君臣之過。」（〈大雅・板六〉），過在於君，因之，「民之意不獲，當反責之於身，思彼所以然者而恕之。」（〈小雅・角弓四〉），此責己恕民之功夫，洵爲仁君之表現也。爰於此，《鄭箋》所言君民相互之道，絕大部分立基於君道，以言人民之反應，茲扼其要者，臚列於后以見之：

> 儀法文王之事，則天下咸信而順之。（〈大雅・文王七〉）

> 有大德行，則天下順從其政。（〈大雅・抑二〉）

> 德加於民，民則以義報之。（〈大雅・抑六〉）

> 君臣以禮法威儀升降於朝廷，則天下亦觀視而仰樂之。（〈小雅・桑扈一〉）

> 文王爲政，先以心研精，合於禮義，然後施之，萬民視而觀之，其好而樂之。（〈大雅・棫樸五〉）

> 王之道民以禮義，則民和合而從之如此。（〈大雅・板六〉）

> 公劉相此原地也……重居民也，民亦愛公劉之如是，故進玉瑤容刀之佩。（〈大雅・公劉二〉）

> 如行至誠之道，則民鞫訩之心息；如行平易之政，則民乖爭之情去。
> 言民之失由於上，可反復也。（〈小雅・節南山五〉）

綜觀而言，爲君者若法祖、施德、合禮義、重民、至誠及平易，則其民當順之、報之、樂之、從之及愛之，並除鞫訩、乖爭也。君之爲政，得民心與否，乃《鄭箋》所言之核心。

三、官民相互之道

《鄭箋》嘗云：「離離嗜嗜，喻民臣和協。」（〈大雅・卷阿九〉），此臣與民和協以處，即爲此倫之理想也。《鄭箋》於官待民之道略有述焉，其言曰：

> 文公於雨下，命主駕者，雨止，爲我晨早駕，欲往爲辭說于桑田，教民稼穡，務農急也。（〈國風・鄘風・定之方中三〉）

> 古者天子大夫服毳冕以巡行邦國，而決男女之訟。（〈國風・王風・大車一〉）

今譚大夫契契憂苦而窘歎，哀其民人之勞苦。(〈小雅‧大東三〉)

大夫出使，馳驅而行，見忠信之賢人，則於之訪問求善道也。(〈小雅‧皇皇者華二〉)

賢者則猥來就之……其來也爲長養民。(〈大雅‧卷阿一〉)

善士親愛庶人。(〈大雅‧卷阿八〉)

綜言之，爲官者當教民以務農，決民之訟，哀其勞苦，親愛之，長養之，並向賢人求善道也。

至於民待官者，箋云：

疾其（三公）貪暴，脅下以刑辟。(〈小雅‧節南山一〉)

我豈不思與女以爲無禮與？畏子大夫來聽訟，將罪我，故不敢也。(〈國‧風王‧風大車一〉)

國人被其德、說其化、思其人、敬其樹。(〈國風‧召南‧甘棠一〉)

其將來食，庶其親己，己得厚待之。(〈國風‧王風‧丘中有麻二〉)

時賢者既說此卿大夫有忠順之德，又欲以善道與之，心誠愛厚之至。(〈國風‧鄘風‧干旄一〉)

我不去而歸往他人者，乃念子而愛好之也。民之厚如此，亦唐之遺風。(〈國風‧唐風‧羔裘二〉)

其見田大夫，又爲設酒食焉。言勸其事，又愛其吏也。(〈國風‧豳風‧七月一〉)

對貪暴之官，天下民皆以疾之，反之，民因畏官而不爲無禮之事，其於有道之官者，思之、愛之、厚待之也。

貳、父子之倫

《鄭箋》於此倫多明子道之義，其批判失此倫常者有二焉：一爲失先王之道，如〈蕩〉詩箋云：「紂之亂，非其生不得其時，乃不用先王之故法之所致。」(〈大雅‧蕩七〉)；一爲淫亂，如〈鶉之奔奔〉詩箋云：「與公子頑淫亂，行不如禽鳥。」(〈國風‧鄘風‧鶉之奔奔序〉)，此外，失道者少矣。

一、父　道

檢視《鄭箋》之言，其云父道者，或遺善道，或爲法度、或開基緒、或

寬仁、或安助，其言曰：

> 其善道則可以遺子孫也。(〈魯頌・有駜三〉)
>
> 能以孝行爲子孫法度，使長見行也。(〈周頌・閔予小子〉)
>
> 信有文德哉，文王也，能開其子孫之基緒。(〈周頌・武〉)
>
> 以凱風喻寬仁之母。(〈國風・邶風・凱風一〉)
>
> 文王之德……又能昌大其子孫，安助之以考壽，與多福祿。(〈周頌・雝〉)

除言母道以寬仁者外，餘皆立後爲功，無論善道、孝行、文德，皆爲子孫而行之也，其樹立典範以爲楷模之精神，實爲《鄭箋》之父道特色。

二、子　道

《鄭箋》言子道者較父道爲多，其道略言於次：

1. 遵奉和親

箋云：

> 人君取妻，必先議於父母。(〈國風・齊風・南山三〉)
>
> 不知昏姻當待父母之命。(〈國風・鄘風・蝃蝀三〉)
>
> 言仲子之言（諫）可私懷也，我迫於父母有言，不得從也。(〈國風鄭・風將・仲子一〉)
>
> 先與父兄室人亨瓠葉而飲之，所以急和親親也。(〈小雅・瓠葉一〉)

2. 報答恩德

箋云：

> 母乃有叡知之善德，我七子無善人能報之者。(〈國風・邶風・凱風二〉)
>
> 恨不得終養父母，報其生長己之苦。(〈小雅・蓼莪一〉)
>
> 我欲報父母是德，昊天乎！我心無極。(〈小雅・蓼莪四〉)

3. 思望孝順

箋云：

> 長我孝心之所思，所思者，其維則三后之所行。子孫以順祖考爲孝。(〈大雅・下武三〉)

孝子行役，思其父之戒，乃登彼岵山，以遙瞻望其父所在之處。……
此又思母之戒，而登屺山而望之也。(〈國風・魏風・陟岵一、二〉)

4. 祭　告

箋云：

新王即政，必以朝享之禮祭於祖考，告嗣位也。(〈周頌・烈文序〉)

武王既定天下，祭祖考之廟。(〈周頌・執競〉)

王賜召虎以秬酒一尊，使以祭其宗廟，告其先祖諸有德美見記者。
(〈大雅・江漢五〉)

5. 繼　承

箋云：

文王武王繼大王之事，至受命致大平，天所以罰誅紂於商郊牧野。
(〈魯頌・閟宮二〉)

言承湯之業，能興之也。(〈商頌・烈祖〉)

於乎君王，歎文王武王也，我繼其緒，思其所行不忘也。(〈周頌・
閔予小子〉)

成王始即政，自以承聖父之業，懼不能遵其道德。(〈周頌・訪落〉)

今我成王承先王之法度爲主人。(〈大雅・行葦七〉)

我儀則式象法行文王之常道，以日施政於天下。(〈周頌・我將〉)

據《鄭箋》上言子道內容分析，前兩項皆對父母以行，後兩項實對先祖以言，
而第三項「思望孝順」則兼對父母先祖統言也。

細繹《鄭箋》之意，「遵奉」有二端，一者婚姻遵父母命，一者行事奉父
母言。「和親」之意，可上溯《論語》之言「有酒食，先生饌。」(爲政篇)，
先與父兄飲，以示親親，此當爲孝義也。「報答」即報父母之善德與生養之苦。
「思望」者，所以法其行、思其戒者，欲順之也，順之，即孝。「祭告」者，
因定天下、即政或有功德於邦國等關於國家大事，乃以「禮」祭告於先祖也。
「繼承」之道有二焉，一爲承先祖之業以致太平，一爲繼先祖之行，以承其
法度，行其常道，遵其道德也。

統觀其義，「報答」與「和親」爲體貼親上，直可謂孝。「遵奉」、「思望」
與「繼承」皆有順意，依《鄭箋》「子孫以順祖考爲孝」之意，則三者可謂孝行

矣。至「祭告」乃光祖顯門之行，亦當爲孝。是故子道者，「孝」字可概括矣。

參、夫婦之倫

《鄭箋》於夫婦一倫頗爲重視，或言失道之情形，或分言夫道與妻道，又或言相處之道，觀照面向可謂多端，此處先陳其失道者，再述及此倫之正道者，以明梗概。

一、夫婦失道

《鄭箋》所述夫婦失道者，可歸爲四端：

1. 違　初

箋云：

> 其所以接及我者，不以故處，甚違其初時。（〈國風・邶風・日月一〉）

> 君子忘舊，不念往昔年稚，我始來之時，安息我。（〈國風・邶風・谷風六〉）

> 不能防閑文姜，終其初時之婉順。（〈國風・齊風・敝笱一〉）

前二則爲人夫忘舊違初，後一則爲人妻之忘其初，夫婦初時無不婉順恩愛，及其後相薄相棄，則無以復其舊矣。

2. 無　恩

箋云：

> 無善恩意之聲語於我也。（〈國風・邶風・日月三〉）

> 送我裁於門內，無恩之甚。（〈國風・邶風・谷風二〉）

> 君子不能以恩驕樂我，反憎惡我。（〈國風・邶風・谷風五〉）

> 君子於己不善也。（〈國風・王風・中谷有蓷二〉）

> 王無恩意於申后，滮池之不如也。（〈小雅・白華三〉）

> 王無荅耦己之善意，而變移其心志。（〈小雅・白華七〉）

無恩者，夫於妻無善恩意也。

3. 薄

箋云：

> 其所以接及我者，不以相好之恩情，甚於己薄也。（〈國風・邶風・日月二〉）

君子洸洸然潰潰然無溫潤之色，而盡遺我以勞苦之事，欲窮困我。
（〈國風・邶風・谷風六〉）

三歲之後，見遇浸薄，乃至見酷暴。（〈國風・衛風・氓五〉）

老乎，女反薄我，使我怨也。（〈國風・衛風・氓六〉）

無情意者，薄也。上言皆夫薄於妻也。

4. 棄

箋云：

有女遇凶年而見棄，與其君子別離，慨然而嘆。傷己見棄，其恩薄。
（〈國風・王風・中谷有蓷一〉）

言己尊之如父，親之如母，乃反養遇我不終也。（〈國風・邶風・日
月四〉）

夫從征役，棄亡不反，則其妻居家而怨思。（〈國風・唐風・葛生序〉）

宣王之末，男女失道以求外昏，棄其舊姻而相怨。（〈小雅・我行其
野一〉）

上皆言夫棄妻者，棄養之因概有三焉：一爲遇凶年，一爲從征役，一爲求外
昏。前二者乃不得已也，後者則因失道而棄其舊，令人扼腕。

綜觀《鄭箋》所述失道者，以夫爲多，其或忘舊、或無恩、或薄情，甚
或棄養，爲人婦者，僅只怨之、歎之也。然其初時，妻於夫者，尊之、親之，
終乃遭棄，其怨之深可知也。

二、夫　道

《鄭箋》述爲夫之道者不多，其道或言尊，或言美，或言禮，或言善，
或言親，曰：

文王聞大姒之賢，則美之……乃求昏。（〈大雅・大明五〉）

知大姒之賢，尊之如天之有女弟。（〈大雅・大明五〉）

文王以禮法接待其妻。（〈大雅・思齊二〉）

僖公燕飲於內寢，則善其妻。（〈魯頌・閟宮七〉）

君夫人新爲妃耦，宜親親。（〈國風・衛風・碩人三〉）

淑姬賢女，君子宜與對歌相切化也。（〈國風・陳風・東門之池一〉）

對歌相切以化，實促進夫妻情感交融之道，人夫除當於其妻尊之、美之、禮

之、善之、親之外，亦當與之歌也。

三、妻　道

《鄭箋》曰：「婦人有嫁於君子之禮。」（〈國風・衛風・竹竿二〉），可知其於婦道特重禮也，基於此，言爲妻之道則至多矣，茲陳於後：

1. 依　禮

箋云：

> 以禮從此道嫁於魯侯也。（〈國風・齊風・南山一〉）
>
> 婦人待禮以成爲室家。（〈國風・衛風・竹竿一〉）

依禮以成婚姻，嫁爲人妻，室家乃成，守禮而成，鄭玄箋詩之用心，於此可知也。

2. 愛　閔

箋云：

> 明己專心於女……我心於女故無差貳。（〈國風・衛風・氓四〉）
>
> 我猶樂與子臥而同夢，言親愛之無已。（〈國風・齊風・雞鳴三〉）
>
> 婦人閔其君子，恩義之至也。（〈國風・秦風・小戎序〉）
>
> 閔其君子寢起之勞。（〈國風・秦風・小戎三〉）
>
> 言閔其勤苦。（〈周頌・良耜〉）

專情親愛於夫君，此人妻之道，又當閔惜其勞苦，以表現恩義之情也。

3. 順　厚

箋云：

> 賢女能柔順君子，成其德教。（〈國風・陳風・東門之池一〉）
>
> 能爲君子和好眾妾之怨者。（〈國風・周南・關雎一〉）
>
> 常自潔清以事君子。（〈國風・周南・葛覃三〉）
>
> 婦人被文王之化，厚事其君子。（〈國風・周南・汝墳序〉）
>
> 夫雖不在，不失其祭也。（〈國風・唐風・葛生三〉）

和順厚事，爲人妻者持家行事所當爲，使一家和樂無違，生活有常也。

4. 思　念

箋云：

君子獨久行役而不來，使我心悠悠然思之。（〈國風・邶風・雄雉三〉）

思其性與德。（〈國風・秦風・小戎三〉）

婦人思其君子之居處。（〈國風・豳風・東山三〉）

婦人思望其君子。（〈小雅・杕杜一〉）

詩多夫君行役未歸之內容，《鄭箋》多發其思望之情，婦人思夫之德美，望其早歸也。

據箋之意，婦人依禮以成室家，專心親愛其夫，以厚事之，其居家也當有德，除柔順夫君，猶應和諧妾媵，夫之勞於事時，當應閔之，於其未歸，則必思望之，此《鄭箋》之婦道者也。

四、相互之道

《鄭箋》言夫婦相互之道，乃奠基於對等之原則，其言曰：

王若有茂美之德，則其時賢女來配之，與相訓告，改脩德教。（〈小雅・車舝二〉）

賢女配聖人得其宜，故備禮也。（〈大雅・大明五〉）

其相處當持以禮義以為內涵，進而同德齊意，終成室家之道也，故其言曰：

古之聖人制禮者，使夫婦有道，妻妾貴賤各有次序。（〈國風・邶風・綠衣四〉）

夫婦以禮義合，顏色相親，亦不可以顏色衰，棄其相與之禮。（〈國風・邶風・谷風一〉）

夫婦既以禮合，故其行事，自當依禮也，曰：

王后出入之禮，與王同其行。（〈小雅・白華八〉）

雞鳴朝盈，夫人也，君也，可以起之常禮。（〈國風・齊風・雞鳴一〉）

東方明，朝既昌，亦夫人也，君也，可以朝之常禮。（〈國風・齊風・雞鳴二〉）

箋乃總言之曰：

夫婦之道，亦以禮義相下以成家道。（〈小雅・白華七〉）

二人能以禮義相下，則言語無違焉，箋云：

夫婦之言無相違者，則可與女長相與處至死，顏色斯須之有。（〈國風・邶風・谷風一〉）

蓋言語無違者，當能和樂共處，同德齊意也，箋云：

> 國君與夫人也，當同德齊意以治國者，常道也。(〈國風・邶風・日月一〉)

> 大任……配王季，而與之共同仁義之德，同志意也。(〈大雅・大明二〉)

　　總而言之，《鄭箋》所言夫婦相對之道，乃立基於禮義，經形式之無違，至精神之融合，終臻於同德齊意之理想境界，此實為夫婦一倫之「常道」也。

肆、長幼之倫

　　《鄭箋》所言長幼之倫可由三方說之，一者乃言手足，一者以嫡妾言之，另一則由宗族言之。茲分別明之。

一、手　足

　　手足之失道，概有二焉，一為寡恩，一為亂倫。箋云：

> 忽兄弟爭國，親戚相疑，後竟寡於兄弟之恩。(〈國風・鄭風・揚之水一〉)

> 襄公文姜不宜為夫婦之道……襄公何復送而從之為淫泆之行。(〈國風・齊風・南山二〉)

失道若此，箋乃言手足相處之道亦有二焉，一者相親信，一者相依求也。其言曰：

> 人之恩親，無如兄弟之最厚。(〈小雅・常棣一〉)

> 骨肉之親，當相親信，無相疏遠。(〈小雅・角弓一〉)

> 兄弟至親，當相據依。(〈國風・邶風・柏舟二〉)

> 兄弟相求，故能立榮顯之名。(〈小雅・常棣二〉)

　　箋意多申手足相親，互相扶持，不可疏遠之意。彼此協助，當能榮顯立名，光耀父母家族也。

二、嫡　妾

　　《鄭箋》嘗言嫡媵淫恣者，曰：「後知魯桓微弱，文姜遂淫恣，從者亦隨之為惡。」(〈國風・齊風・敝笱一〉)，又曰：「姪娣之善惡，亦文姜所使止」。(〈國風・齊風・敝笱二〉)，此為媵妾從嫡為惡之例；至妾以僭亂為惡者，箋

亦有言曰：「褖衣反以黃爲裡，非其禮制也，故以喻妾上僭。」（〈國風・邶風・綠衣一〉），又云：「衣黑而裳黃，喻亂嫡妾之禮。」（〈國風・邶風・綠衣二〉），凡此之言，皆嫡妾之失道也。

箋於嫡道略有言之，或和以逮下，或盡情待妾，其言曰：

后妃能和諧眾妾，不嫉妒其容貌，恆以善言逮下而安之。（〈國風・周南・樛木序〉）

送是子，乃至于野者，舒己憤，盡己情。（〈國風・邶風・燕燕一〉）

嫡者以善言待妾，以求和諧，即其將歸，則遠送以見眞情，此嫡之有善道也。至妾道者，箋以二端述之，一爲崇禮重序，一爲稱謝嫡情，曰：

諸妾隨夫人以次序進御於君也。（〈國風・召南・小星一〉）

戴嬀將歸，言語感激，聲有小大。（〈國風・邶風・燕燕三〉）

戴嬀……將歸，猶勸勉寡人以禮義。（〈國風・邶風・燕燕四〉）

《鄭箋》於嫡妾相處之道嘗明示曰：

江水大，氾水小，然而並流，似嫡勝宜俱行。（〈國風・召南・江有氾一〉）

后妃能以意下逮眾妾，使得其次序，則眾妾上附事之，而禮義亦俱盛。（〈國風・周南・樛木一〉）

妃妾以禮義相與和，又能以禮樂樂其君子，使爲福祿所安。（〈國風周・南樛・木一〉）

此蓋《鄭箋》嫡妾關係之理想，其道實以禮爲精神，彼此相和，又能樂其君子，誠爲人倫之善道也。

三、宗　族

《鄭箋》以無恩禮爲失宗族之道者，其言曰：「王與九族，不以恩禮御待之，使之多怨也。」（〈小雅・角弓一〉），恩禮以待，其必親也，故箋言宗族之道多重恩情與禮法，言曰：

王季之心親親，而又善於宗族，又尤善於兄大伯。（〈大雅・皇矣三〉）

族人陳王之恩也。王有酒則沛茜之，王無酒酤買之，要欲厚於族人。（〈小雅・伐木六〉）

祭祀畢，……同姓則留與之燕，……親骨肉也。（〈小雅・楚茨五〉）

　　文王以禮法接待其妻，至于宗族。(〈大雅‧思齊二〉)

　　王與族人燕，兄弟之親無遠無近，俱揖而進之。(〈大雅‧行葦二〉)

　　同姓之臣無有怨者，而皆慶君，是其歡也。(楚茨六〉)

以上或謂善，或言厚，或曰親，或及禮法，或指燕樂，皆宗族相待之善道也。

伍、朋友之倫

　　《鄭箋》言及朋友之倫者，所論範圍頗為廣泛，除直言為朋友關係者外，另有賓主、敵我、侯國等關係，皆可見其朋友一倫之義，茲分朋友、賓主、敵我及侯國四端明之。

一、朋　友

（一）失　道

《鄭箋》云朋友失道者，由輕及重者，略有三焉：

1. 無知相遠

箋云：

　　如是則眾臣無知我憂所為也。(〈國風‧魏風‧園有桃一〉)

按：序言此詩為大夫所作，故列為朋友之倫。

　　箋云：

　　軍士棄其約，離散相遠，……不與我相救活。傷之。(〈國風‧邶風‧擊鼓五〉)

　　當急難之時，雖有善同門來，久也猶無相助己者。(〈小雅‧常棣四〉)

彼無知我之所憂，固無友朋之情，至相遠不救則更失其道，而朋友互助之道基本在心，若無存心，縱急難之時來探，亦無助也。

2. 忘恩無信

箋云：

　　今女以志達而安樂，棄恩忘舊，薄之甚。(〈小雅‧谷風一〉)

　　女曾不傳聲問我，以恩責其忘己。(〈國風‧鄭風‧子衿一〉)

　　進舉小人，使得居位，不任其職，怨負及己。(〈小雅‧無將大車一〉)

箋云：

　　歎其棄約，不與我相親信。(〈國風‧邶風‧擊鼓五〉)

眾不信我，或時謂我謗君，使我得罪也。(〈國風・魏風・園有桃一〉)

今朝廷群臣皆相欺背，不相與以善道。(〈大雅・桑柔九〉)

曾經有恩於彼，今則志達而忘恩於我，失友道也。人我之間重在信任，一旦失信相欺，別無善道矣。

3. 譖 害

箋云：

臣無大小，使出者則為讒人所毀，故懼之。(〈國風・王風・采葛序〉)

幽王之時，小人眾多，賢者與之從事，反見譖害，自悔與小人竝。(〈小雅・無將大車序〉)

讒人譖寺人。(〈小雅・巷伯序〉)

朋友之失道者，由無知而相遠，至忘恩，又相欺，終相譖害也。然而，朋友者，至要也，故《鄭箋》嘗曰：「君子之學，以文會友，以友輔仁，獨學而無友，則孤陋而寡聞。」(〈國風・鄭風・子衿三〉)，箋乃言朋友相互之道於次也。

（二）相互之道

概括箋言，略得相互之道作法有四焉：

1. 思 慕

箋云：

思望君子，於道見之，則欲擎持其袪而留之。(〈國風・鄭風・遵大路一〉)

學子而俱在學校之中，己留彼去，故隨而思之耳。(〈國風・鄭風・子衿一〉)

君子有美道以得聲譽，則小人亦樂與之而自連屬焉。(〈小雅・角弓六〉)

我心愛此君子，君子雖遠在野，豈能不勤思之乎。(〈小雅・隰桑四〉)

賢者所在，群士皆慕而往仕也。(〈小雅・卷阿七〉)

民所執持有常道，莫不好有美德之人。(〈大雅・烝民一〉)

賢德所在，人莫不思慕往見，蓋好善之心，人皆有之。

2. 同 心

箋云：

性仁愛而好我者，與我相攜持同道而去，疾時政也。(〈國風・邶風・
北風一〉)

君子祿仕在樂官，……右手招我，使我從之於房中，俱在樂官也。

(〈國風・王風・君子陽陽一〉)

遭厄難勤苦之事也，當此之時，獨我與女爾。謂同其憂務。朋友無
大故則不相遺棄。(〈小雅・谷風一〉)

我就女而謀，欲忠告以善道。(〈大雅・板三〉)

亂世則同其憂，共攜去，亦可同仕祿以遠害，且當勉以善道，不相遺棄也。

3. 切　磋

箋云：

昔日未居位，在農之時，與友生於山巖伐木，為勤苦之事，猶以道
德相切正也。(〈小雅・伐木一〉)

此君子謂庶人之有賢行者也。其農功畢，乃為酒漿以合朋友，習禮
講道藝也。(〈小雅・瓠葉一〉)

上言切磋者，「道德」、「禮」及「道藝」皆為其內容，足見朋友相切乃以德性
為重。

4. 慰　譽

箋云：

述其美，以慰安其心。(〈大雅・烝民八〉)

箋云：

子則揖耦我謂我儇，譽之也，譽之者，以報前言還也。(〈國風・齊
風・還一〉)

慰安之、稱譽之，人我相友之道也。

上言作法，乃為實踐朋友相交之道之方式，彼此以同心、思慕、切磋、
慰安及報答為相交之常道，若此，則能達成朋友之道之理想。而此理想境界
《鄭箋》亦曾勾勒也，其言理想之相處原則曰：

賢者居處恭，執事敬，與人交必以禮。(〈小雅・桑扈四〉)

謙虛以禮相卑下，先人而後己。(〈小雅・角弓七〉)

此原則實以禮為其基礎，本身應「恭」、「敬」及「謙虛」，然後交於人，交人
之道當「先人後己」，此乃與朋友交之理想原則也。以此原則交友，彼此情感

必能恩愛和合也，故其云理想之情感境界曰：

> 朋友同志，則恩愛成。(〈小雅・谷風一〉)

> 我與女恩如兄弟，其相應和如壎箎。(〈小雅・節南山七〉)

> 我與子成相說愛之恩，志在相存救也。(〈國風・邶風・擊鼓四〉)

> 心誠求之，神若聽之，使得如志，則友終相與和而齊功也。(〈小雅・伐木二〉)

彼此誠心同志，則能成恩愛、相與和也，此洵爲《鄭箋》友朋之倫最終之理想。

二、男 女

《鄭箋》言男女之倫者，分由二端述之，一言失道，一明相處之道也。

1. 失 道

《鄭箋》言男女失道者，非奔即淫，其言曰：

> 男女失道以求外昏。(〈小雅・我行其野一〉)

> 孟姜，列國之長女，而思與淫亂。(〈國風・鄘風・桑中一〉)

> 相與戲謔，行夫婦之事。(〈國風・鄭風・溱洧一〉)

上所言者皆淫亂之行。又云：

> 宣惠之世，男女相奔，不待媒氏以禮會之也。(〈國風・鄘風・桑中序〉)

> 男女相奔，各無匹耦，感春氣，並出託采芬香之草，而爲淫泆之行。(〈國風・鄭風・溱洧一〉)

> 茅蒐之爲難淺矣，易越而出。此女欲奔男之辭。(〈國風・鄭風・東門之墠一〉)

> 欲奔男之家。望其來迎己。(〈國風・鄭風・東門之墠一〉)

上所言者皆相奔之行。

2. 相處之道

男女相思相愛，洵爲自然之事，故《鄭箋》云：

> 春女感陽氣而思男，秋士感陰氣而思女，是其物化，所以悲也，悲則始有與公子同歸之志，欲嫁焉。(〈國風・豳風・七月二〉)

雖《鄭箋》此言將男女相思之意，託陰陽相感而說，是爲讖緯之跡也，然其物化以生悲者，乃明其自然以生之性。既思之，乃欲防其失道焉，故《鄭箋》

之言男女相處之處者，即特以禮爲重，禮備則無失道之慮也。箋曰：

> 貞女思仲春以禮與男會，吉士使媒人道成之。（〈國風・召南・野有死麕二〉）

> 男女嘉時，以禮相求呼。（〈國風・召南・草蟲一〉）

> 以禮來，則我行而與之去。（〈國風・齊風・東方之日二〉）

既以禮會，乃有善道也，箋云：

> 王姬與齊侯之子以善道相求。（〈國風・召南・何彼穠矣三〉）

> 謙不敢斥其適己，……示有意焉。（〈國風・周南・漢廣二〉）

謙，雖爲善道，然而其所求亦當及時也，箋云：

> 求女之當嫁者之眾士，宜及其善時。善時，謂年二十。（〈國風・召南・摽有梅一〉）

> 非我心欲過子之期，子無善媒來告期時。（〈國風・衛風・氓一〉）

因之，《鄭箋》所謂男女之倫者，首重持禮，次以善道求其嘉時也。

三、賓　主

《鄭箋》嘗言失賓主之道者曰：「自養厚，而薄於賓客。」（〈小雅・瓠葉序〉），然亦有言賓主之道者焉，攫其意有四：尊之、愛之、美之、樂之也，曰：

> 祭祀畢，歸賓客之俎，……所以尊賓客……。（〈小雅・楚茨五〉）

> 我燕樂賓客而飲酒，與之俱至老。親愛之言也。（〈國風・鄭風・女曰雞鳴二〉）

> 選擇眾臣卿大夫之賢者，與之朝王，言敦琢者，以賢美之。（〈周頌・有客〉）

> 周之君臣皆愛微子……又欲從而安樂之，厚之無已。（〈周頌・有客〉）

> 士大夫以君命出使，主國之臣必以燕禮樂之，助君之歡。（〈鄭風・女曰・雞鳴三〉）

> 我客之來助祭者，亦不說懌乎，言說懌也。（〈商頌・那〉）

所舉多端，皆云善賓客之道也。

四、侯　國

侯國之間，以攻伐爲最多，其善道者，或應天意，或申王法；其次爲不

攻而服者，或以德服之，或以威服之；此外，正之，治之，愛之者，箋皆有所陳也。

（一）伐

箋言順天意而伐者，曰：

> 天意去殷之惡，就周之德，文王則侵伐混夷以應之。（〈大雅・皇矣二〉）

言申王法者，曰：

> 命召公使以王法征伐，開闢四方。（〈大雅・江漢三〉）

> 嗣子武王受文王之業，舉兵伐殷而勝之。（〈周頌・武〉）

> 往伐蠻荊，皆使來服於宣王之威。（〈小雅・采芑四〉）

> 斥大國之正卿，子若愛而思我，我國有突篡國之事，而可征而正之。

> （〈國風・鄭風・褰裳一〉）

（二）服

箋言以德服者，如：

> 秦處周之舊土，其人被周之德教日久矣。（〈國風・秦風・蒹葭序〉）

> 文王但發其依居京地之眾……此以德攻，不以眾也。（〈大雅・皇矣六〉）

> 敵國有來侵伐者，可使和好之。（〈國風・周南・兔罝二〉）

言以威服者，如：

> 兵未陳而徐國已來告服。所謂善戰者不陳。（〈大雅・常武六〉）

（三）治

《鄭箋》言治其國之道者，或以斷、或以安、或以順、或以理、或以禦、或以教，所陳者多方矣。茲略舉以見：

> 治淮之旁國有罪者，就王師而斷之。（〈大雅・常武四〉）

> 安遠方之國，順伽其近者，當以此定我國家爲王之功。（〈大雅・民勞一〉）

> 武王克殷而治商之臣民，使得其所，能同其功於先祖也。（〈魯頌・閟宮二〉）

> 吳楚之君能長理旁側小國，使得其所。（〈小雅・四月六〉）

四國有難則往扞禦之。(〈大雅・崧高一〉)

使來於王國受政教之中正而已。(〈大雅・江漢三〉)

上述乃箋所云侯國相處之道,惟其二者間之理想當如箋之所明揭者:「諸侯之有賢才之德,能辯治其連屬之國,使得其所,則連屬之國亦循順之。」(〈小雅・采菽四〉),一者以德施治,一者和而順之,天下乃得安也。

陸、他 倫

一、物我關係

《鄭箋》於物我之關係由人對物、物惠人、人物對比等三端明之。

(一)人對物

箋云:

> 竊脂飛而往來有文章,人觀視而愛之。(〈小雅・桑扈一〉)

> 古者明王所乘之馬繫於廄,無事則委之以莝,有事乃予之穀。言愛國用也。(〈小雅・鴛鴦三〉)

> 文王親至靈囿,視牡鹿所遊伏之處,言愛物也。(〈大雅・靈臺二〉)

> 草物方茂盛,以其終將為人用,故周之先王為此愛之,況於人乎?(〈大雅・行葦一〉)

> 霜多,急恆寒若之異,傷害萬物,故心為之憂傷。(〈小雅・正月一〉)

> 四蟲者恆害我田中之稺禾,故明君以正己而去之。(〈小雅・大田二〉)

由上見之,《鄭箋》於人對物之道,多言「愛」之,偶則以「憂傷」言之,至其害者,則又「去」之也。其言愛物者,尤以「憂傷」為甚,當萬物之將遇寒害也,則心生悲憫,若己罹之,此實為「民胞物與」之懷也。

(二)物惠人

箋云:

> 有寒泉者,在浚之下浸潤之,使浚之民逸樂。(〈國風・邶風・凱風三〉)

> 桑之柔濡,其葉菀然茂盛……,人庇蔭其下者,均得其所。(〈大雅・桑柔一〉)

物之在下,使人浸潤;及其在上,則使人得其蔭也,物之惠人者,大矣哉。

（三）言物比人

《鄭箋》喜以物之性或物之用比之於人，其比言之方式，或以正言，或以反說。以物之性比言者，其言曰：

> 居有常匹，飛則相隨之貌，刺宣姜與頑非匹偶。（〈國風・鄘風・鶉之奔奔一〉）

> 鴞恆惡鳴，今來止於泮水之木上，食其桑黮，爲此之故，故改其鳴，歸就我以善音，喻人感於恩則化也。（〈魯頌・泮水八〉）

> 虹，天氣之戒尚無敢指者，況淫奔之女誰敢視之。（〈國風・鄘風・蝃蝀一〉）

> 視鼠有皮，雖處高顯之處，偷食苟得，不知廉恥，亦與人無威儀者同。（〈國・風鄘・風相鼠一〉）

前一則以物之性反言人之非，後三者則正比於人。以物之用比言者，其言曰：

> 有寒泉者，在浚之下浸潤之，使浚之民逸樂。以興七子不能如也。（〈國風・邶風・凱風三〉）

> 人庇蔭其下者，均得其所。……喻民當被王之恩惠。（〈大雅・桑柔一〉）

前者以物之用反比於人之無能，後者則以物用正言王惠也。《鄭箋》以物之性比之於人者較以物之用比者爲多。

二、天人關係

《鄭箋》於天人關係明之甚詳，箋云：「天意，去殷之惡，就周之德。」（〈大雅・皇矣二〉），故天有去惡就德之性，若有不順天而行者，則罰之也。其不順天者如箋之云：

> 王爲政，反先王與天之道。（〈大雅・板一〉）

> 不道者，言王不循天之政教。（〈小雅・十月之交八〉）

> 王不能繼長昊天之德。（〈小雅・雨無正一〉）

> 王不循旻天之德已甚矣，心猶不悛。（〈小雅・小旻一〉）

既反天德，天則罰之，言曰：

> 天以王爲惡如是，故出艱難之事，謂下災異，生兵寇，將以滅亡。（〈大雅・抑十二〉）

天所以罰殛紂於商邱牧野。(〈魯頌・閟宮二〉)

至使昊天下此死喪饑饉之災。(〈小雅・雨無正一〉)

是故《鄭箋》謂人當順於天，因「文王武王施明德于天下，其徵應炤晢見於天。」(〈大雅・大明一〉)，人之行為自見於上天，順天與否，天乃自知也。因之，《鄭箋》言事天之道者，以順應天命為首，曰：

述脩祖德，常言當配天命而行，則福祿自來。(〈大雅・文王六〉)

紂父之前……皆能配天而行，故不亡也。(文王六〉)

女得賢者，與之承順天地，則受久長之命。(〈大雅・卷阿四〉)

早夜始順天命，不敢解倦。(〈周頌・昊天有成命〉)

由上而知，脩祖德與得賢者，仍難大治，猶須順天行事，方得久長國祚也。餘或言仰〔註 11〕，或言告〔註 12〕，或言以直道事〔註 13〕，皆為善道，要言之，當「能善知天意，順其所為，從而行之。」(〈大雅・文王一〉)，是為《鄭箋》之深意也。

《鄭箋》言天待人之道者頗多，中以「授天命」及「降福祿」二者為最。其授命當有擇焉，箋云：「天乃予諸侯有德者，當起為天子。」(〈大雅・大明七〉)，又云：「文王有天子之容……又能敬其光明之德……天為此命之。」(〈大雅・文王四〉)，又云：「天帝命有威武之德者成湯，使之長有邦域，為政於天下。」(〈商頌・玄鳥〉)，可知天之授命當擇有德之人也，其德或「光明」，或「威武」，皆起為天子。其降福祿者，或賜「廣遠」之福〔註 14〕，或下「平安」之福〔註 15〕，或覆被「祿位」。〔註 16〕據箋之言，王之福祿或皆受之於天也，其言曰：「天嘉樂成王有光光之善德，安民官人皆得其宜，以受福祿於天。」(〈大雅・假樂一〉)。此外，天之於人者，有右助〔註 17〕，有依附〔註 18〕，有降氣〔註 19〕，有教道〔註 20〕，亦有愛也。〔註 21〕

〔註 11〕箋云：「昊天在上，人仰之，皆與之明。」(大雅板八〉)。
〔註 12〕箋云：「以情告天也，欲天指害之。」(小雅正月四〉)。
〔註 13〕箋云：「文王上以直道事天，下以直道治民，信無私枉。」(周頌閔予小子)。
〔註 14〕箋云：「天又下予女以廣遠之福，使天下溥蒙之。」(小雅天保二〉)。
〔註 15〕箋云：「天於是下平安之福，使年豐。」(商頌烈祖)。
〔註 16〕箋云：「天覆被女以祿位，使祿臨天下。」(大雅既醉七〉)。
〔註 17〕箋云：「天助女以光明之道。」(大雅既醉三〉)。
〔註 18〕箋云：「見文王之德而與之居，言天意常在文王所。」(大雅皇矣一〉)。
〔註 19〕箋云：「(姜嫄) 其德貞正不回邪，天用是馮依而降精氣。」(魯頌閟宮一〉)。

綜言之，《鄭箋》於天人關係甚重也，天道極正，其授命與降福祿者，必有德之人，若有逆其命者，必降災罰之，故人當以知天、順天爲重，當其德顯赫於天，便與天合德矣，故箋云：「大王文王之道，卓爾與天地合其德。」（〈周頌・天作〉），此實《鄭箋》言天人關係之最終理想也。

三、人神關係

箋云：「諸侯卿大夫助祭，在女宗廟之室，尙無肅敬之心，不慚媿於屋漏，有神見人之爲也。女無謂是幽昧不明，無見我者，神見女矣。」（〈大雅・抑七〉），可見人神關係之密切也，《鄭箋》於人待神之道嘗有言之，綜其言可得三焉，或祭之，或敬之，或求之：

箋云：

> 望于山川，皆以尊卑祭之。（〈周頌・時邁〉）

> 尸者神象，故事之如祖考。（〈大雅・卷阿五〉）

> 尸稱君，尊之也。（〈小雅・楚茨五〉）

> 尊尸與賓，所以敬神也，敬神則得壽考萬年。（〈小雅・信南山三〉）

> 王爲旱之故，求於群神，無不祭也。（〈大雅・雲漢一〉）

> 先祖何不助我恐懼，使天雨也。先祖之神于嗟乎，告困之辭。（〈雲漢・三〉）

上言三者，祭者言其儀式，敬者言其態度，求者言其內容。

至於神對人之道者，或以右助，或以降福。其云右助者如：

> 神饗其德而右助之。（〈周頌・我將〉）

> 后稷之掌稼穡，有見助之道，謂若神助之力也。（〈大雅・生民五〉）

> 神明聽之，則將助女以大福。（〈小雅・小明五〉）

其言降福者如：

> 祖考以福祿來成女。（〈大雅・鳧鷖一〉）

> 神靈用之，故安我以壽考之福，……神靈又下與我久長之福。（〈商頌・烈祖〉）

〔註20〕箋云：「天之生此眾民，其教道之，非當以誠信使之忠厚乎？」（大雅蕩一〉）。

〔註21〕箋云：「湯之下士尊賢甚疾……急於己而緩於人，天用是故敬愛之。」（商頌長發三〉）。

> 神與之福又眾大。(〈周頌‧執競〉)

要言之，人之事神者，有求於神之時，當以肅敬之心祭之，神則右助有德之人，並與之福祿。其不脩德者，徵祥不至於神，則神「不福王，而有災害也」(〈大雅‧瞻卬五〉)，人神之關係密切如此，然而不若天人之有上下之屬，人神或有平等之階，以德存敬求之，神則右之福之，故有相報之義也，箋云：「五穀畢入，婦子則安，無行饁之事，於是殺牲報祭社稷，嗣前歲者，復求有豐年也。」(〈周頌‧良耜〉)，箋又云：「先祖之靈，歸眈是孝孫，而報之以福。」(〈小雅‧信南山六〉)，是以人神以福報相依循也，其與天人關係或有別矣。

第三節　《鄭箋》之教化觀

壹、政治理念

　　《鄭箋》之政治思想甚為豐厚多元，茲歸為四要目以述之：一為政治原理，次為政治主張，三為施政要領，四為政治理想。

一、政治原理
（一）存仁義

　　《鄭箋》對仁道思想極其重視，嘗曰：「民者，冥也，其見仁道遲，故於是乃附也。」(〈大雅‧靈臺序〉)，民以仁為歸附之關鍵，足見存仁以治為《鄭箋》首要之政治原理。因之，《鄭箋》好以仁之有無斷在位者，其言曰：

> 仁於施舍。(〈國風‧衛風‧淇奧三〉)

> 叔信美好而又仁。(〈國風‧鄭風‧叔於田一〉)

> 成王之臣，皆有仁孝士君子之行。(〈大雅‧既醉四〉)

> 責衛今不行仁義。(〈國風‧邶風‧旄丘二〉)

君臣皆以仁言其行，至國亦以仁論之，其有不仁之行，則必規之，故云：「規主仁恩也，以恩親正君曰規。」(〈小雅‧沔水序〉)，當求其有至仁之行也，若其謂君曰：「君射一發而翼五豝者，戰禽獸之命，必戰之者，仁心之至。」(〈國風‧召南‧騶虞一〉)，如此仁及禽獸，必有恩澤於民也，民焉不附耶。

　　箋云：「執義不疑，則可為四國之長。言任為侯伯。」(〈國風‧曹風‧鳲鳩三〉)有義始得任侯伯之職，《毛傳》謂「執義一則用心固」(〈國風‧曹風‧

鳲鳩一〉），箋義實以傳義爲說，用心安固能稱其侯伯之職，大臣執義安固，國乃可安也。

（二）尚禮信

箋云：「后稷先公禮教備也。」（〈國風・豳風・七月八〉），以言周代以禮立國之意，故其甚重禮法，嘗云：「雖無賢臣，猶能使其政有禮文法度。」（〈小雅・裳裳者華二〉），其意蓋謂爲政繫於禮法也，禮法猶存則政乃不墜，基於此，其行事多以「禮」言之，如：

> 問名之後，卜而得吉，則文王以禮定其吉祥，謂使納幣也。（〈大雅・大明五〉）

> 其入謝國，車徒之行嘽嘽安舒，言得禮也，禮，入國不馳。（〈大雅・崧高七〉）

其重禮言詩於此可知，故嘗明言曰：

> 文王爲政，先以心精研，合於禮義，然後施之。（〈大雅・棫樸五〉）

> 其御群臣，使之有禮，如御四馬騑騑然，持其教令，使之調均，亦如六轡緩急有和也。（〈小雅・車舝五〉）

> 遍明以禮義問老成人。（〈大雅・文王七〉）

> 君之好樂，不當至於廢亂政事，當如善士瞿瞿然顧禮義也。（〈國風・唐風・蟋蟀一〉）

因之，若荊舒之君「率民去禮義之安，而居亂亡之危」者，乃「賤之，故比方於豕」（〈小雅・漸漸之石三〉）。箋亦有以道言「禮」者，其言曰：

> 大道，治國之禮法。（〈小雅・巧言四〉）

> 民知去無道，就有道。（〈小雅・鴻鴈一〉）

> 有道者，以禮義相與之謂也。（〈魯頌・有駜序〉）

可知箋之所謂「道」者，乃禮也，依禮行事治國，政則昌，故民就之也，因之「君道當常明如日。」（〈國風・邶風・柏舟五〉）。

箋云：

> 王德之道，成於信。（〈大雅・下武二〉）

> 王道尚信，則天下以爲法，勤行之。（〈大雅・下武三〉）

王以信立，天下法之，國則有序。

（三）崇 德

《鄭箋》曾以天及民樂就有德之王曰：

> 見文王以德而與之居。言天意常在文王所。（〈大雅‧皇矣一〉）

> 四方之民則大歸往之……言樂就有德之甚。（〈大雅‧皇矣二〉）

> 文王武王以純德受命定天位。（〈周頌‧烈文〉）

> 王有盛德，則天下皆庶幾願往朝焉。（〈小雅‧菀柳一〉）

> 人君有大德行，則天下順從其政。（〈大雅‧抑二〉）

天既因其德而常與之，民亦因其德而歸往，則其王實爱其德之故也，箋乃言曰：

> 非但天性，德有所由成。（〈大雅‧思齊序〉）

> 德益盛，得其民心而生王業。（〈大雅‧緜一〉）

德乃王業之基，箋又曰：「王位無常家也，勤於德者則得之。」（〈小雅‧小宛三〉），故周「世世脩行道德」（〈大雅‧皇矣序〉）、「二聖相承，其明德日以廣大」（〈大雅‧大明序〉）、「文王之勤用明德也」（〈大雅‧文王二〉），則「周之德不光明乎？光明矣」（〈大雅‧文王一〉），周之德行既著，乃可以德服人焉：

> 殷之臣……其助祭自服殷之服，明文王以德不以彊。（〈大雅‧文王五〉）

天下既服，則「雖無賢臣，猶能使其政有禮文法度」（〈小雅‧裳裳者華二〉），其重王德猶甚於用賢也，故「王者有美德藐藐然，無不能自堅固於其位者」（〈大雅‧瞻卬七〉）。

其重德如此，然而，德者何謂也？歸納箋言，德之內容繁多，或言忠信（〈大雅‧泂酌一〉）、或言威武（〈商頌‧玄鳥〉）、或言溫仁（〈大雅‧卷阿九〉）、或言光明（〈周頌‧昊天有成命〉）、或言絜白（〈周頌‧振武〉）、或言有常（〈大雅‧抑十二〉）、或言成民（〈大雅‧文王有聲一〉）、或言樂賢（〈小雅‧桑扈二〉）、或言文德也（〈周頌‧武〉），皆以人君之德言也。

《鄭箋》之言君德者，不憚其煩也，然其於臣之德亦有述焉，其言曰：

> 諸侯有功德者，入爲天子卿大夫。（〈大雅‧既醉三〉）

> 碩人有御亂御眾之德，可任爲王臣。（〈國風‧邶風‧簡兮二〉）

> 其臣有光明之德者，亦得世世在位，重其功也。（〈大雅‧文王二〉）

箋意蓋謂君有德臣亦當有德以承焉，嘗言「明王賢臣以德相承而治道興」（〈小雅‧裳裳者華一〉），故爲臣之人亦當勤明其德也，箋云：

在於公之所，但明義明德也。（〈魯頌・有駜一〉）

天下諸侯順其所爲也，不勤明其德乎？勤明之也。（〈周頌・烈文〉）

諸侯有和順之德也。……皆服其職勸其事，寂然無言語者，無爭訟者，此由其心平性和。（〈商頌・烈祖〉）

心平性和則諸侯無爭訟，緩急調均則群臣守禮法而共和樂也，臣和如此，則君亦與之共也，曰：

王者與群臣燕……其飲美酒，思得柔順中和。（〈小雅・桑扈四〉）

雖言飲酒，亦可廣其義而謂治國也，燕樂欲得其和，爲政當亦如是矣。

綜合觀之，《鄭箋》以明德爲其政治原理之意甚明，而德之內涵則甚多端，皆君臣爲官之道也。

（四）受天命

《鄭箋》雖謂王業以德而立，然其立必待天之命也，其言曰：

勞心者，是周之所以受天命，而王之所由也。（〈周頌・賚〉）

前亦嘗謂「文王武王以純德受命定天位」，王位由天命之，其命當視德之有無也，故曰：

天命無常，維德是予耳。（〈大雅・大明一〉）

無常者，善則就之，惡則去之。（〈大雅・文王五〉）

有德而又得天之命，乃能成其王業焉。

二、政治主張

（一）行寬仁

箋云：

行寬仁安靜之政以定天下，寬仁所以止苛刻也，安靜所以息暴亂也。
（〈周頌・昊天有成命〉）

此《鄭箋》所明示也，若不行寬仁者，其民將困病散亂也，如其言：

貪殘之政行而萬民困病。（〈小雅・四月二〉）

君政教酷暴使民散亂。（〈國風・邶風・北風一〉）

則箋主張行寬仁之政者，當基於愛民也，辟民之困必以寬仁。

（二）用賢臣

《鄭箋》於朝政之主張極力倡導「用賢」，嘗曰：

> 小人在朝，亦非其常。(〈國風‧曹風‧候人二〉)

> 女爲軍旅之謀，爲慎重兵事也，而亂滋甚，於此日見侵削。言其所任非賢。(〈大雅‧桑柔五〉)

> 四方之國無政治者，由天子不用善人也。(〈小雅‧十月之交二〉)

不用賢者反用小人，亂之由也，故箋明言曰：

> 治國之道，當用賢者。(〈大雅‧桑柔五〉)

> 無彊乎維得賢人也，得賢人則國家彊矣。(〈周頌‧烈文〉)

> 人君爲政，無彊於得賢人，得賢人則天下教化於其俗。(〈大雅‧抑二〉)

其主張用賢之意至明，當賢者在位，則言喜樂，其言曰：

> 思在野之君子，而得見其在位，喜樂無度。(〈小雅‧隰桑一〉)

> 樂得賢者與共立於朝，相燕樂也。(〈小雅‧南有嘉魚序〉)

既樂賢，則當擇而用焉，箋云：

> 考誠其輔相之行，然後用之，言擇賢之審。(〈大雅‧桑柔八〉)

> 選擇眾臣卿大夫之賢者，與之朝王。(〈周頌‧有客〉)

其擇臣之條件亦可得而言之，箋云：

> 申，申伯也；甫，甫侯也。皆以賢知，入爲周之楨榦之臣。(〈大雅‧崧高一〉)

> 勉於德不倦之臣，有申伯，以賢入爲王之卿士。(〈大雅‧崧高二〉)

> 謂之有德而任用之。(〈大雅‧蕩四〉)

由上可知，其擇臣首重其德也。用賢當爲治國之政策，平時必以舉賢爲要務，則國命始得以振作，否則，「國危而求賢者已晚矣」(〈小雅‧正月九〉)。

（三）興祖法

《鄭箋》以爲人之有德實自父母，故謂「文王之有德亦由父母也」(〈大雅‧大明三〉)，箋亦嘗論殷紂之亂曰：「非其生不得其時，乃不用先王之故法之所致。」(〈大雅‧蕩七〉)，又刺幽王「廢此（宣王）恩澤事業」(〈小雅‧黍苗序〉)，至若韓侯，則言「美其爲人子孫，能興復先祖之功」(〈大雅‧韓奕六〉)，又言僖公曰：「其聰明乃至於美祖之德，謂遵伯禽之法。」(〈魯頌‧泮水四〉)，箋意用祖之法治國者明也。

（四）德容並兼

《鄭箋》於人君之德業及其儀容二端，主張並重，故嘗云：

> 文王有天子之容，⋯⋯又能敬其光明之德。（〈大雅・文王四〉）

> 言叔信美好而又仁。（〈國風・鄭風・叔于田一〉）

> 王有賢臣，與之以禮義相切磋，體貌則顒顒然敬順，志氣則卬卬然高朗，如玉之珪璋也。人聞之則有善聲譽，人望之則有善威儀，德行相副。（〈大雅・卷阿六〉）

惟二者雖並重而亦有其先後，箋云：

> 人君有盛德，乃宜有顯服。（〈國風・秦風・終南一〉）

先脩其德，及盛而以服尊顯之，惟德業難進，服容易尊，故人君多力於整飭儀容，而淡其脩德之業，故箋亦有言曰：

> 悸悸然行止有節度，然其德不稱服。（〈國風・衛風・芄蘭一〉）

> 不稱者，言德薄而服尊。（〈國風・曹風・候人二〉）

> 襄公居人君之尊，而爲淫泆之行，其威儀可恥惡如狐。（〈國風・齊風・南山一〉）

徒有服容之尊，其德薄難稱如襄公之淫泆也。

（五）文武兼修

《鄭箋》曾言僖公之賢曰：「信文矣，爲脩泮宮也；信武矣，爲伐淮夷也。」（〈魯頌・泮水四〉），文武兼修以治其國，國必治也。故又云：

> 有武功，有王德於天下者，無所不勝服。（〈商頌・玄鳥〉）

如前文已知《鄭箋》特重人君明德之功夫，然亦不辟用武也，嘗曰：

> 用武事於四方，能定其家先王之業，遂有天下。（〈周頌・桓〉）

用武者，僅及於國外也，非以對內也，故云：

> 此時中國微弱，故復戒將率之臣以治軍實，女當用此備兵事之起，用此治九州之外不服者。（〈大雅・抑四〉）

是以《鄭箋》主張武功與王德並兼者，天下將歸服之也。

（六）內外兼治

《鄭箋》曾曰：

> 王者之德，外能蔽捍四表之患難；內能立功立事爲之楨幹，則百辟卿士，莫不脩職而法象之。（〈小雅・桑扈三〉）

明言有德之王當內外並治也，然其治亦有先後也，箋云：

> 王畿千里之內，其民居安，乃後兆域正天下之經界。言其為政，自
> 內及外。(〈商頌‧玄鳥〉)

為政之序，先治其內，及其民安，乃更外求也，此意董仲舒《春秋繁露‧王道》亦嘗云：「親近以來遠，故未有不先近而致遠者也。故內其國而外諸夏，內諸夏而外夷狄，言自近者始也。」賴炎元先生謂此曰：「這就是所謂『異內外』。」〔註22〕《鄭箋》於室家之治亦有相近之論，其言曰：

> 室家先以相梱致，已乃及於天下。(〈大雅‧既醉六〉)

此蓋本諸儒家先齊家後治國之道統也。

以上六者為政治之實際準則，乃《鄭箋》所提之具體主張。但諸種作為之基礎實在於人君之德，箋云：

> 人君欲立功致治，必勤身脩德，積小以成高大。(〈國風‧齊風‧甫
> 田一〉)

> 人君內善其身，外脩其德，居無幾何，可以立功。(〈國風‧齊風‧
> 甫田三〉)

可知人君應善其身，脩其德，而其脩也必勤焉，箋云：

> 王之為政，當如源泉之流行則清。(〈小雅‧小旻五〉)

此雖言無與小人以致於濁，然亦有勤意也，蓋水泉流動不止，乃可久持以清，若靜止不行，久則漸濁矣。

至於長遠之計，非制禮作樂無以致之，箋云：「王者治定制禮，功成作樂。」(〈周頌‧有聲序〉)治定將以安之，乃制禮以為法度，功成即當祭祀燕樂，作樂以為儀節，此實乃為政長治久安之策也，國祚欲長，捨此無以致之也。

三、施政要領

基於前述之原理，並依據其主張，乃有此作為之要領，茲分從待人及處事兩方面述之。

(一) 待人方面

1. 待臣下：禮賢士、尊族人

禮賢乃待人之首要，箋云：

〔註22〕賴炎元：《春秋繁露今註今譯》(台北：臺灣商務印書館，民國73年5月初版)，〈自序〉，頁6。

> 王當屈體以待賢者，賢者則猥來就之。(〈大雅・卷阿一〉)

> 見則心既喜樂，又以禮儀見接。(〈小雅・菁菁者莪一〉)

> 吉甫伐玁狁而歸，天子以燕禮樂之，則歡喜矣。(〈小雅・六月六〉)

其言尊賢之意至明，人君能禮賢如此，則其德必有進焉，故箋曰：

> 湯之下士尊賢甚疾，其聖敬之德日進。(〈商頌・長發三〉)

賢者見用以禮，則必戮力治國而有功，箋乃言曰：

> 言伐有功，所任得其人。(〈魯頌・泮水五〉)

其如忽者「置有美德之人於下位」，而反「置不正之人於上位」(〈國風・鄭風・山有扶蘇一〉)，則「賢者陵遲，朝無忠正之臣」(〈國風・鄭風・羔裘序〉)，國必亂矣。

至於親族當尊之，箋云：

> 王與族人燕，兄弟之親無遠無近，俱揖而進之……客用殷爵，尊兄弟也。(〈大雅・行葦二、三〉)

尊兄弟，所以安之也，求其和而無爭，王位乃得久安，故有不燕者，如幽王之知具宴禮卻「不用與族人宴」(〈小雅・頍弁一〉)，箋即「刺其弗爲」以言之也。

2. 待民人：施恩、勤教、平訟

普施恩澤爲施政之要目，箋云：

> 王之意不徒使此爲諸侯之事，與安集萬民而已。王曰當及此可憐之人，謂貧窮者欲令賙餼之；鰥寡則哀之；其孤獨者收斂之，使有所依附。(〈小雅・鴻鴈一〉)

> 其善聲聞，日見稱歌，無止時也，乃由能敷恩惠之施。(〈大雅・文王二〉)

《鄭箋》重人君之施恩澤可見也，而王者當施德教，且不久役其民，是爲澤施也，今明之於下。

君當廣施德教，箋云：

> 嘉賓之語先王德教甚明，可以示天下之民，使之不愉於禮義。(〈小雅・鹿鳴二〉)

> 文王之施德教之無倦已。美其與天同功也。(〈周頌・維天之命〉)

施德教於民，則民不愉禮義，而王乃有治功也。箋亦嘗論平王之政曰：

政教煩急，而恩澤之令不行于下民。(〈國風・王風・揚之水一〉)

故以「怨」明其詩義焉。

恩澤廣施則必久役人民，箋云：

民人自苦見役。(〈小雅・蓼莪五〉)

君子當居安平之處，今下從征役，其爲危苦，如鴇之樹止然。(〈國風・唐風・鴇羽一〉)

此士卒從軍久，勞苦自傷之言。(〈大雅・桑柔四〉)

皆言役苦甚也，故箋又云：

用兵不息，軍旅自歲始草生而出，……將率何日不行乎？言常行，勞苦之甚。(〈小雅・何草不黃一〉)

刺今王使民行役，曾無休止時。(〈小雅・黍苗二〉)

刺其久役也，久役則生怨曠，箋有云：

怨曠者，君子行役過時之所由也。(〈小雅・采綠序〉)

君子獨久行役而不來，使我心悠悠然思之。女怨之辭。(〈國風・邶風・雄雉三〉)

男女怨曠，室家失其道，亂乃生也，故爲政使民不久役。

施恩固待民之道，然亦不可不勤教之，箋云：「僖公之至泮宮，和顏色而笑語，非有所怒，於是有所教化也。」(〈魯頌・泮水二〉) 此言教化之方式以色和行之，不宜有怒焉。箋云：「急其教農趨時也。」(〈周頌・臣工〉) 教民務農當以時也，過時而教，非善政也。箋云：「孝子之行，非有竭極之時，長以與女族類。謂廣之以教道天下也。」(〈大雅・既醉五〉) 此爲《鄭箋》所明示教民之內容者，雖僅及孝道，亦可知其所重也，然王者教民必不限於此也。

教民如上，其次當平訟正曲，箋云：

欲廣大德美者，當先平獄訟正曲直也。(〈大雅・皇矣五〉)

召伯聽男女之訟，不重煩勞百姓，止舍小棠之下而聽斷焉。(〈國風・召南・甘棠一〉)

人民不免爭訟，當聽斷之，其有繫於獄者，亦必正其曲直，令心服之，並免於蒙冤受難。能如此，則王德廣矣哉。

3. 承先啟後：法古、繼祖、垂後

箋云：

今之君臣，謀事不用古人之法，不循大道之常。(〈小雅‧小旻四〉)

成王之令德，不過誤，不遺失，循用舊典之文章。謂周公之禮法。(〈大雅‧假樂二〉)

依箋所言，用古人禮法之君，爲有令德也，而今君臣不用，將無德乎！欲成令德者，當如箋之言「庶幾古人有高德者則慕仰之，有明行者則而行之」(〈小雅‧車舝五〉)

箋云：

繼文者，繼文王之王業而成之。(〈大雅‧下武序〉)

武王能當此順德，謂能成其祖考之功也。(〈大雅‧下武四〉)

早夜愼行祖考之道。言不敢懈倦也。(〈周頌‧閔予小子〉)

前項言法古，與此所言繼祖者，雖所承之對象不同，然法先人之禮法以治國之義則同。惟繼祖者，猶有孝道之義存焉。

箋云：

迎大姒而更爲梁者，欲其昭著，示後世敬昏禮也。(〈大雅‧大明五〉)

箋意謂文王著其昏禮乃欲垂教後世也，其以身示教，雖僅昏禮一項，卻已揭櫫在位者立教垂後之爲政要領矣。

（二）處事方面

1. 態　度

首先，當勤於政事。箋云：

周道衰，其不言政偏，則言眾官廢職。(〈小雅‧大東四〉)

衛伯不恤其職，故其臣於君事亦疏廢也。(〈國風‧邶風‧旄丘一〉)

君臣廢職，國道焉有不衰者，故君必先勤其職，臣亦隨之敬事也，箋云：

美其能自勤以政事。(〈小雅‧庭燎序〉)

能明德愼罰，不敢怠惰自暇於政事。(〈商頌‧殷武四〉)

商之先君受天命而行之不解殆者。(〈商頌‧玄鳥〉)

此皆言人君明德勤政也，至人臣敬事者，箋亦有言曰：

王命召虎：「女勤勞於經營四方，勤勞於遍疆理眾國；我用是故將賜女福慶也。」(〈大雅‧江漢四〉)

爲人臣者當如召虎也，故箋嘗謂：

我迫王事，無不攻致，故盡力焉。(〈國風‧唐風‧鴇羽一〉)

> 無私恩，非孝子也；無公義，非忠臣也。君子不以私害公，不以家
> 事辭王事。(〈小雅‧四牡一〉)

箋所謂君子之道如此，實以政事爲先也，盡職之臣，王必厚之，箋乃云：

> 卿大夫能守其職，得繼世在位。(〈周頌‧烈文〉)

其次，必嚴威儀。箋云：

> 君臣各敬愼威儀。(〈小雅‧小宛二〉)

> 成王立朝之威儀，致密無所失，教令又清明。(〈大雅‧假樂三〉)

箋雖重德，猶不廢其威儀，所謂威儀者，或言其容止，箋曰：

> 當善愼女之容止，不可過差於威儀。(〈大雅‧抑八〉)

> 其至止亦有此容，言威儀之善如鷺然。(〈周頌‧振鷺〉)

或指官職，箋云：

> 勤威儀者，恪居官次，不解于位也。(〈大雅‧烝民二〉)

威儀所以當嚴者，乃欲「聞見者憚之」(〈大雅‧常武三〉)，「人望而畏之」(〈國風‧鄭風‧羔裘一〉)。

其三，應愼作爲。箋云：

> (天) 視女所行善惡，可不愼乎？(〈大雅‧板八〉)

> 欲使眾在位者，愼而知之。(〈小雅‧巷伯七〉)

在位者當愼其行，依箋之意，所當愼者有二：其一乃爲君之法度 (〈大雅‧抑五〉)，其二爲天下事微小之時 (〈周頌‧小毖序〉)。如衛文公愼其建國之始，箋曰：

> 登漕之虛，以望楚丘，觀其旁邑，及其丘山，審其高下之所依倚，
> 乃後建國焉，愼之至也。(〈國風‧鄘風‧定之方中二〉)

其四，要勇不懼。箋云：

> 此慶僖公勇於用兵討有罪也。(〈魯頌‧閟宮四〉)

有罪則當伐之，若僖公之勇於用兵，可謂義也。又云：

> 美其剛柔得中，勇毅不懼，於是有武功，有王德。(〈商頌‧長發六〉)

武功亦爲王德之一，其處事當勇也。

其五，宜尚明智。箋云：

> 言其 (皇父) 不自知惡也。(〈小雅‧十月之交五〉)

> 在位者貪殘，爲民之害，無自知其行之過者。(〈小雅‧四月四〉)

人君不自知，何以成王業哉？故箋乃謂：

> 王之無成，本無知故也。（〈大雅‧抑十〉）

無知者，不知善惡也，箋云：「傷王不知善否。」（〈大雅‧抑十〉）。人君不知，臣亦無知也，臣所無知者何？箋謂其「不知大道」（〈大雅‧召旻三〉），謂其「闇於古禮」（〈國風‧王風大車三〉），言其「不知國迫」（〈國風‧曹風‧蜉蝣一〉）。君臣無知如此，必難成大業也，故箋之意，為政當明其知也。

2. 方　法

首先，當行直道。箋云：

> 上以直道事天，下以直道治民，信無私枉。（〈周頌‧閔予小子〉）

以直道行，則光明坦蕩，不循私也，故箋謂「王不能治，己不正故也」（〈小雅‧白華序〉）。

其次，要執時中。箋云：

> 衛之先君，兼邶鄘而有之，而馬數過禮制。今文公滅而復興，徒而能富，馬有三千，雖非禮制，國人美之。（〈國風‧鄘風‧定之方中三〉）

箋明於禮制，於衛文公比天子之制養馬，猶不言刺，且以復興有功釋之，其不泥禮制而發其「時中」之義，其「溫柔敦厚」之教明矣。

3. 內　容

首重行禮。箋云：「但習威儀，不知為政以禮。」（〈國風‧衛風‧芄蘭序〉），箋所言以禮為政，或指正君臣之禮，如：

> 於廟中正君臣之禮。（〈周頌‧臣工〉）

> 眾在位者，各敬慎女之身，正君臣之禮。（〈小雅‧雨無正三〉）

或言行祭祀之禮，如：

> 新王即政，必以朝享之禮祭於祖考，告嗣位也。（〈周頌‧烈文序〉）

而其祭祀當恭敬和穆也，箋謂「周公之祭清廟也，其禮儀敬且和」（清廟一），又云：「其禮儀溫溫然恭敬，執事薦饌則又敬也。」（〈商頌‧那〉）。或謂行聘問之禮，如：

> 不廢其聘問鄰國之禮。（〈大雅‧緜八〉）

由此可知，其行禮者，非但國中，猶及於鄰國焉。

次必立法。箋云：

　　　　天子爲法度于天下。(〈大雅‧棫樸四〉)

　　　　成王能爲天下之綱紀。謂立法度以理治之也。(〈大雅‧假樂四〉)

欲治於天下,當立法度也,法度明審,則綱紀易維,箋謂「天下之所以無敗亂之政而清明者,乃文王有征伐之法故也。」(〈周頌‧維清〉),此征伐之法者,實「周家得天下之吉祥」(〈周頌‧維清〉)也,故立治國之法度,乃爲政之要務也。

　　法度既立矣,當循守無差,故箋云:「諸侯之守職順法度者,亦是其常也。」(〈小雅‧沔水三〉),然而不遵,乃有危國之虞,箋云:

　　　　朝廷君臣皆任喜怒,曾無用典刑治事者,以致誅滅。(〈大雅‧蕩七〉)

　　4. 目　的

　　首在得其宜。爲政之舉措當以得其所宜爲目標,箋云:

　　　　謂群臣也,其舉事盡得其宜。(〈小雅‧天保二〉)

　　　　言成王之臣,威儀甚得其宜,皆君子之人,有孝子之行。(〈大雅‧既醉五〉)

　　　　助祭於周之廟,得禮之宜也。(〈周頌‧振鷺〉)

其言得宜者,或指舉事,或指威儀,或謂助祭行禮,則凡事以得其宜爲其爲政之要領也。

　　次在達教令。箋云:

　　　　能達其教令,使其民循禮,不得踰越,乃遍省視之,教令則盡行也。

　　　　(〈商頌‧長發二〉)

爲政當立法度頒教令也,其施行必求其盡達,則禮法守於百姓,王道行於邦國,而王德乃與天心齊也。

　　四、政治理想

　　(一)模　範

　　歸納言之,《鄭箋》於政治理想境界之模範對象,人臣者爲君子,人君者當推文王。

　　箋云:

　　　　成王之臣皆有仁孝士君子之行。(〈大雅‧既醉四〉)

　　　　君子,斥其先人也,多才多藝,有禮於朝,有功於國。(〈小雅‧裳裳者華四〉)

依箋之言，君子爲人之臣，而有仁孝之德，又能貢其才藝，行以禮，著其功，則爲其政治理念中理想之模範可知也。

　　箋云：「王季之德比於文王，無有所悔也。必比于文王者，德以聖人爲匹。」（〈大雅・皇矣四〉）可知箋謂文王有聖人之德也，是爲人君之模範也。

（二）境　界

　　對於政治理想之境界，泛言之爲「樂土」，《鄭箋》指出此樂土當是德化之地，箋云：「樂土，有德之國。」（〈國風・魏風・碩鼠一〉）爲政之理想當使德化全國，以爲百姓之樂土也。然具體言之，於民當得其所，於君當受福祿，最終必天下太平也。

　　得其所者，箋云：

> 王居之甚安，謂施政教得其所也。（〈商頌・殷武六〉）

> 天下眾民咸得其所，無有罪過也。（〈大雅・生民八〉）

> 鳥獸肥盛喜樂，言得其所。（〈大雅・靈臺三〉）

一者言王，二者指民，三者謂鳥獸也，皆以得其所言其至善也，是以箋乃統言曰：

> 明王之時……人、物皆得其所。（〈小雅・魚藻一〉）

此「得其所」者，蓋爲其施政之理想也。

　　受福祿者，箋云：

> 交於萬物，其德如是，宜壽考受福祿也。（〈小雅・鴛鴦一〉）

> 明王愛國用，自奉養之節如此，故宜久爲福祿所養也。（〈小雅・鴛鴦四〉）

> 女得賢者與之承順天地，則受久長之命，福祿又安女。（〈大雅・卷阿四〉）

此皆明君王仁及萬物，及承順天地，乃可受享福祿也，知此亦爲其爲政之理想也。

　　天下太平者，箋云：

> 夙夜自勤，至於天下太平。（〈周頌・昊天有成命〉）

> 大成，謂致太平也。（〈小雅・車攻八〉）

> 天下平安，萬物得其性。（〈小雅・魚藻一〉）

> 天下平安，王無四方之虞。（魚藻三〉）

王所勤者，欲天下太平也，故箋謂「大成」爲致太平，當其太平之時，萬物乃得由其性也，王則無慮焉。

貳、人格理念

　　《鄭箋》對人格的相關論述亦頗爲細膩，尤以道德義理的點撥不煩辭費，從基本的道德內涵說起，再及於個人修爲的原則和方法，終至人格理想的聖境，皆有觸及。茲先明陳其人性觀：

　　《鄭箋》之詩教觀，頗有承繼先秦儒家之思想者，首言其人性觀，箋云：

　　　天之生眾民，其性有物象，謂五行仁義禮知信也；其情有所法，謂喜怒哀樂好惡也。（〈大雅・烝民一〉）

　　　人心皆樂善。（〈小雅・角弓七〉）

由此觀之，《鄭箋》之意，謂人性本乎善也，即仁義禮知信五行，有此善端，故人自樂善也。又箋雖嘗曰：「賢愚之所行，各由其性。」（〈大雅・桑柔十二〉），然而，若不施予教者，其行當趨惡也，故箋又云：「民始皆庶幾於善道，後更化於惡俗。」（〈大雅・蕩一〉）其化於惡俗亦非一日而成，箋云：「人爲惡亦有漸，非一朝一夕。」（〈小雅・四月一〉）人雖有善性，但若不導之，必將爲惡也，此箋意也。若能教之，則必進德也，箋乃言曰：「人之心皆有仁義，教之則進。」（〈小雅・角弓六〉）又云：「人感於恩則化也。」（〈魯頌・泮水八〉）故爲政者自當致力於教化也，箋云：「人君政教一失，誰能反覆之。」（〈大雅・抑五〉），是言政教之重要可知，化民可以成俗，故箋云：「商邑之禮俗，翼翼然可則傚，乃四方之中正也。赫赫乎其出政教也。」（〈商頌・殷武五〉），此則化民之善以成其俗焉。其教化當自幼即施之，箋嘗曰：「人少而端愨，則長大無情慾。」（〈國風・檜風・隰有萇楚一〉），指人年少正直，及其長人，始無思犯禮也。

　　綜合言之，《鄭箋》之人性觀，乃基於其所言之「內有其性，乃可以有爲德」（〈大雅・抑九〉），而人性潛藏仁義禮智信五行，教之乃有善德也。下述德論明其五行及其餘內涵。

一、德　論

（一）仁

箋云：

　　后妃之德，寬容不嫉妬，則宜女之子孫，使其無不仁厚。（〈國風・

周南・螽斯一〉）

凱風喻寬仁之母。（〈國風・邶風・凱風一〉）

人之心皆有仁義。（〈小雅・角弓六〉）

性仁愛而又好我者，與我相攜持同道而去。（〈國風・邶風・北風一〉）

子孫仁厚，母親寬仁，實則人心皆有仁義使然，若無仁政施我，我則以仁去之也。

（二）義

箋云：

（宋國）近也，今我之不往者，直以義不往耳，非其爲遠。（〈國風・衛風・河廣一〉）

君子之人，義之與比。（〈國風・唐風・有杕之杜一〉）

人以義行之，襄公之母不歸於宋，實義不得歸之也，若君子者，盡禮極歡以待之，則自歸往焉，此亦義也。

（三）禮

箋云：

人見都人之家女，咸謂之尹氏姞氏之女，言有禮法。（〈小雅・都人士三〉）

賢者待禮乃行。（〈大雅・卷阿九〉）

其人敬於禮，則多射中。（〈大雅・行葦六〉）

則知禮之於箋者，亦行事之準則也。箋好以禮與義合言，其言曰：

安寧之時，以禮義相琢磨，則友生急。（〈小雅・常棣五〉）

妃妾以禮義相與和。（〈國風・周南・樛木一〉）

戴嬀思先君莊公之故，故將歸，猶勸勉寡人以禮義。（〈國風・邶風・燕燕四〉）

禮義之於箋者，當爲人際相處之德，言「勸人禮義」或爲鄭箋光大詩教之一義也。

（四）知

箋云：

我於眾人之善惡外內，心度知之。（〈國風・邶風・柏舟二〉）

母乃有叡知之善德。(〈國風・邶風・凱風二〉)

「知」以分其善惡者，亦善德也，故知是爲達德之一。

（五）信

箋云：

大夫，信厚之君子。(〈國風・召南・殷其靁一〉)

今公子亦信厚，與禮相應。(〈國風・周南・麟之趾一〉)

都人之士所行要歸於忠信。(〈小雅・都人士一〉)

知「信」亦爲一德也，而信與禮敵者，二德同爲人之常德。

以上爲德論內涵，歸納爲五行，所言皆漢儒所常論及者。又五行之表現不出三德，即剛柔正直也，箋云：

三德，剛克、柔克、正直也。(〈國風・鄭風・羔裘三〉)

玩以璋者，欲其比德焉。(〈小雅・斯干八〉)

玉者，君子比德焉。(〈大雅・民勞五〉)

比德者，修其德以比焉，所修者剛柔與正直之表現，至其性則爲仁義禮知信也。

二、修　爲

《鄭箋》以五行爲德，是爲人格之本質，其善性之表現當賴修爲以建構之，茲先明其修爲之原則，次及修爲之方法。

（一）修爲之原則

其原則約而言之，不外五端：

1. 溫爲修德之基

箋云：

寬柔之人溫溫然，則能爲德之基止。(〈大雅・抑九〉)

念君子之性溫然如玉，玉有五德。(〈國風・秦風・小戎一〉)

修德當以溫柔爲基礎，有溫然之性，始能成其諸德也。

2. 修德有報

《鄭箋》嘗言「修德行禮莫不獲報，乃古古而如此，所由來者久，非適今時。」(〈周頌・載芟〉)，故其言常以此釋詩之義，如其言曰：

善往則善來，人無行而不得其報也。(〈大雅・抑八〉)

女不以禮爲室家，成事不足以得富也。(〈小雅・我行其野三〉)

在我室者以禮來，我則就之與之去也。(〈國風・齊風・東方之日一〉)

不以敬順往求之，則不能得見。(〈國風・秦風・蒹葭一〉)

所言莫不以善來善往，禮來禮往也。

3. 內外如一

修德當嚴於內，復審於外，如箋之云：

孟姜信美好，且閑習婦禮。(〈國風・鄭風・有女同車一〉)

人密審於威儀抑抑然，是其德必嚴正也。(〈大雅・抑一〉)

外有威儀美色，內有賢德，內外如一，是《鄭箋》修德之原則也。

4. 張弛有度

《鄭箋》雖重君子之德，然卻不願其矜莊過度，道貌岸然也，其言曰：

君子之德，有張有弛，故不常矜莊而時戲謔。(〈國風・衛風・淇奧三〉)

有窮處成樂，在於此澗者，形貌大人，而寬然有虛乏之色。(〈國風・衛風・考槃一〉)

行爲戲謔而形貌寬乏，縱然窮處於澗，猶能成樂，其張自有常，其弛亦自有度，此君子之德也。

5. 隱出有則

箋云：

賢者世亂則隱，治平則出，在時君也。(〈小雅・鶴鳴一〉)

人之居無常安之處，謂當安安而能遷。(〈小雅・小明四〉)

擇時而隱出，擇人而安遷，修德之人當有此睿知，其別在於善惡之判，若有善道，當「不以衡門之淺陋則不遊息於其下」(〈國風・陳風・衡門一〉)，若無善道，則「長自誓以不忘君之惡，志在窮處」(〈國風・衛風・考槃一〉)。

（二）修為之方法

上所陳者，乃修爲之五原則，據此以述其方法有六者，分言於下：

1. 依　禮

《鄭箋》於男女夫妻之道屢以禮法言之，其言曰：

男女嘉時以禮相求呼。(〈國風・召南・草蟲一〉)

取妻必待媒乃得也。(〈國風・齊風・南山四〉)

> 不可以色衰，棄其相與之禮。(〈國風・邶風・谷風一〉)

其餘行事亦以禮明其道，如箋云：

> 當盡禮極歡以待之。(〈國風・唐風・有杕之杜一〉)

> 君雖當自樂，亦無甚大樂，欲其用禮爲節也。(〈國風・唐風・蟋蟀一〉)

> 段好勇而無禮，公不早爲之所，而使驕慢也。(〈國風・鄭風・將仲子序〉)

待人或待己皆以禮爲其節，若段之好勇，雖有勇德，然以無禮，終致無行也。

2. 莊　敬

《鄭箋》所謂之敬者，義有二焉，其一指容態舉止之莊嚴合度，其二謂處事盡職也，箋云：

> 善威儀，善顏色容貌，翼翼然恭敬。(〈大雅・烝民二〉)

> 其嫁時，始乘車則已敬和。(〈國風・召南・何彼襛矣一〉)

> 以敬順求之則近耳，易得見也。(〈國風・秦風・蒹葭一〉)

> 王兵安靚且皆敬，其勢不可測度。(〈大雅・常武五〉)

此皆指莊敬之態度而言，又云：

> 言諸侯有敬其職，順法度者。(〈小雅・沔水三〉)

> 兔罝之人，鄙賤之事猶能恭敬。(〈國風・周南・兔罝一〉)

> 夫人以月光爲東方明則朝，亦敬也。(〈國風・齊風・雞鳴二〉)

敬其職者，盡職之謂，而恭敬於事，蓋亦謂盡職也。

3. 行　孝

《鄭箋》於孝道之行言之頗多，嘗云：「子孫以順祖考爲孝。」(〈大雅・下武三〉)上及祖考也，更多言孝父母者，其言孝心則曰：

> 孝子之心，怙恃父母，依依然以爲不可斯須無也。(〈小雅・蓼莪三〉)

> 父母甚近，當念之免於害。(〈國風・周南・汝墳三〉)

> 人之思，恆思親者。(〈小雅・四牡五〉)

皆指孝子之心，至其孝行者，箋云：「顏色悅也……辭令順也。」(〈國風・邶風・凱風四〉)悅其顏色，順其辭令，此人子侍父母之道也。

4. 親　愛

《鄭箋》言修親愛之德者，或指骨肉之間，或云官民之間，或謂朋友之

間，如其所言：

> 時人骨肉用是相愛好，無相詬病也。（〈小雅・斯干一〉）

> 祭祀畢，歸賓客之俎，同姓則留與之燕，所以尊賓客親骨肉。（〈小雅・楚茨五〉）

> 一族同時納穀，親親也。（〈周頌・良耜〉）

骨肉間無相詬病，親族間共燕同穀，以相親愛也。又曰：

> 時賢者既說此卿大夫有忠順之德，又欲以善道與之，心誠愛厚之至。（〈國風・鄘風・干旄一〉）

> 周公西歸，而東都之人心悲，恩德之愛至深也。（〈國風・豳風・九罭四〉）

前言民厚愛官，後者謂官深愛民，二者間以修恩愛之德相待也。

5. 貞 專

《鄭箋》對婦女之修為特重其專貞之德，言曰：

> （姜嫄）其德貞正不回邪。（〈魯頌・閟宮一〉）

> 女在父母之家，未知將所適，故習之以絺綌煩辱之事，乃能整治之無厭倦，是其性貞專。（〈國風・周南・葛覃二〉）

前者明德性之貞，後者言治事之貞，箋又云：

> 女德貞靜，然後可畜；美色，然後可安，水能服從，待禮而動，自防如城隅。故可愛也。（〈國風・邶風・靜女一〉）

> 人無欲求犯禮者，亦由貞潔使之然。……女之貞潔，犯禮而往，將不至也。（〈國風・周南・漢廣一〉）

女貞當待禮以行，其有犯禮而求者，無能得之也。惟欲人無犯禮而求者，必先自貞潔之，箋意蓋於此乎？無怪乎其重婦女之修德也，嘗云：「婦人無外事，維以貞信為節」。《鄭箋》謂婦女之德，貞專之外猶須柔順也，其言曰：

> 婦人之行，尚柔順自潔清。（〈國風・召南・采蘋一〉）

6. 持 正

箋云：

> 中正通知之人，飲酒雖醉，猶能溫藉自持以勝。（〈小雅・小宛二〉）

> 己之持正守初，如泜然，不動搖。（〈國風・邶風・谷風三〉）

> 君子雖居亂世，不變改其節度。（〈國風・鄭風・風雨一〉）

修德以持正，小者如飲酒而醉，大者如居處亂世，皆能守節自持也。

修德當見賢以思齊焉，其若不見賢者，則必憂思之，如箋之云：

乘白駒而去之賢人，今於何遊息乎？思之甚也。（〈小雅・白駒一〉）

賢者奔亡，則人心無不憂。（〈大雅・瞻卬六〉）

思賢蓋欲以友輔仁也，《鄭箋》云：「君子之學，以文會友，以友輔仁，獨學而無友，則孤陋而寡聞。」（〈國風・鄭風・子衿三〉）所言輔仁即指修德而言，以前述之依禮、莊敬、行孝、親愛、貞專與持正等方法修德，透過思賢會友之途徑達成德性之修為建構也。

三、理　想

《鄭箋》人格理念之理想典範當為「賢者」與「周公」，其言曰：

賢者居處恭，執事敬，與人交必以禮。（〈小雅・桑扈四〉）

此種賢者，箋謂其將受「登用爵命，加以慶賜」，足見此賢者之人格已臻理想矣。又云：

聞流言不惑，王不知不怨，終立其志，成周之王功，致大平，復成王之位，又為之大師，終始無愆，聖德著焉。（〈國風・豳風・狼跋序〉）

箋以此申續序言周公「不失其聖」之義，其「不惑」、「不怨」、「終始無愆」之「聖德」，當亦為《鄭箋》人格理念之理想境界也。

參、示教方式

《鄭箋》解詩示教之方式至為繁複多端，較之序傳，更為完備。其方式經鉤檢別之，有明制度者，有詳名稱者，有言古史者，有比古今者，有引經傳群書者，有釋詩法者，有敘時序者，有示禮俗者，有興物性者，亦有指明天道者，其類別遠近兼賅，近者論詩，遠者述及天道萬物，其內涵則兼及形式與精神，形式以言制度名稱者為多，精神則以禮法為富，此種推廣孔子「多識鳥獸草木之名」之詩教，以為深入德化詩教境界之工具，方式上顯然側重「以知入德」之途徑，茲分別詳述於后。

一、明制度

《鄭箋》對制度之闡明頗為用力，其論及之制度除一般政治上之制度外，特詳於各種禮儀之制度，並明示朝廷官職之職掌，甚至偶有述及度量衡之制

度者，所言制度雖多，而其說解之最終目的，不外「明禮」也。

（一）禮儀制度

箋於禮制述之甚詳，所言廣及射禮、祭祀之禮、燕飲之禮、昏嫁之禮與朝會之禮，其言射禮者，如箋云：

> 大射之禮，賓初入門，登堂即席，其趨翔威儀甚審知，言其不失禮也。射禮有三，有大射，有賓射，有燕射。（〈小雅‧賓之初筵一〉）

> 周禮梓人，張皮侯而棲鵠。天子諸侯之射，皆張三侯，故君侯謂之大侯，大侯張而弓矢亦張，節也。（〈小雅‧賓之初筵一〉）

> 正，所以射於侯中者，天子五正，諸侯三正，大夫二正，士一正，外皆居其侯中參分之一焉。（〈國風‧齊風‧猗嗟二〉）

> 禮，射三而止，每射四矢皆得其故處，此之謂復。（〈國風‧齊風‧猗嗟三〉）

> 射禮，搢三挾一個。言已挾四鍭，則已遍釋之。（〈大雅‧行葦六〉）

凡射禮之類別，君臣之射制，以及射禮之內容，皆明言之。

其言燕飲之禮者，如箋云：

> 王有族食族燕之禮。（〈小雅‧角弓五〉）

> 禮，天子諸侯朝服以宴。（〈小雅‧頍弁一〉）

> 三爵者，獻也、酬也、酢也。（〈小雅‧賓之初筵五〉）

> 飲酒之禮，主人獻賓，賓酢主人，主人又飲而酬賓謂之醻。（〈小雅‧彤弓三〉）

> 始主人酌賓爲獻，賓既酢主人，主人又自飲酌賓曰醻，至旅而爵交錯以遍。（〈小雅‧楚茨三〉）

凡此皆明燕禮者也。箋又云：

> 飲酒之禮，既奏酒於賓，乃薦羞。……禮不下庶人，庶人依士禮立賓主，爲酌名。（〈小雅‧瓠葉二〉）

> 觥，罰爵也。饗燕所以有之者，禮。自立司正之後，旅醻必有醉而失禮者，罰之，亦所以爲樂。（〈國風‧周風‧卷耳三〉）

言飲酒之禮也，除言其秩序，猶述其依禮行樂之義。

其言祭祀之禮者，如箋云：

祭之禮，先以鬱鬯降神，然後迎牲，享於祖考，納亨時。(〈小雅・信南山五〉)

祭祀之事，先爲清酒，其次擇牲。(〈大雅・旱麓四〉)

陽祀用騂牲，陰祀用黝牲。(〈小雅・大田四〉)

周禮，以禋祀祀昊天上帝。(〈周頌・維清〉)

祭祀之禮爲箋所言禮制中之最詳者，上所臚舉，或明祭祀行禮之次序，或言用牲之制，或言祭祀之對象，其他或明酌尸獻尸之禮(〈小雅・賓初筵二〉)，或言祭山川之禮(〈周頌・般〉)，或別祭服之制(〈小雅・瞻彼洛矣一〉)，所言祭祀之禮制至多，不殆贅言也。

此外，亦有及於昏嫁之禮者，箋云：

古者婦人先嫁三月，祖廟未毀，教於公宮，祖廟既毀，教於宗室，教以婦德、婦言、婦容、婦功，教成之祭，牲用魚，芼用蘋藻，所以成婦順也。(〈國風・召南・采蘋一〉)

鴈者，隨陽而處，似婦人從夫，故昏禮用焉。自納采至請期用昕，迎用昏。(〈國風・邶風・匏有苦葉三〉)

二月可以昏矣。(〈國風・邶風・匏有苦葉三〉)

媒人之會男女無夫家者，使之爲妃匹。(〈國風・邶風・匏有苦葉四〉)

所言或明其時序，或言其用辰，或言媒勺，或釋用贄之義，亦可謂詳也。

（二）一般制度

《鄭箋》除直言禮制者外，對於一般制度亦論之甚廣，不論兵馬之制、服飾之制、宮室之制、田賦之制，甚而社會階級之分別等，皆嘗述之，尤以兵馬及服飾二制所言最多。其言兵馬者，如箋云：

周禮，五師爲軍，軍萬二千五百人。(〈大雅・棫樸三〉)

司馬法，兵車一乘，甲士三人，步卒七十二人。(〈小雅・采芑三〉)

二千五百人爲師，五百人爲旅。(〈小雅・采芑一〉)

兵車之法，將居鼓下，故御者在左。(〈國風・鄭風・清人三〉)

兵車之法，左人持弓，右人持矛，中人御。(〈魯頌・閟宮四〉)

六軍之士出自六鄉，法不取於王之爪牙之士。(〈小雅・祈父一〉)

言其兵制之人數、車乘以及兵源等，而箋亦有言馬制曰：「馬制，天子三千餘，

邦國千餘匹。」（〈國風・鄘風・定之方中三〉），兵馬之有定制者，亦爲禮也，箋以是明之乎？

言服飾之制者，如箋云：

天子之服，韋弁服，朱衣裳也。（〈小雅・采芑二〉）

諸侯之朝，朝服朝，夕則深衣也。（〈國風・曹風・蜉蝣三〉）

諸侯之朝服，緇衣羔裘。大蜡而息民，則有黃衣狐裘。（〈國風・檜風・羔裘一〉）

諸公之服自袞冕而下，侯伯自　冕而下，子男自毳冕而下。（〈小雅・采菽一〉）

多明君臣之服制，然亦及於其夫人之服焉，箋云：

后妃六服之次，展衣宜白。……展衣，夏則裡衣縐絺，此以禮見於君及賓客之盛服也。（〈國風・鄘風・君子偕老三〉）

褖衣自有禮制也，諸侯夫人祭服之下，鞠衣爲上，展衣次之，褖衣次之。次之者，眾妾亦以貴賤之等服之。（〈國風・邶風・綠衣一〉）

所言后妃夫人之服制皆以禮謂也，知箋亦以此之故而詳服飾也。箋嘗言飾物曰：

謂所以縣瑱者，或名爲紞，織之，人君五色，臣則三色而已。（〈國風・齊風・著一〉）

飾亦有別者，知服飾禮制之嚴也。

上言兵馬之制及服飾之制，《鄭箋》特言之詳甚，而於他制則略言之耳，如宮室之禮制謂「營宮室，宗廟爲先，廄庫爲次，居室爲後。」（〈國風・鄘風・定之方中一〉），又言「天子之寢有左右房，……宗廟及路寢，制如明堂，每室四戶。」（〈小雅・斯干二〉），述田賦之制曰：「王載耒耜所耕之田，天子千畝，諸侯百畝。」（〈周頌・載芟序〉），又曰：「六十四井爲甸，甸方八里，居一成之中，成方十里，出兵一乘，以爲賦法。」（〈小雅・信南山一〉），對社會階級之分，箋有云：「人之尊卑有十等，僕第九，臺第十。」（〈小雅・正月三〉）僅言末二等，餘未明。〔註23〕凡此者，偶述之耳，然亦可藉以明

〔註23〕《鄭箋》此言謂人之尊卑有十等者，蓋據《左傳》昭公七年「天有十日，人有十等」之文以言也，參見賴炎元：〈毛詩鄭氏箋釋例〉，載《臺灣省立師範大學國文研究所集刊》，第三號，頁149，據春秋左氏傳釋詩例。

其制度焉。

《鄭箋》對官制職掌曾述及司空、司徒（〈大雅・緜五〉）、司馬（〈大雅・常武二〉）、卿士（〈大雅・崧高一〉）、祈父（〈小雅・祈父序〉）、大胥（〈國風・邶風・簡兮一〉）、凌人（〈國風・豳風・七月八〉）等官職，尤以〈小雅・十月之交〉詩第四章言之最詳，其言曰：

> 司徒之職，掌天下土地之圖，人民之數；冢宰掌建邦之六典，皆卿也。膳夫，上士也，掌王之飲食膳羞。內史，中大夫也，掌爵祿廢置殺生予奪之法。趣馬，中士也，掌王馬之政。師氏，亦中大夫也，掌司朝得失之事。

六官之階級與職務皆所云及，此言官職以釋詩為教也。

（三）禮俗名稱

《鄭箋》除詳於禮制外，猶以禮俗申其詩義，所言禮俗多屬婦人禮儀者，其言曰：

> 禮，婦人在夫家笄象笄。（〈小雅・采綠一〉）
>
> 婦人之禮，送迎不出門。（〈國風・邶風・燕燕一〉）
>
> 國君夫人，父母在則歸寧，沒則大夫寧於兄弟。（〈國風・邶風・泉水序〉）
>
> 時不送，則為異人之色，後不得耦而思之。（〈國風・鄭風・丰一〉）
>
> 魏俗使未三月婦縫裳者，利其事也。（〈國風・魏風・葛屨一〉）

上言皆明婦人之禮俗以為教者也。

《鄭箋》之為便於說解詩義，故屢次釋明各種名稱以教，所言者，有稱謂之屬，樂器、車、門、米、鼎等器物之屬，水、鳥等自然之屬，觀、辟廱、泮宮等朝制之屬，以及祭祀之屬。其言人之稱謂者，如「諸侯之臣稱其君曰公」（〈大雅・緜一〉），「禮，天子未除喪稱小子」（〈大雅・抑八〉），「媒者能通二姓之言，定人室家之道。」（〈國風・豳風・伐柯一〉），公與小子皆本禮而稱，媒則言其功能以釋。名其器物者，或云米之率（〈大雅・召旻五〉）、或言大鼓之名稱（〈大雅・緜六〉）、或說諸侯宮門之名稱（〈大雅・緜七〉）、或言鼎器之名（〈周頌・絲衣〉）、或云人君車馬之名（〈大雅・韓奕三〉）。言自然者，或釋鳥名（〈周頌・小毖〉）、或說水名（〈大雅・公劉六〉）。云朝制者，或言觀禮之名（〈大雅・韓奕二〉）、或言辟廱與泮水之別以名（〈魯頌・泮水一〉）。至言祭祀者，明繹祭

之名也。凡此,《鄭箋》詳其名者廣矣,其於詩教是爲名物之教也。

二、言歷史

《鄭箋》釋詩好言古以說之,其言古之意,或如其所云:「傷今不如古」(〈小雅·大東一〉),以致所言古制古事皆爲善者乎?然亦有不爲此者,觀乎箋文,舉列史實以言詩、證詩者頗多,且亦有以詩證史評史者也,其言古明史以說解詩義之法,是爲《鄭箋》施教方式之特色也。

(一)引述古法

《鄭箋》言古法者,兼及農事田賦與朝政。其言曰:

> 古者先王之政,以農爲本。(〈小雅·楚茨一〉)

> 彼大古之時,以丈夫稅田也,歲取十千,於井田之法,則一成之數也。九夫爲井,井稅一夫,其田百畝,井十爲通,通稅十夫,其田千畝,通十爲成,成方十里,成稅百夫,其田萬畝,欲見其數,從井通起,故言十千,上地穀,畝一鍾。(〈小雅·甫田一〉)

> 倉廩有餘,民得賦貰取食之,所以紓官之蓄滯,亦使民愛存新穀,自古者豐年之法如此。(〈小雅·甫田一〉)

先言井田之制,復明豐年之法,先王以農爲本之政,既得其宜,亦富仁義也,無怪乎古之民心「先公後私」也(〈小雅·大田三〉)。其言稅法云:

> 上古之稅法,近者納　　,遠者納粟米。(〈小雅·甫田四〉)

其輕遠之法是爲仁政也。

箋於古之朝政則謂其美德矣,其言曰:

> 古朝廷之臣,皆忠直且君也。(〈國風·鄭風·羔裘一〉)

> 古明王之時,儉且節也。(〈小雅·都人士二〉)

> 古者天子施予之恩於天下厚。如砥,貢賦平均也。如矢,賞罰不偏也。(〈小雅·大東一〉)

> 古者師出不踰時,所以厚民之性也。(〈小雅·何草不黃二〉)

> 古者善人君子,其用禮樂,各得其宜,至信不可忘。(〈小雅·鼓鐘一〉)

> 古之王者與群臣燕飲,上下無失禮者,其罰爵徒觫然陳設而已。(〈小雅·桑扈四〉)

所言古者，仁澤天下，君臣守禮節儉，而臣下忠直也，如此政清人和，自不虞人民之背離，故箋有云：「古者三年大比，民或於是徒」（〈國風‧魏風‧碩鼠一〉），是以不脩其政者，乃有此大憂也，《鄭箋》之以古明教，意或即此哉。

（二）說明史事

《鄭箋》除好言古制之美以示教者外，亦嘗屢陳史事說解詩義，其法或直言史事，或言史證詩，或由詩證史、評史，此種詩史互明之法，當亦爲其特色也。

言史爲教，箋數用之，其意有言史以明詩義者，有言史以明作詩之義者，有言史以駁序義者，而以明詩義者爲多，如〈國風〉之〈鴟鴞〉首章、〈東山〉序、〈狼跋〉首章皆言周公史事，〈小雅〉之〈湛露〉次章言陳敬仲飲酒、〈白華〉首章言幽王納褒姒，〈大雅〉之〈緜〉首章言周史、〈韓奕〉序言韓國之史，〈周頌〉之〈小毖〉言管蔡史事，〈魯頌〉之〈閟宮〉一四七等章言后稷、魯桓公與周公史事，〈商頌‧玄鳥〉言商史，皆以言史明詩也，其中言周史者爲多，侯國之史及商史爲次。言史以明作詩之義者，如〈大雅〉之〈公劉〉序言周史，〈周頌〉之〈酌〉序言周公史事，〈商頌〉之〈玄鳥〉序言高宗史事等，箋皆以之申明作意也。而言史證詩以駁古序之義者，見〈小雅‧十月之交〉詩，古序曰：「大夫刺幽王也。」，而箋云：「當爲刺厲王，作詁訓傳時移其篇第，因改之耳。……又幽王時司徒乃鄭桓公友，非此篇之內所云番也，是以知然。」《鄭箋》以史實證諸詩之內文，乃斷言〈十月之交〉爲刺厲王而作，以駁序義之非，雖清人陳奐嘗駁《鄭箋》此說不審〔註24〕，然此法當是《鄭箋》言詩之特例也。

《鄭箋》嘗以詩文之內容批評史事，如〈大雅‧江漢〉第三章，詩云：「江漢之滸，王命召虎，式辟四方，徹我疆土，匪疚匪棘，王國來極。」箋云：「齊桓公經陳鄭之間，及伐北戎，則違此言者。」《鄭箋》以詩中王命召虎征伐之言，以評齊桓公伐戎之不當，此以詩評史，亦爲箋之特例也。

《鄭箋》亦嘗以詩之內容證史事之所由生，如〈周頌‧敬之〉詩，詩云：「維予小子，不聰敬止，日就月將，學有緝熙于光明，佛時仔肩，示我顯德行。」此詩爲成王自謙之言，謂己不聰達，當學賢人，期於賢人以顯德示道我，箋乃以之證成周公攝政之由也，其言曰：「是時自知未能成文武之功，周公始有居攝之志。」此以詩明史之例也。

〔註24〕清陳奐：〈鄭氏箋考徵〉，收入《詩毛氏傳疏》，（二）冊，頁1100。

（三）互明古今

《鄭箋》言教之法，多次以今昔相比言說，或釋物品名稱，如「漆簟以為車蔽，今之藩也。」（〈大雅・韓奕二〉），又如「簫，編小竹管，如今賣餳者所吹也，管如箋，併而吹之。」（〈周頌・有瞽〉）；或別語音字義，如「斯，白也，今俗語斯白之字作鮮，齊魯之間聲近斯。」（〈小雅・瓠葉二〉），又如「卒爵，復酌進賓，猶今俗人勸酒。」（〈小雅・瓠葉四〉），再如「以，謂間民，今時傭賃也。春秋之義，能東西之曰以。」（〈周頌・載芟〉）；或言施政，如「今在位之人，其故威儀虛徐寬仁者，今皆以為急刻之行矣。」（〈國風・邶風・北風一〉）；或比制度，如「天子造舟，周制也，殷時未有等制。」（〈大雅・大明五〉）。此比古今者，欲使受教者藉今以明古，使通經義也。

三、釋詩法

《鄭箋》引據經傳群書釋詩，賴炎元先生嘗詳之矣〔註25〕，其例或引而明言所出，或引而未言所出，或據其義以說詩。《鄭箋》以之申述經文、經義，足其未明之義，明其已足之義，據賴先生考究，《鄭箋》引據以禮為多，賴先生以為「蓋鄭氏禮家也，精於三禮，故釋詩多引據禮書。」〔註26〕，言不誤也，然就詩教觀點言之，義或不足焉，蓋箋因傳而作，毛氏以仁德為本，而出以禮義之理念，鄭氏當有所承也，引據禮書以申其詩教之所承，故較他書為多。

《鄭箋》釋說詩義之時，除明其詁訓，申其義理者外，猶述其詩法焉，所言詩法，或言其作詩為文之意，或詳其章句辭義，或偶涉詩題之解。

（一）明示題意

《鄭箋》釋詩屢有明示詩題之意者，本文試舉以下五首明之：一為〈大雅・公劉〉詩，一為〈大雅・韓奕〉詩，一為〈周頌・清廟〉詩，一為〈小雅・巷伯〉詩，一為〈國風・召南・采蘋〉詩。箋云：

> 公劉者，后稷之曾孫也，夏之始衰，見迫逐遷於豳，而有居民之道。
> 成王始幼少，周公居攝政，及歸之，成王將蒞政，召公與周公相成王為左右，召公懼成王尚幼稚，不留意於治民之事，故作詩美公劉以深戒之。

〔註25〕 賴炎元：〈毛詩鄭氏箋釋例〉，《台灣省立師範大學國文研究所集刊》，第三號，頁117至153。

〔註26〕 賴炎元：〈毛詩鄭氏箋釋例〉，《台灣省立師範大學國文研究所集刊》，第三號，頁117。

先釋公劉之義，次明作詩之意，其法乃以周史明之也。〈韓奕〉箋云：

> 梁山於韓國之山最高大，爲國之鎮，祈望祀焉，故美大其貌奕奕然，
> 謂之韓奕也。

此直言題意也，先言其地理，復申其作意。〈清廟〉箋云：

> 清廟者，祭有清明之德者之宮也，謂祭文王也。天德清明，文王象
> 焉，故祭之而歌此詩也。

此先釋詩題，次明作意也。〈巷伯〉箋云：

> 讒人譖寺人，寺人又傷其將及巷伯，故以名篇。

〈采蘋〉箋云：

> 蘋之言賓也，藻之言澡也，婦人之行尚柔順自絜清，故取名以爲戒。

五詩皆明詩題與作意也。

《鄭箋》僅言作意而不釋題者有之，其作意則於序下明之也，如〈國風·齊風·著〉箋云：「時不親迎，故陳親迎之禮以刺之。」，又如〈國風·秦風·小戎〉，箋云：「作者敘外內之志，所以美君政教之功。」。亦有序其作意於首章之例者，如〈小雅·無羊〉詩首章，箋云：「宣王復古之牧法，汲汲於其數，故歌此詩以解之也。」以刺美明作詩之意，乃揭示詩法以明教化也。

（二）分析章法

《鄭箋》言詩之章法，其類有三，有言編次之義者，有言章義者，有言修辭者。言編義者，如箋云：

> 從此至〈無羊〉十四篇，是宣王之變〈小雅〉。（〈小雅·六月序〉）

> 〈節〉刺師尹不平，亂靡有定；此篇譏皇父擅恣。〈日月〉告凶；〈正
> 月〉褒姒滅周；此篇疾豔妻煽方處。（〈小雅·十月之交序〉）

言章義者，如箋之云：

> 此章陳人以衣食爲急，餘章廣而成之。（〈國風·豳風·七月一〉）

> 女感事苦而生此志，是謂豳風。（〈國風·豳風·七月二〉）

> 既以鬱下及棗助男功，又穫稻而釀酒以助其養老之具，是謂豳雅。
> （〈國風·豳風·七月六〉）

> 飲酒既樂，欲大壽無竟，是謂豳頌。（〈國風·豳風·七月八〉）

> 上三章言戍役，次二章言將率之行，故此章重序其往反之時，極言
> 其苦以說之。（〈小雅·采薇六〉）

〈七月〉之詩，箋分章明其義，並著其性質；〈采薇〉之詩，箋統於末章述各章之義，此二例者，除〈商頌‧殷武〉詩亦逐章言明章義者外，餘或僅言其中一二章而已。如〈小雅‧杕杜〉首章，箋云：「婦人思望其君子，陽月之時已憂傷矣，征夫如今已閒暇且歸也，而尚不得歸，故序男女之情以說之。」如〈魯頌‧閟宮〉詩首章，箋云：「堯時洪水爲災，民不粒食，天神多予后稷以五穀，禹平水土，乃教民播種之，於是天下大有，故云纘禹之事也，美之，故申說以明之。」。

言修辭者，箋或明其辭義，或言其爲辭之意，如箋所云：

> 於古言稅法，今言治田，互辭。（〈小雅‧甫田一〉）

> 此皆慶孝孫之辭也。（〈魯頌‧閟宮三〉）

> 重言嗟嗟，美歎之深。（〈商頌‧烈祖〉）

是指其辭義也，又如其言曰：

> 草蟲鳴，晚秋之時也，此以其時所見而興之。（〈小雅‧出車五〉）

> 獨言平玁狁者，玁狁大，故以爲始，以爲終。（〈小雅‧出車六〉）

> 凡先著此四句者，皆爲序歸士之情。（〈國風‧豳風‧東山四〉）

> 國人夸大其車甲之盛，有樂之意也。（〈國風‧秦風‧小戎序〉）

> 既言寺人，復自著孟子者，自傷將去此官也。（〈小雅‧巷伯七〉）

凡此皆明文辭爲作之義焉。

《鄭箋》屢陳章法，廣其詩教之範圍，是以先秦詩教發展至此，或可謂涵蓋詩法矣。然則，釋其詩法之意，當在通其義理，達成教化也。

四、敘自然

（一）述說時序行事

《鄭箋》對自然時序現象之敘述，嘗略言之，以申詩義，所言現象，或釋日食（〈小雅‧十月之交一〉），或言大雪（〈小雅‧頍弁三〉），或明季節之魚性（〈周頌‧潛序〉）。《鄭箋》數以言時序之行事爲教，敘農事、嫁取、施政等依時序而行之也，其言農事者，如：

> 溫而倉庚又鳴，可蠶之候也。（〈國風‧豳風‧七月二〉）

> 將稼者，必先相地之宜，而擇其種，季冬命民出五種，……至孟春，
> 土長冒橛，陳根可拔，而事之。（〈小雅‧大田一〉）

若此者，言養蠶耕作之事當依其節候而作也。至言嫁取者，如：

> 仲春之時，嫁取之月。（〈小雅·我行其野一〉）
>
> 二月中，嫁取時也。（〈國風·召南·行露一〉）
>
> 倉庚仲春而鳴，嫁取之候也。（〈國風·豳風·東山四〉）
>
> 昏而火星不見，嫁取之時也。（〈國風·唐風·綢繆一〉）

此皆明嫁取宜在仲春之時。而言施政者，如：

> 正月始和，布政於邦國都鄙也。（〈大雅·抑二〉）

上所言皆以時序行事為教也。

（二）指明物性特徵

《鄭箋》數明物之性以教，所言之物或為鳥，或為蟲，或為玉，或通言萬物也，其中以鳥類為最多，其言曰：

> 鳳皇之性，非梧桐不棲，非竹實不食。（〈大雅·卷阿九〉）
>
> 匹鳥（鴛鴦），言其止則相耦，飛則為雙，性馴耦也。（〈小雅·鴛鴦一〉）
>
> 鳶鴟之高飛，鯉鮪之處淵，性自然也。非鳶鴟能高飛，非鯉鮪能處淵，皆驚駭辟害爾。（〈小雅·四月七〉）
>
> 鶺鴒，水鳥，而今在原，失其常處，則飛則鳴求其類，天性也。（〈小雅·常棣三〉）
>
> 黃鳥止于棘，以求安己也，此棘若不安則移。（〈國風·秦風·黃鳥一〉）

皆明鳥之性也。箋則以鳳皇之性喻賢者待禮而行，以鴛鴦之性耦興交萬物有道，以非鳶鴟鯉鮪者能如鳶鴟鯉鮪之性喻民畏亂政，以水鳥處原而飛鳴求類之性喻兄弟相助於急難，以黃鳥止棘之性喻臣之事君，凡此皆以鳥之性興喻人之道也。箋又云：

> 草蟲鳴，阜螽躍而從之，天性也。（〈小雅·出車五〉）
>
> 虺蜴之性，見人則走。（〈小雅·正月六〉）

所言蟲類者，以阜螽躍從草蟲之性喻諸侯之望南仲以征西戎，而以虺蜴之性言人傷其時政，前者乃望王師之來，後者乃見時政而去，皆以蟲類之性比焉。言物之性者，如箋之言曰：

> 如玉者，取其堅而潔白。（〈國風·召南·野有死麕三〉）

以玉之性比于女德也。

　　上所明物性者，皆自然也，其性得以舒展，是爲得其所焉；然而當失其性，而無其所，箋亦申之曰：

　　　　萬物失其性者，王政教衰，陰陽不和，群生不得其所也。(〈小雅·魚藻序〉)

以萬物本性盡失，言王之政教衰矣，是以《鄭箋》興言物性以爲教者，其意或以爲萬物之於自然，若人之於王政也，故以爲教哉。

五、言讖緯

(一)引述神話

　　神話不若史事之可稽考，《毛傳》注詩乃棄而不采，至《鄭箋》則據之以說詩也，其言有三，一爲簡狄吞鳦卵而生契，其言曰：

　　　　天使鳦下而生商者，謂鳦遺卵，娀氏之女簡狄吞而生契，爲堯司徒有功，封商，堯知其後將興，又錫其姓焉。(〈商頌·玄鳥〉)

此吞卵生契之言，〈長發〉之詩亦同。一爲姜嫄履神跡以生棄，其言曰：

　　　　祀郊禖之時，時則有大神之跡，姜嫄履之，足不能滿，履其拇指之處，心體歆歆然，其左右所止住，如有人道感己者也，於是遂有身，而肅戒不復御，後則生子而養長之，名曰棄，舜臣堯而舉之，是爲后稷。(〈大雅·生民一〉)

另一則爲天下妖氣生褒姒，其言曰：

　　　　昔夏之衰，有二龍之妖，卜藏其漦，周厲王發而觀之，化爲玄黿，童女遇之，當宣王時而生女，懼而棄之，後褒人有獄而入之幽王，幽王嬖之，是謂褒姒。(〈小雅·白華二〉)

三者皆以神話言人之生，然前二者明商周始祖之生，後者則言亂國妃女之生，吞卵、履跡、遇黿皆無有人道也，蓋欲以其生之非常，顯其異於常人耳，《鄭箋》采之釋詩，足以見其讖緯治經之特色。

(二)說明陰陽五行

　　《鄭箋》偶用陰陽五行之說以明詩義也，其意以陰陽和則事成矣，如：

　　　　古者陰陽和，風雨時，其來祁祁然而不暴疾，其民之心，先公後私。
　　　　(〈小雅·大田三〉)

　　　　陰陽和，風雨時，則萬物成，萬物成則倉庾充滿矣。(〈小雅·楚茨一〉)

> 成王之時，陰陽和，風雨時，冬有積雪，春而益之以小雨，潤澤則
> 饒洽。（〈小雅・信南山二〉）

皆以陰陽調和，風雨以時而降，遂有豐年，此明農事也，亦有以陰陽爲行事
之依據者，如：

> 八月之時，陰陽交會，始可以爲昏禮，納采，問名。（〈國風・邶風・
> 匏有苦葉一〉）

亦有以陰陽言夫婦者，如：

> 丈夫，陽也，陽動故多謀慮則成國；婦人，陰也，陰靜，故多謀慮
> 乃亂國。（〈大雅・瞻卬二〉）

箋以陰陽之說釋詩「哲夫成城，哲婦傾城」之義，更有以陰陽言君臣者，如：

> 周之十月，夏之八月也，八月朔日，日月交會而日食，陰侵陽，臣
> 侵君之象，日辰之義，日爲君，辰爲臣。辛，金也；卯，木也，又
> 以卯侵辛，故甚惡也。（〈小雅・十月之交一〉）

此非特以陰陽言君臣關係而見其惡，猶以五行相剋之說申之，此實爲《鄭箋》
釋詩之一大特色也。早於鄭氏之前，董仲舒已有人倫取諸陰陽之說，其言曰：
「君臣、父子、夫婦之義，皆取諸陰陽之道。君爲陽，臣爲陰；父爲陽，子
爲陰；夫爲陽，妻爲陰。」《春秋繁露・基義》，至於五行，董仲舒亦嘗曰：「五
行者，乃孝子忠臣之行也。」《春秋繁露・五行之義》，賴炎元先生因謂之曰：
「可知董仲舒根據陰陽五行的運行，以闡述儒家倫理道德思想，這是他吸收
陰陽五行家學說的主要目的。」〔註 27〕，果如此，則鄭氏之言陰陽五行以釋
人倫者，當與董氏之目的同也。

六、指天道

　　《鄭箋》之言天道者，用意蓋與興物性者同也，欲以其性爲教化之資焉，
箋云：「天之道難知也。」（〈大雅・文王七〉），其內容雖不易知，然而其性則
可明之，箋謂天道曰：

> 天之道尚誠實，貴性自然。（〈大雅・皇矣七〉）

> 天之道於乎美哉！動而不止，行而不已。（〈周頌・維天之命〉）

「動不止，行不已」實爲自然之現象，所以爲自然者，由於天道誠實也，故
美之，其道如此，當亦以之化其下民，故箋又云：

〔註27〕賴炎元：《春秋繁露今註今譯》，頁 12。

天之生此眾民，其教道之，非當以誠信使之忠厚乎？（〈大雅·蕩一〉）

教民以誠信，使民之德忠厚，是《鄭箋》以天道為教之義也。

第四節　《鄭箋》用三家義之詩教特色

清人陳壽祺嘗曰：「鄭君箋詩，其所易傳之義，大抵多本之齊、魯、韓三家。如讀素衣朱繡為綃，讀他人是愉為偷，解艷妻為厲王后，解阮徂共為三國名，此魯說也。讀邦之媛也為援助之援，讀可以樂饑為樂饑，此韓說也。詩緯多用齊詩，漢書翼奉傳曰：『臣奉竊學齊詩，聞五際之要，十月之交篇，知日蝕地震之效。』又引詩緯汎歷樞云云，皆齊詩也。詩緯汎歷樞曰：『十月之交，氣之相交；周之十月，夏之八月。』十月之交箋云：『周之十月，夏之八月也。日為君，辰為臣；辛，金也。卯，木也。』是箋亦用齊詩說。」〔註28〕，知《鄭箋》用三家之說以釋詩義也，其用三家如此，清人陳奐乃鈎沈舊籍，辨析箋義之所出，著《鄭氏箋考徵》，以別毛鄭之術本不同也。然而，鄭氏以三家之義申毛、補毛、改毛，以說解詩義者，是否較《毛傳》合於經旨？文幸福先生嘗摘論《鄭箋》用三家義改毛者三十九則，詳為考辨，乃謂「皆以毛義為優」。〔註29〕其言甚辨，似為定論矣。

《鄭箋》既用三家之說解詩，自有以三家之義以申其詩教者也，茲據陳氏《鄭氏箋考徵》之言，擷其有關於詩教者以述其內容與特色，惟陳氏於師承脈絡猶有未辨者，則從清人陳喬樅《三家詩遺說考》之區分，如班固、董仲舒之說，陳奐謂為魯說，陳喬樅則明其師法為齊說也，而《白虎通》所引詩則為魯詩，王符《潛夫論》為魯詩，焦延壽《易林》為齊詩也。三家分別論之，各家並由倫理與教化二端明其詩教之內容。

壹、箋用三家詩說之詩教內容

一、用韓詩者

（一）人倫方面

五倫之中以申君臣為夥，箋云：

〔註28〕江乾益：《陳壽祺父子三家詩遺說研究》，頁330引。

〔註29〕文幸福：《詩經毛傳鄭箋辨異》，第二編第二章第二節鄭箋用三家義改毛考辨，頁130至頁198。

四方之國無政治者，由天子不用善人也。（〈小雅‧十月之交二〉）

今王政暴虐，賢者皆佯愚不爲容貌，如不肖然。（〈大雅‧抑〉）

此明人君爲政當用賢者之意，王若暴虐，賢者佯愚不出，則國必無政治矣。故當如湯之禮賢而用，箋云：「湯之下士尊賢甚疾……急於己而緩於人，天用是故敬愛之。」（〈商頌‧長發三〉）。「天子以其賢，任爲軍將，使代卿士將六軍而出。」（〈小雅‧瞻彼洛矣一〉）臣若賢，王則尊之任之也；臣若爲讒，則不可信之，如箋所明：「王無輕用讒人之言，人將有屬耳於壁而聽之者。知王有所受之，知王心不正也。」（〈小雅‧小弁八〉）用賢遠讒，是君爲政之道也，此外，君者當修德教也，箋云：「使我王更修德教，合會離散之人。」（〈小雅‧車舝一〉）上既正德如此，則下必化之，箋云：「今小人之行如夷狄，而王不能變化之，我用是爲大憂也。」（〈小雅‧角弓八〉）其下如夷狄而不化，必在位無德也。詩人於是憂之矣。在位當如箋之云：「民之意不獲，當反責之於身，思彼所以然者而恕之。」（〈小雅‧角弓四〉）由上可知，箋用韓詩以申君道當用賢化下也。

至言夫婦之倫者，箋云：「奔奔，彊彊，言居有常匹，飛則相隨之貌。刺宣姜與頑非匹偶。」（〈國風‧鄘風‧鶉之奔奔一〉）此《鄭箋》用韓詩以明夫婦之道當守常道，無如宣姜及公子頑之亂倫也。

朋友之道，箋有云：

從軍之士，與其伍約，死也，生也，相與處勤苦之中，我與子成相說愛之恩，志在相存救也。（〈國風‧邶風‧擊鼓四〉）

軍士棄其約，離散相遠，故吁嗟歎之。闊兮，女不與我相救活，傷之。（〈國風‧邶風‧擊鼓五〉）

學子而俱在學校之中，己留彼去，故隨而思之耳。……女曾不傳聲問我，以恩責其忘己。（〈國風‧鄭風‧子衿一〉）

丁丁，嚶嚶，相切直也。言昔日未居位，在農之時，與友生於山巖伐木，爲勤苦之事，猶以道德相切正也。（〈小雅‧伐木一〉）

學子以恩相思，軍士以志相救活，農友以德相切正，此《鄭箋》之用韓詩以申其朋友之道也。

至言天人之道者，箋云：「今王謀爲政之道回辟，不循昊天之德已甚矣，心猶不悛，何日此惡將止。」（〈小雅‧小旻一〉）爲政當循天德，若違者，則

民苦而怨之也。

合前文君道之言觀之，則君之爲政當順天、用賢、化下，此實爲《鄭箋》
用韓詩以申人倫之重點也。

（二）教化方面

政治理念方面，箋云：「多生賢知，使爲之臣也。」（〈周頌・時邁〉）及
「朝廷宜有賢者，而但聚小人。」（〈小雅・正月〉）此箋用韓義以申其政治主
張當用賢也。其施政要領則曰：

> 小人雖多，王若欲興善政，則天下聞之，莫不曰：小人今誅滅矣。（〈小
> 雅・角弓七〉）

> 欲見國君者，必先令寺人使傳告之，時秦仲又始有此臣。（〈國風・
> 秦風・車鄰一〉）

一者興善政，一者立朝制，此乃用韓詩之說以明也。箋又云：「民喜得所。」
（〈大雅・旱麓三〉）此爲政治理念中之理想境界也，由此知箋用韓義以表其
政治理念爲主張用賢、施政必興善政及樹立朝規、以民之得所爲政治理想也。

人格理念方面，箋云：

> 天之生眾民，其性有物象，謂五行仁義禮知信也；其情有所法，謂
> 喜怒哀樂好惡也。（〈大雅・烝民一〉）

> 止，容止。孝經曰：容止可觀。（〈國風・鄘風・相鼠三〉）

> 止，禮。朧，法也。（〈小雅・小旻五〉）

用韓義直指人之德爲仁義禮知信五行，而尤以禮爲重。

至教化方式，箋云：

> 觥，罰爵也。饗燕所以有之者，禮。自立司正之後，旅醻必有醉而
> 失禮者，罰之，亦所以爲樂。（〈國風・周南・卷耳三〉）

> 喬，矛衿近上及室題所以縣毛羽。（〈國風・鄭風・清人二〉）

> 鉤……寅……二者及元戎，皆可以先前啓突敵陳之前行，其制同異
> 未聞。（〈小雅・六月四〉）

皆以韓義釋物之功用以爲教。又云：

> 皐，澤中水溢出所爲坎。（〈小雅・鶴鳴一〉）

> 蕳當作蓮，蓮，芙蕖實也。蓮以喻女之言信。（〈國風・陳風・澤陂
> 二〉）

　　瓜之本實，繼先歲之瓜必小，狀似瓞，故謂之瓞。(〈大雅‧緜一〉)
此言名稱以爲教也。由此可知，《鄭箋》用韓義釋物以廣其名物之教，重於他種方式。

二、用魯詩者

(一) 人倫方面

五倫無所偏廢，箋云：

　　吉甫既伐玁狁而歸，天子以燕禮樂之。(〈小雅‧六月六〉)

　　人偶能輔周道治民者也。(〈國風‧檜風‧匪風三〉)

　　詩人賢者見時如是，自勉以從王事。雖勞不敢自謂勞，畏刑罰也。(〈小雅‧十月之交七〉)

此《鄭箋》用魯詩以申君臣之道者，爲君當以禮樂其有功之臣，人臣當以周道輔其君，至若君失道以用小人，賢臣當識時自勉，勤而不輟以辟刑罰也。

　　至夫婦之道，箋亦有云：「王若有茂美之德，則其時賢女來配之，與相訓告，改脩德教。」(〈小雅‧車舝二〉)男女以德相配以成室家也，即其成也，妻道當以德相訓告，進其德教焉。此《鄭箋》用魯義以申其夫婦之倫也。

　　兄弟之倫，箋有云：「死喪可畏怖之事，維兄弟之親甚相思念。」(〈小雅‧常棣二〉)兄弟之親如此，死喪何可畏怖哉！此《鄭箋》用魯義以明兄弟恩親之厚也。又云：「能爲君子和好眾妾之怨者。」(〈國風‧周南‧關雎一〉)「后妃能和諧眾妾，不嫉妒其容貌，恆以善言逮下而安之。」(〈國風‧周南‧樛木序〉)妃妾猶兄弟也，當和諧相處，以助其君也，此《鄭箋》用魯義申其嫡媵之倫也。

　　朋友之道，《鄭箋》言侯國曰：「憂者，謂鄰國侵伐之憂。」(〈國風‧唐風‧蟋蟀三〉)侵伐非朋友之道也，故以憂之，《鄭箋》用魯說也。

　　此外，《鄭箋》猶明天人之道曰：「旻天之德，疾王者以刑罰威恐萬民。」(〈小雅‧小旻一〉)「有君上帝者，以情告天也，使王暴虐如是，是憎惡誰乎？欲天指害其所憎而已。」(〈小雅‧正月四〉)王爲政威虐則天當疾之，此《鄭箋》用魯義以申天人關係者，亦可見其君道之義也。

(二) 教化方面

於政治理念，箋云：

　　有大德行，則天下順從其政，言在上所以倡道。(〈大雅‧抑二〉)

政之亂，由外無賢臣益之……政之亂，又由内無賢妃益之。(〈大雅・召旻六〉)

此《鄭箋》用魯義以明政治主張，當倡道與用賢也。

教化方式上，箋有云：

二月可以昏矣。(〈國風・邶風・匏有苦葉三〉)

鴈者隨陽而處，似婦人從夫，故昏禮用焉。(〈國風・邶風・匏有苦葉三〉)

問名之後，卜而得吉，則文王以禮定其吉祥，謂使納幣也。(〈大雅・大明五〉)

上皆明昏禮之制，《鄭箋》以仲春二月爲昏期，蓋本魯說，與《毛傳》秋冬爲期者異焉，文幸福詳辨二說，以爲《毛傳》以秋冬爲正時者，得古禮也。〔註30〕箋又云：

大王自豳遷焉，則能尊大之，廣其德澤，居之一年成邑，二年成都，三年五倍其初。(〈周頌・天作〉)

召伯，姬姓，名奭，食采於召，作上公，爲二伯，後封于燕。(〈國風・召南・甘棠序〉)

此言史爲教者也。

由上知《鄭箋》用魯義所申者，政治方面主張倡道、用賢；方式上，明昏禮之制及史事爲教。

三、用齊詩者

（一）人倫方面

箋云：

君臣在朝，侮慢元老。召之不問政事，但問占夢，不尚道德而信徵祥之甚。(〈小雅・正月五〉)

以道去其君者，三諫不從，待放於郊，得玦乃去。(〈國風・檜風・羔裘序〉)

三良，三善臣也，謂奄息、仲行、鍼虎也。從死，自殺以從死。(〈國風・秦風・黃鳥序〉)

〔註30〕文幸福：《詩經毛傳鄭箋辨異》，頁135至頁146。

君臣不修道德，則政荒矣，無道若此，忠臣三諫乃可去焉，至如三良之自殺從死者，至忠也，然亦近愚也。此《鄭箋》用齊詩以申其君臣之道必尚道德，而其臣道猶當盡三諫之責也。

（二）教化方面

箋云：

> 今在位之人，其故威儀虛徐寬仁者，今皆以為急刻之行矣。（〈國風·邶風·北風一〉）

> 荒廢其政事，又湛樂於酒，言愛小人之甚。（〈大雅·抑三〉）

> 百川沸出相乘陵者，由貴小人也。（〈小雅·十月之交三〉）

威儀虛徐寬仁以言施政之要領，至貴小人者，明其所失也，當亦有用賢之意存焉，此《鄭箋》用齊義所申之者。至於人格理念方面，箋云：「淇與隰皆有匡岸以自拱持，今君子放恣心意，曾無所拘制。」（〈國風·衛風·氓六〉）「善往則善來，人無行而不得其報也。」（〈大雅·抑八〉）此以齊義明人格理念之修為當自持勿恣，若有善行將得其報焉。

至《鄭箋》用齊義以申其教化方式者，則多矣，箋云：「周樂尚武，故謂萬舞為雅，雅，正也。籥舞，文樂也。」（〈小雅·鼓鐘四〉）以武樂為正，用齊義申周樂之精神為教也。又云：

> 天子諸侯之射怕張三侯，故君侯謂之大侯，大侯張而弓矢亦張，節也，將祭而射，謂之大射。下章言鎮烝衎烈祖，其非祭與？（〈小雅·賓之初筵一〉）

> 白桵相樸屬而生者，枝條芃芃然，豫斫以為薪。至祭皇天上帝及三辰，則聚積以燎之。（〈大雅·棫樸一〉）

此言禮為教，前者明射禮，後者言祭禮，皆本齊說也。箋又云：

> 以素絲縷縫組於旌旗，以為之飾。（〈國風·鄘風·干旄二〉）

> 魚者，庶人之所以養也。今人眾相與捕魚，則是歲熟相供養之祥也，
> 易中孚卦曰：豚魚吉。（〈小雅·無羊四〉）

申名物之詩教也。又云：「十月為陽，時坤用事，嫌於無陽，故以名此月為陽。」（〈小雅·采薇三〉）此以齊詩陰陽相諧之說為教。

由上可知，《鄭箋》用齊義以申其詩教者，政治理念方面，其施政要領當行寬仁、遠小人；人格理念方面，以「善乃得報」為觀念，其修為主「自持

勿恣」；教化方式上，明禮樂之制度與精神，並申名物之教，更用陰陽相諧之義通其用事之理。

四、兼用三家者

依據賴炎元先生〈毛詩鄭氏箋釋例〉之分，舉凡三家所說相同者，用魯韓或魯齊二家者，及不能確定所屬何家之說者，皆列為兼用三家之例〔註31〕，本文從之。

（一）人倫方面

箋云：

> 小人好為讒佞，既不共其職事，又為王作病。（〈小雅・巧言三〉）

> 在位者貪殘，為民之害無自知其行之過者。言忕於惡。（〈小雅・四月四〉）

前者言臣失道，後者言君之失道，皆非君臣之常。臣道當如箋之言曰：「尹氏作大師之官，為周之桎鎋，持國政之平，維制四方，上輔天子，下教化天下，使民無迷惑之憂。言任至重。」（〈小雅・節南山三〉）臣賢如尹氏者，國必彊矣。而民心之所向者，必若箋云：「視烏集於富人之屋，以言今民亦當求明君而歸之。」（〈小雅・正月三〉）此《鄭箋》用三家義以申君臣之道也。

（二）教化方面

箋云：「受命，受天命而王天下，制立周邦。」（〈大雅・文王序〉）用三家義以申其政治原理，王業待天命而後立也，又云：「商邑之禮俗翼翼然可則傚，乃四方之中正也。」（〈商頌・殷武五〉）此用三家之說，以申其政治原理乃以禮為其要也。又云：

> 後之往者，又以岐邦之君有佼易之道故也。易曰：乾以易知，坤以簡能。易則易知，簡則易從，易知則有親，易從則有功，有親則可久，有功則可大，可久則賢人之德，可大則賢人之業。以此訂大王文王之道，卓爾與天地合其德。（〈周頌・天作〉）

此言施政之要領，執易以治，是《鄭箋》用三家之義也。《鄭箋》由此更指明君道之理想，在於「與天地合其德」也。

至言教化方式者，箋云：「高克之為將，久不得歸，日使其御者習旋車，

〔註31〕賴炎元：〈毛詩鄭氏箋釋例〉，載《臺灣省立師範大學國文研究所集刊》，第三號，頁167。

車右抽刃，自居中央，爲軍之容好而已。」（〈國風‧鄭風‧清人三〉）此用三
家之義釋兵車之法以爲教也。箋又云：

> 淢，水外之高者也，有癰埋之象。（〈大雅‧鳧鷖四〉）

> 辟廱，築土雖水之外，圓如璧，四方來觀者均也。泮之言半也，半
> 水者，蓋東西門以南通水，北無也。天子諸侯宮異制，因形然。（〈魯
> 頌‧泮水一〉）

> 田當作 。 ，小鼓在大鼓旁，應鞞之屬也。聲轉字誤，變而作田。
> （〈周頌‧有瞽〉）

> 祁當作 。 ，鹿牡也。中原之野甚有之。（〈小雅‧吉日三〉）

凡此皆用三家之義以說解詩中物名示教也。鄭氏用三家詩說之一大特色爲采
讖緯說解詩義，箋云：「天使鳦下而生商者，謂鳦遺卵，娀氏之女簡狄吞而生
契，爲堯司徒有功，封商，堯知其後將興，又錫其姓焉。」（〈商頌‧玄鳥〉）
此吞卵生契之言，〈長發〉之詩亦同。另一爲姜嫄履神跡以生棄，其言曰：

> 祀郊禖之時，時則有大神之跡，姜嫄履之，足不能滿，履其拇指之
> 處，心體歆歆然，其左右所止住，如有人道感己者也，於是遂有身，
> 而肅戒不復御，後則生子而養長之，名曰棄，舜臣堯而舉之，是爲
> 后稷。（〈大雅‧生民一〉）

此以讖緯說詩者，實鄭氏用三家箋詩之最大特色，與《毛傳》殊異也。

由上觀之，《鄭箋》兼用三家以申其教化理念者，多偏於政治理念與教化
之方式。其政治理念乃以受天命、本於禮爲其原理，而以執易治國爲其要領。
教化方式上，以名物之教爲重，而以讖緯解詩爲其最大特色。

貳、箋用三家詩說以申詩教之特色

（一）用韓詩以申詩教者較他家爲多。賴炎元先生謂：「康成初學韓詩，
是以用韓詩爲最多；魯詩最近，故亦多引用之；至於齊詩，多爲陰陽五行災
異凶咎之說，乖於本義，故祗取十餘條而已。」〔註32〕

（二）以倫理思想言，用三家之義以申君臣之倫者爲多。用韓、魯、齊
與兼用三家者，皆以述君臣之倫爲主。君臣以外，用韓詩者猶明夫婦、朋友、
天人三倫，而以朋友之道較詳。用魯詩申及之範圍爲三家中最廣泛者，除君

〔註32〕賴炎元：〈毛詩鄭氏箋釋例〉，頁 167。

臣之外，並申及夫婦、兄弟、朋友、天人等倫常，然皆未深言也。箋於三家中，用韓詩所申者全屬為君之道，用他家者則多明為臣之道也。

（三）以教化觀言之，《鄭箋》用三家義以申政治理念與示教方式為主，偶及於人格理念之陳述。政治理念方面，僅兼用三家者，申言政治原理，然此原理或可謂三家共同之理念也，其義為「受天命」及「本於禮」；而箋用三家以說其政治主張者，最重「用賢」也；至施政之要領，所用三家之義頗不一致，如用韓詩以為「興善政」、「立朝制」，用齊詩以為「行寬仁」，兼用三家則謂「執佼易」，凡此可見《鄭箋》之有意雜采諸端以申其施政要領也；而政治理想，箋則用韓詩義謂「民得其所」也，施政以民之得所為其目標，或可於此見出鄭氏民本思想之端倪，若然，則可上紹孟子之民本思想也。教化方式上，以名物之教為主，次為述昏禮、射禮、祭禮等禮制，此外，尚用三家以言陰陽、史事為教，更用神話申其讖緯之說。人格理念僅用韓詩明五行之德，而以禮為重；用齊詩謂「自持勿恣」。知《鄭箋》未著意藉三家以申其人格理念也。

（四）用三家義申其讖緯之術。箋謂簡狄吞卵生契、姜嫄履神跡而生棄，以明商周開國之祖秉天而生，異於常人者，乃欲以天靈之降於二祖，使德臨天下，重其威儀也。毛傳平實，於此無稽，概不采也；其次，毛公之時，讖緯之說尚未大行，李威熊先生云：「災異、符命等讖緯之說，在戰國、漢初早已有之，但經過一段長時期的醞釀，到了西漢末年才盛行開來」〔註33〕，夏長樸先生亦云：「讖緯和經書發生關係，更到漢武帝尊崇五經以後，在此以前，讖緯並沒有附經的必要，當五經成了利祿之途後，『緣飾以儒術』變為一種必要的手段；相對於經的緯也就開始出現，方士們藉著朝廷尊經的傾向以比附經書來達到提高這種怪異思想的目的。自此，讖緯和經書開始了比附的關係，再也脫離不了經書的範圍。」〔註34〕，由此可知，毛公未用讖緯說詩，亦與時代因素有關。

（五）用三家之義所定人倫關係，有異於《毛傳》者。如〈國風·周南·關雎〉詩：「窈窕淑女，君子好逑」，傳曰：「逑，匹也。言后妃有關雎之德，是幽閒貞專之善女，宜為君子之好匹。」箋則云：「怨偶曰仇。言后妃之德和諧，則幽閒處深宮貞專之善女，能為君子和好眾妾之怨者。言皆化后妃之德，

〔註33〕 李威熊：《中國經學發展史論》，上冊，頁137。
〔註34〕 夏長樸：《兩漢儒學研究》（台北：國立臺灣大學文學院，民國67年2月初版），頁38。

不嫉妒。謂三夫人以下。」毛氏以夫婦關係言之，鄭氏則從魯詩以妃妾關係說之。又如〈國風‧邶風‧擊鼓〉詩：「死生契闊，與子成說」，傳曰：「契闊，勤苦也。說。數也。」箋云：「從軍之士，與其伍約，死也，生也，相與處勤苦之中，我與子成相說愛之恩，志在相存救也。」文幸福據王肅及馬瑞辰之言，乃謂「是毛意謂從軍之士，與其室家訣別之時，追憶初昏相語之誓言，生死勤苦永不相離，亦猶杜詩所謂『白首甘契闊』也。」﹝註35﹞，陳奐則引韓詩云：「契闊，約束也。」謂箋用韓義。故知毛氏以夫婦關係言，鄭氏以朋友關係說也。

﹝註35﹞ 文幸福：《詩經毛傳鄭箋辨異》，頁148。

第六章 《序》、《傳》、《箋》詩教思想之比較

第一節 倫理思想之異同

經過前述之分析，可知大序、古序、續序、《毛傳》及《鄭箋》五說之倫理思想各具特色，本節擬從各說對詩義之說解方面與倫理內涵方面作一比較，以瞭解各說之異同。

壹、說解方面之比較

五說說解詩義之時，於同一詩之倫理類別及關係之闡示或有異同之分，於說解之方式或有異同之別，當分別對照以明之，然《毛傳》不注序義，故不互以對比也。

一、古序、續序之異同

（一）相 異

1. 倫理對象有異

古序與續序對詩義之說解方向不同，致同首詩而指涉之倫理對象卻有異，如〈國風‧豳風‧破斧〉詩古序云：「美周公也。」，續序云：「周大夫以惡四國焉。」，就五倫之歸類言之，續序言侯國關係，屬朋友之倫，而古序未言何人美周公，若如續序所言為周大夫美之，則亦屬朋友之倫，然而，前者

爲侯國關係，而後者則是同僚關係，前者乃對群體而言，後者爲對個人立論，二者顯有異焉。又如〈大雅‧雲漢〉詩，古序云：「仍叔美宣王也。」屬君臣關係，而續序則曰：「天下喜於王化復行，百姓見憂，故作是詩也。」乃屬君民關係，二者雖均爲君臣之倫，對象則有異也。再如〈小雅‧白華〉詩，古序云：「周人刺幽后也。」，續序則曰：「幽王取申女以爲后，又得褒姒而黜申后，故下國化之，以妾爲妻，以孽代宗，而王弗能治，周人爲之作是詩也。」，依續序之意，當爲刺幽王，亦是對象之別異也。

2. 稱謂有異

古序與續序所言倫理關係相同，然而指稱之範圍大小有異，一者泛稱，另一者則確指某人，如〈國風‧鄘風‧牆有茨〉詩，古序云：「衛人刺其上也。」，續序卻曰：「公子頑通乎君母，國人疾之，而不可道也。」古序泛稱「上」，續序則言「公子頑」，而皆屬君臣之倫。

3. 言說方式有異

從筆法觀之，古序與續序言說之方式時有正反筆法之異，如〈國風‧豳風‧伐柯〉及〈九罭〉二詩，古序皆曰：「美周公也。」而續序卻云：「周大夫刺朝廷之不知也。」，前者正筆，而後者反筆，於倫理背景言之，前者溫馨，後者冷酷。

從對象觀之，由於說解詩義，所重者不同，古序與續序所指涉之對象賓主互易，而倫理關係則未變，如〈國風‧王風‧葛藟〉詩，古序云：「王族刺平王也。」，續序則曰：「周室道衰，棄其九族焉。」，二者皆宗族關係，屬兄弟之倫，前者族人刺王，後者王棄族人，賓主之位互易，或續序有申古序之義，然所重者亦有異焉。另〈小雅‧頍弁〉詩亦同。〔註1〕又如〈國風‧齊風‧載驅〉詩，古序云：「齊人刺襄公也。」，續序則曰：「播其惡於萬民。」，前者言下刺上，後者謂上化下，皆君民之倫，而對象互易也。

4. 事類有異

對同一首詩，所言詩義全不類者，如〈小雅‧車舝〉詩，古序云：「大夫刺幽王也。」，續序則曰：「周人思得賢女以配君子。」，前者以反筆言君臣之關係，後者以正筆言君民之關係，雖皆屬君臣一倫，然而，所明事類相

〔註1〕〈頍弁〉詩，古序云：「諸公刺幽王也。」，續序曰：「暴戾無親，不能宴樂同姓，親睦九族。」，皆言宗族關係，而前者言族人刺王，後者謂王不睦族人。賓主相異也。

異也。

5. 倫類有異

古序與續序所言倫理類別之屬不同者，如〈小雅・北山〉詩，古序云：「大夫刺幽王也。」，而續序乃曰：「己勞於從事，而不得養其父母焉。」，古序以君臣之倫言之，續序以父子之倫說之，二者所重實有別矣。

（二）相　同

古序簡扼，續序多續申之，其於倫理思想相同者，可得而明之於下：

1. 倫類相同

古序與續序以相同之倫類釋說詩義者，如：「古序云：『美媵也。』，續序云：『江沱之間，有嫡不以其媵備數，媵遇勞而無怨，嫡亦自悔也。』」（〈國風・召南・江有汜〉）二者皆以嫡媵關係說解。又如：「古序云：『康公念母也。』，續序云：『康公時為大子，贈送文公于渭之陽，念母之不見也，我見舅氏如母存焉，及其即位，而作是詩也。』」（〈國風・秦風・渭陽〉）二者皆以母子關係說解。又如：「古序云：『下報上也。』，續序云：『君能下下以成其政，臣能歸美以報其上焉。』」（〈小雅・天保〉）二者皆以上下關係說解。再如：「古序云：『蘇公刺暴公也。』，續序云：『暴公為卿士，而譖蘇公焉。故蘇公作是詩以絕之。』」（〈小雅・何人斯〉）二者皆以朋友關係說解。如此倫類相同之例，並不多見也。

2. 義涵相同

古序與續序同以倫理思想說解，其義涵又相同者，亦有數則，如：「古序云：『惠及下也。』，續序云：『夫人無妒忌之行，惠及賤妾。』」（〈國風・召南・小星〉）二者皆以惠義說解倫理關係。又如：「古序云：『美孝子也。』，續序云：『美七子能盡其孝道，以慰其母心而成其志爾。』」（〈國風・邶風・凱風〉）二者皆以美孝行說解倫理關係。又如：「古序云：『衛人刺其上也。』，續序云：『公子頑通乎君母，國人疾之而不可道也。』」（〈國風・鄘風・牆有茨〉）二者皆以刺疾說解倫理關係。凡此之例，亦不多見。

二、《毛傳》、《鄭箋》之異同

（一）相　異

1. 倫理關係有異

《毛傳》與《鄭箋》說解同首詩之時，於倫類之歸屬時或有異焉，其異

者可別之爲二：

（1）倫類相異之例

《毛傳》以侯國言，《鄭箋》則以君臣言者。如〈國風・邶風・旄丘〉詩首章，傳曰：「諸侯以國相連屬，憂患相反，如葛之蔓延相連及也。」，箋則云：「土氣緩則葛生闊節。興者，喻此時衛伯不恤其職，故其臣於君事亦疏廢。」，依毛意當歸爲朋友之倫，顯與《鄭箋》君臣之倫者異焉。

《毛傳》以夫婦言，《鄭箋》則以嫡妾言者。如〈國風・周南・關雎〉詩次章，傳曰：「后妃有關雎之德，乃能共荇菜，備庶物，以事宗廟也。」，箋云：「后妃將共荇菜之葅，必有助而求之者，言三夫人九嬪以下，皆樂后妃之事。」，細審毛意，「有關雎之德」者，當指首章所言「后妃說樂君子之德，無不和諧，又不淫其色，慎固幽深，若雎鳩之有別焉。」，故所謂「關雎之德」實言事君夫之道也，因之，《毛傳》乃指后妃與夫共事宗廟也，此義清人陳奐申之甚明〔註2〕，而箋則指后妃與嬪妾共事宗廟，二者所言倫理關係之類別顯然有別也。

（2）對象不同之例

《毛傳》與《鄭箋》說解同首詩，倫理之歸類雖相同，但其所言對象有別者，亦有之也。

毛鄭皆言君臣之倫，惟傳以君臣關係明之，箋則以官民關係解之者。如：〈小雅・采菽〉詩第五章，傳曰：「明王能維持諸侯也。」，箋云：「猶諸侯之治民，御之以禮法。」，毛言君御臣，鄭謂官治民，倫類相同而對象實有別矣。

毛鄭皆言夫婦之倫，惟傳以夫妻關係明之，箋則以男女關係解之者。如：〈國風・召南・草蟲〉詩首章，傳曰：「卿大夫之妻，待禮而行，隨從君子。」，箋云：「猶男女嘉時，以禮相求呼。」，毛言妻以禮從夫，鄭謂男女以禮相求，倫類及義涵皆相同，而對象顯有別也。

2. 說解方式有異

（1）倚重不同之例

《毛傳》與《鄭箋》同釋一詩，由於所持角度或重點之不一，則有相異之說。

〈國風・邶風・匏有苦葉〉詩首章，傳曰：「遭時制宜，如遇水深則厲，

〔註2〕清陳奐：《詩毛氏傳疏》，（一）冊，頁15至16。

淺則揭矣，男女之際，安可以無禮義，將無以自濟也。」，箋云：「既以深淺計時，因以水深淺喻男女之才性，賢與不肖，及長幼也，各順其人之宜，爲之求妃耦。」，細研之，毛重男女交往之道，鄭則偏男女求耦之條件，同釋「深則厲，淺則揭」之義，而各以所重爲說，致其義互異也。於此或可窺知傳箋倫理思想之各家特色，由其倚重之不同，探求其倫理內涵之特點，亦不失爲捷徑。

〈國風・邶風・燕燕〉詩首章，傳曰：「遠送，過禮。」，箋云：「婦人之禮，送迎不出門。今我送是子，乃至於野者，舒己憤，盡己情。」，毛重禮以言，鄭則重情以解，此說解角度有別也。

〈國風・齊風・雞鳴〉詩第三章，傳曰：「古之夫人配其君子，亦不忘其敬。」，箋云：「東方且明之時，我猶樂與子臥而同夢。言親愛之無已。」，二者皆言夫婦之道，毛言敬夫，鄭則謂愛夫，敬者傾於禮法，愛則偏於情感，所重不同如此，說解自有歧異。

（2）筆法相反之例

至於一者以正言，另一者以反言，同釋一詩之例，亦可索也。

〈國風・鄭風・蘀兮〉詩首章，傳曰：「君倡臣和也。」，箋云：「群臣無其君而行，自以強弱相服，女倡矣，我則將和之。」，毛言君臣倡和，是爲善道；鄭謂君臣不相倡和，是爲失道也，筆法相反甚明。何以致此耶？蓋毛鄭釋詩所持以說解之對象不同之故也，《毛傳》就詩言詩，《鄭箋》則就現況解詩，詩者正言也，現況則反之，是故二說異焉。

〈國風・秦風・無衣〉詩首章，傳曰：「上與百姓同欲，則百姓樂致其死。」，箋云：「此責康公之言也。君豈嘗曰：女無衣，我與女同袍乎？言不與民同欲。」，毛言人君善道，鄭謂人君失道，二者適反，何以致此耶？此洵二者視詩法有別之故也，《毛傳》以興體言詩，《鄭箋》則以賦體解詩，致生異見也。

（二）相　同

《毛傳》與《鄭箋》說解詩義亦有倫理歸類相同，且涵義一致之例，此例多鄭申毛義也。

〈大雅・文王〉首章，傳曰：「文王升接天，下接人也。」，箋云：「文王能觀知天意，順其所爲，從而行之。」，二者皆言天人之倫，箋且申傳「接天」之義也。

〈國風・秦風・駟驖〉詩首章，傳曰：「（公）能以道媚於上下。」，箋云：

「媚於上下，謂使君臣和合也。」，二者皆言上下之倫，箋且釋傳之義。

〈小雅・頍弁〉詩首章，傳曰：「諸公非自有尊，託王之尊。」，箋云：「託王之尊者，王明則榮，王衰則微，刺王不親九族。」，二者皆言宗族關係，屬兄弟之倫，箋又明傳之義也。

三、《鄭箋》、《詩序》之異同

（一）相　異

《鄭箋》與《詩序》因說解角度、方式及倚重之不同，致同釋一詩之義而有互異之例。

1. 角度有異

〈國風・邶風・綠衣〉詩，續序曰：「妾上僭，夫人失位。」，箋云：「妾上僭者，謂公子州吁之母，母嬖而州吁驕。」，續序言嫡妾關係，屬兄弟之倫，箋雖釋序，卻偏於母子關係之敘述。雖不相違，而二者釋詩之方向則有別矣。

2. 筆法有異

〈國風・魏風・園有桃〉詩，續序曰：「其君國小而迫，而儉以嗇，不能用其民，而無德教，日以侵削。」，首章箋云：「魏君薄公稅，省國用，不取於民，食園桃而已。不施德教，民無以戰，其侵削由由是也。」，二者皆言君民關係，然而續序以反言釋之，《鄭箋》則部分出之正筆，前者言儉嗇，不能用其民；後者謂薄稅省用，不取於民，一反一正，顯有別異焉。

3. 倚重有異

〈國風・鄭風・蘀兮〉詩，續序曰：「君弱臣強，不倡而和也。」，箋云：「君臣各失其禮，不相倡和。」，雖皆明君臣關係，然而續序所言傾於人臣之失道，《鄭箋》則統言君臣之失道，續序之言實基於《毛傳》所明「人臣待君倡而後和」者也，君既弱而不倡，為臣者乃強而自和也，此固人臣之失道，實則君亦同罪也，故《鄭箋》乃並言君臣之失也，續序重於為臣之道，《鄭箋》則兼顧君臣之義，二者有別焉。

（二）相　同

1. 《鄭箋》與古序相同

例一，〈大雅・文王〉詩，古序曰：「文王受命作周也。」，箋云：「受天命而王天下，制立周邦。」，《鄭箋》實申古序天人關係之義也。

例二，〈小雅・湛露〉詩，古序曰：「天子燕諸侯也。」，箋云：「諸侯朝

觀會同，天子與之燕，所以示慈惠。」，此乃《鄭箋》申古序君臣
一倫之君道也。

2. 《鄭箋》與續序相同

例一，〈小雅・天保〉詩，續序曰：「臣能歸美以報其上焉。」，箋云：「臣
　　亦宜歸美於王，以崇君之尊而福祿之，以荅其歌。」，《鄭箋》申
　　續序君臣一倫之臣道也。

例二，〈小雅・鴛鴦〉詩，續序曰：「思古明王交於萬物有道，自奉養有
　　節焉。」，箋云：「交於萬物有道，謂順其性，取之以時，不暴夭
　　也。」，箋申續序物我關係之內涵也。

貳、思想方面之比較

一、倫類之比較

就大序、古序、續序、《毛傳》及《鄭箋》五者所闡述之倫理思想中，各家
所論及之倫理類別互有不同，而於相同類別之中所觸及之人際關係亦有別焉。

大序於五達道中僅及二倫，即君臣與夫婦之倫，之外，尚述及人神之關
係。其中君臣之倫除言君臣關係，猶及於國與民之關係。

古序所述及之倫理類別，含括君臣、父子、夫婦、兄弟及朋友等五倫，
五倫之外，尚及於天人之倫，其中特重君臣一倫之闡述，而兄弟之倫則以嫡
妾關係與宗族關係言之。

續序所述廣及君臣、父子、夫婦、兄弟、朋友等人倫關係，並及於物我
之道、人神之倫也。君臣一倫明君臣、官民及君民三關係。夫婦一倫述夫妻、
男女等關係。兄弟一倫則並論手足、嫡庶、宗族三種關係。朋友一倫除略言
人我關係外，多明侯國之關係。

《毛傳》所論兼及五達道，及述物我關係與天人關係。君臣一倫，除明
君臣之道，另及君民之關係。夫婦一倫兼明夫妻與男女之關係。兄弟之倫則
言手足及宗族關係。朋友一倫並言人我、賓主與侯國等關係。物我關係則為
《毛傳》所創說詩之途也。

《鄭箋》論述所及之倫理類別與關係最為廣泛賅洽，人倫之君臣、父子、
夫婦、兄弟、朋友等五達道之外，亦詳於物我關係、天人關係與人神關係。
君臣一倫兼述君臣、官民、君民等三關係。夫婦一倫並言夫妻、男女關係。

兄弟一倫言手足、嫡妾、宗族等關係。朋友一倫則論人我、賓主、敵我、侯國四種關係。所述及之倫理類別爲五家之最也。

茲列一簡表以明之：

注　家	倫理類別	述及之人際及其他關係
大序	君臣 夫婦 他倫	君臣、國民 夫婦 人神
古序	君臣 父子 夫婦 長幼 朋友 他倫	君臣 父子、祖孫 夫婦 嫡妾、宗族 朋友 天人
續序	君臣 父子 夫婦 長幼 朋友 他倫	君臣、官民、君民 父子、祖孫 夫婦、男女 手足、嫡妾、宗族 朋友、侯國 物我、人神
毛傳	君臣 父子 夫婦 長幼 朋友 他倫	君臣、君民 父子 夫婦、男女 手足、宗族 朋友、賓主、侯國 物我、天人
鄭箋	君臣 父子 夫婦 長幼 朋友 他倫	君臣、官民、君民 父子、祖孫 夫婦、男女 手足、嫡妾、宗族 朋友、賓主、敵我、侯國 物我、天人、人神

由上表觀之，愈後出之注家所論及之人際及其他關係愈繁複，表示其倫理概念之體系愈完備，大致而言，《毛傳》較《詩序》詳密，《鄭箋》又較《毛傳》完備。

二、內涵之比較

（一）君臣之倫

在人倫五達道中，序、傳、箋皆以君臣一倫為特重，其論述君臣之道均較其他倫類為詳，此乃各家共通之處。餘亦有異同者也。

就君臣之失道而言，古序但言刺王而未述其失道之因。大序僅言「人倫廢」、「刑政苛」故以風上。續序始多明之矣，其言失道之重者，以貪鄙、無禮、無信、不用賢、不恤民等為大。《毛傳》則謂不親民、不用賢、無政令等。至《鄭箋》於君臣之失道者更別而言之也，其謂不尚賢、任小人、無威、無恩、暴虐、不施教化等為人君失道之大者，而以專恣、無禮、無德、不忠、不義為人臣失道之大者也。其中大序、續序、《毛傳》及《鄭箋》皆以暴政無恩為君之失也，續序、《毛傳》及《鄭箋》皆言不用賢人亦君之失者，是其同也。諸家所重者不相遠。

就君道之善者言之，古序偏於禮法（遣臣、燕臣、錫臣、官人）以待下，續序亦重禮法（爵命、賞罰）下臣，《毛傳》以仁、惠親臣，《鄭箋》則特重禮臣（樂、敬、賜、勞、惠），並友順之也。古序、續序與《鄭箋》三說皆以禮法為君道之主，《毛傳》則與之異也。

就臣道之善者言之，古序以刺君為重，次為戒、美，其精義在「報上」也，其執著則在於「道」。續序同古序以刺君為主，勸、諫為次也。《毛傳》以和倡、光命、補過及頌道為重，其精義在於「敬」。《鄭箋》則以忠敬、專壹、依禮為其主要原則，其法以諫、刺為主，次以尊、順、樂、美等。以精義言，古序、《毛傳》及《鄭箋》三說皆有忠貞之義；其法則以古序、續序與《鄭箋》同以刺君居其要，《毛傳》則以正道待君，與三說異。

就君臣相互之道言之，古序、大序皆未言及，續序之要義為「君能下下以成其政，臣能歸美以報其上。」，《毛傳》之要義為「以其所願乎上交乎下，以其所願乎下事乎上。」，《鄭箋》則以「以禮法威儀升降」、「德相承」、「言相成」等三者為其要義。續序言臣「報上」者，其相互之道當有先後之義，君先下臣，臣乃美君以報也。《毛傳》與《鄭箋》則無明顯別其先後，然二者亦可別其異焉，傳之言以君或臣之個人述之，箋乃君臣二者並言之也。再者，細審三說之涵義，續序所言君臣相互之道者，其精神即在一「義」字；《毛傳》之精神在於「忠恕」之道；《鄭箋》則在於「禮法」。以此明之，續序與《鄭箋》皆重於外在關係，《毛傳》則重於內在修為，其別可謂大矣。

就君臣相處之理想言之，古序、續序均未明示，《毛傳》以「君倡臣和」為其理想，《鄭箋》則以「君臣同福祿」為其最高理想，毛鄭亦有別矣，《鄭箋》以外在形式之融合為理想，《毛傳》則兼及外在形式與內在精神雙重之和諧。

綜言之，君臣關係，以《鄭箋》之論述最詳，古序則最粗略。其思想以續序與《鄭箋》為最相近，古序略近二者；《毛傳》較之三說，最為殊異也。

此外，人君治民之道，古序無之，續序則言「以說使民」。《毛傳》以為善、同欲、仁愛等為原則，以同出歸、順時共樂、富民讓下為方法。《鄭箋》言人君應責己以治，又以法祖、施德、行禮義、重民、至誠、平易等為方法。《毛傳》與續序同以情感出發；《鄭箋》則先嚴己，再求於治術，異於序傳。

（二）父子之倫

父子一倫，注家除《鄭箋》論之較夥，餘皆略述耳。

就父道言之，古序、大序、續序皆無之，《毛傳》謂「尚義」、「尚恩」，且重子道先而父道後之序，終以「慈」為依歸。《鄭箋》除言母以寬仁外，餘皆為子孫立功，即立善道、孝行、文德等楷範也。二者所重有別，《毛傳》側重父子關係，《鄭箋》則傾祖孫關係。

就子道言之，古序明思念、繼志也。續序則以養之、安之、禮之、思之也，其於祖孫之道則以繼志為要。《毛傳》言恭敬，而歸於「孝」。《鄭箋》以思望、報答、尊奉、親親等侍其親，以繼承、祭告事於祖。其中古序、續序及《鄭箋》皆兼述子道與孫道，獨《毛傳》以子道言。又各說僅《毛傳》直言子道以孝為歸，而箋則謂孫道曰：「子孫以順祖考為孝。」（〈大雅・下武三〉），可知為子為孫之道雖有多方，要之，皆歸於孝焉。

（三）夫婦之倫

先就失道言之，大序、《毛傳》皆未述及，古序僅言「刺夫婦失道」，亦未明其失道者指何而言，續序則謂淫亂、相棄為首，《鄭箋》論之最詳，其要有五焉：違初、無恩、薄、棄、淫亂等。續序與《鄭箋》同以「棄」、「淫」言之，實以行為失道衡之也，然《鄭箋》猶及於德行之失道者，蓋「違初」者，無義也，「無恩」與「薄」者，無仁也，無仁義者，失道之根由也。此乃《鄭箋》批判夫婦失道現象之洞見。

次就夫道言之，各說於此多略而不論，僅《毛傳》以大夫聽於朝、治於家而無見惡於夫人言也。然《鄭箋》則獨詳焉，其道者，尊之、美之，禮之、

善之、親之，此實已盡夫道之善者也。

再就妻道言之，古序與大序皆未述之。續序則謂以無私、思念、閔、勸及佐夫求賢等爲其道也，此亦兼內外也。《毛傳》嘗明好匹之條件爲有美色、有和諧與貞靜之德，並以禮從夫也。即其從夫，亦有待夫之道也，其要者，內則以宛、以敬、以助、以思、以禮也，外則佐夫用賢也。《毛傳》之言妻道者具體而微哉。至《鄭箋》所論者多矣，其言依禮、專壹、親愛、和順、閔、德、厚事、思念八端，有禮節、有德行、有情愛，其道至廣。三說同以思念爲言，另《毛傳》與《鄭箋》皆以禮及宛順同之，而毛傳與續序同明妻道當內外兼顧也。

至於夫妻相處之道，僅《鄭箋》言之耳，其要乃以禮義相處也，嘗云：「夫婦之道，亦以禮義相下以成家道。」（〈小雅・白華七〉），又言「夫婦之言無相違者，則可與女長相與處至死，顏色斯須之有。」（〈國風・邶風・谷風一〉），鄭之言實夫婦相處之至道也。此獨《鄭箋》明之，爲他說所不及也。

以理想言之，《毛傳》以「和」爲夫婦之道之理想，其言曰：「夫婦和，則室家成，室家成而繼嗣生。」（〈國風・邶風・谷風一〉），《鄭箋》則以「同德齊意」爲其理想，其言乃曰：「國君與夫人也，當同德齊意以治國者，常道也。」（〈國風・邶風・日月一〉），又云：「與之共行仁義之德，同志意也。」（〈大雅・大明三〉），同德齊意者，當有和之義寓焉，故毛鄭二說不遠也。三序於此則不言。

此外，男女關係續序、《毛傳》與《鄭箋》皆嘗論及。續序言男女失道者多相奔相棄，其因繫於禮廢、色衰、淫風、兵革、失時也，除兵革外，餘皆因禮廢而生，然續序未明相處之正道。《毛傳》言男女特重禮義之道，男女得禮乃行，無則難濟渡也。《鄭箋》言夫道者亦非奔即淫，故其論男女之道即以禮爲首，復以即時而求。顧三說皆以禮爲之繩也。

（四）兄弟之倫

就手足關係言之，古序及大序皆未述之，續序言其亂倫、無能爲無禮義之行，而言救亡、爭死，則情深感人也。《毛傳》言其尙親、尙恩。《鄭箋》則其失道者二焉：亂倫、寡恩，言相處之道亦有二者：相親信、相依求也。審續序之言，救亡者，若言相依求也，爭死者，若謂尙親也。故三說手足之道者，同謂親恩也。

就嫡妾關係言之，古序僅言嫡送妾也，續序言「僭」爲失其道，故相互

之道者，嫡以無妒，妾以無怨也。《鄭箋》則以淫恣、僭亂言其失道，於相處之道則言嫡以和、妾以禮，其理想乃謂「妃妾以禮義相與和，又能以禮樂樂其君子。」(〈國風・周南・樛木一〉)。續序及《鄭箋》皆以「和」為其善道，而箋尤重禮義也。《毛傳》、大序於此無說。

就宗族之道言之，古序僅言「父兄刺幽王」(〈小雅・角弓〉)，續序則言親睦也，《毛傳》以尚毛、友仁述，至《鄭箋》乃重恩情與禮法。比言之，續序、《毛傳》、《鄭箋》同以親恩為要，而禮則為《毛傳》、《鄭箋》同尚之也。

（五）朋友之倫

就朋友關係言之，古序以刺、以悔對其惡友，續序以遭亂、俗薄言其道絕也，《毛傳》則言信、義、尊尊、親親而和睦以處，《鄭箋》論之頗為完備，朋友雖以無知、相遠、忘恩、不信及譖害為失，然亦有正道焉，謂切磋、同心、思慕、慰安、報答也，而其理想原則為以禮相交，理想之情感境界則為誠心同志，以成恩愛與相和。古序、續序皆以反言。《毛傳》本於信義，《鄭箋》基於禮，二者異焉，又其和處為終，則相同也。

就侯國關係言之，續序基於義以報善、報惡，《鄭箋》謂以順天意、申王法而伐之、正之，又以德、威服之，甚而治其國、惠其國也。毛傳以救急、相憂患為其道。《毛傳》、續序皆以義為其道，《鄭箋》則廣言相處之原則、方法，其巨細兼及，較之續序與《毛傳》為完備。

就賓主關係言之，《毛傳》僅言「賓主和樂，無不安好。」(〈國風・鄭風・女曰雞鳴二〉)，惟已明賓主之道當以和樂為理想矣，《鄭箋》則以自養厚而薄賓客為失道，乃明其道有四：尊也、愛也、美也、樂也，此四道者乃詳主人待賓客之善道也，至於為客之道則闕如也。餘諸說皆未及此。

就敵我關係言之，諸說僅《鄭箋》嘗略述之也。其謂待敵之道者，伐之、治之、和之也，「伐」、「治」皆有申張王權，視敵為下之意，「和」則平等待之，故和之道者，洵至善也。

（六）他　倫

五倫乃人倫之五達道也，諸說於人倫之外，猶述及人與物、與天、與神之關係，茲別各說之異同於下。

就物我關係言之，續序言人以忠厚靈德之道交於萬物，此為仁之表現也。《毛傳》以物之特質戒正人倫，並申論取之有時、用之有道之義。《鄭箋》之

述物我關係則較前二說爲廣泛詳盡，除言人之愛物，猶述物之惠於人也，此乃較他說爲勝者，此外《鄭箋》尚善於以物之性或物之用比言人之德性或行爲，此法《毛傳》亦嘗用之，然不若《鄭箋》之頻繁也。觀乎三者，言仁愛於物者，續序《毛傳》與《鄭箋》皆有之；藉物以正人者，《毛傳》‧《鄭箋》也；側重取用有時有道者，《毛傳》也；言物惠於人者，惟《鄭箋》耳。

就天人關係言之，古序嘗言王「受命」、「配天」也，尊天之義寄焉，《毛傳》多明事天之道，其言配天命、順天命、承天意、安天作者，皆事天行道也，《鄭箋》則述爲政當繼順天道，否則必罰之，故其言事天之道者，首重順應天命也，至云天之待人者，其道甚多，而以「授天命」、「降福祿」爲最，其對象必爲有德之人。尊天之義三說皆有；言事天之道者，《毛傳》與《鄭箋》也；明天之待人者，僅《鄭箋》耳。而天人關係之最終理想，《毛傳》與《鄭箋》皆嘗揭示，傳謂「與天心齊」，箋言「與天地合其德」，此合德與齊心，義相近也。

就人神關係言之，大序與續序皆以告神言之，《鄭箋》則兼述事神之道與神明待人之道，事神以祭、以敬、以求者也，而神明待人者，或以右助，或以降福。審箋之意，人神之間乃相報以待，而不若天人之有上下從屬之關係，然大序與續序未詳此義。至於《毛傳》者，雖未嘗明言人神兩者間之關係，然而傳箋相較，審其文意，《毛傳》之神祇觀念似較《鄭箋》爲重，如〈小雅‧四月〉詩第六章，傳曰：「滔滔，大水貌。其神足以綱紀一方。」，清人陳奐疏之曰：「言江漢之大水，南國百川其神足以綱紀之。」〔註3〕，而《鄭箋》則云：「南國之大水，紀理衆川使不壅滯，喻吳楚之君能長理旁側小國，使得其所。」，引之以喻侯國關係，其言落實於人倫，與毛傳之歸於神道者大異也。又如〈大雅‧思齊〉詩次章，傳曰：「宗公，宗神也。」，陳奐疏之曰：「傳即從下文兩神字立訓，言文王之祀群神也。」，又曰：「曰宗神，猶言乎貴神矣。」，然而《鄭箋》云：「宗公，大臣也。文王爲政，咨於大臣，順而行之，故能當於神明。」，鄭意將其歸於君臣之義也，故陳奐駁曰：「箋易毛，以宗公爲大臣，然順於大臣未能即當於神明，與下文兩言神義不相接。」〔註4〕，陳疏擁毛而說，暫不論其當否，《毛傳》注詩尊神立說，而《鄭箋》解詩則以人倫實之，二者之別，於此可明之矣。

〔註 3〕 清陳奐：《詩毛氏傳疏》，頁 556。
〔註 4〕 清陳奐：《詩毛氏傳疏》，頁 673 至 674。

第二節　教化觀之異同

　　各家教化之理念，已詳述於前，茲將各說之內涵，就政治、人格之理念及示教之方式三方面別其異同，以明其理念之共通性與獨特性也。惟大序之體制有別於他家，難以同等相較，擬於其餘各家對比之時，適時言其同異，當更能顯示大序之理念特質。

壹、政治理念之比較

一、原理方面

　　古序、續序、《毛傳》與《鄭箋》四家所同者，皆本於德化，而治以禮，以成其政治也。德乃政之基，或君王以德修身，或人臣以德入朝，是以君臣有德，民則歸往之，王業於此生焉。王業既立，乃欲其久長，因之，諸家皆倡以禮行治，大序亦以「禮義」爲先王之澤，禮化周遍，則上下有道，國即大治。故「有道」亦爲四家之所共立也。

　　然而，「德」、「禮」、「道」三目雖爲四家之同者，惟其內涵則有異焉。

　　本於「德」者，古序多以此美在位者〔註5〕，偶言「德廣所及」（〈國風‧周南‧漢廣〉），以明在位德化之功。《毛傳》則以「德」爲人君用人之標準，或用事之準繩，可謂以之爲治國之基準。續序與《鄭箋》皆以「德」爲授命王位者之條件，且言民化於王德而順從之，另《鄭箋》亦有用臣以德之言。合言之，除《毛傳》未明陳人君之德外，餘三家皆言在位必以德。至用臣取其德者，毛鄭之同也。

　　治以禮者，古序多以直言祭祀明之，續序多謂在位之行應以禮爲之，而《毛傳》與《鄭箋》則明陳治國當用禮法之義。

　　依於道者，古序以王化之行言道之成也；續序以道言君之行；《毛傳》則謂依道以治；《鄭箋》則將「道」歸言於禮，以爲「道」即禮法、禮義之謂，爲政合於此乃可施之。四家所指有異，古序指其爲政之結果，續序指在位之言行，《毛傳》指治術，《鄭箋》則指其爲禮，乃施政之標準也。

　　除「德」、「禮」、「道」三目外，諸家亦有所陳而涵義相同者，一爲「仁」，一爲「天命」。

〔註5〕古序所美之在位者，如文王（大雅大明），后妃（國風周南關雎），夫人（國風召南鵲巢），武公（國風衛風淇奧），多爲在位者。

「仁」者，續序、《毛傳》及《鄭箋》三說皆同謂為政當基於仁也，毛鄭言人君與邦國以仁，而續序乃指王道為言。

「天命」者，《毛傳》直言「王基始於是」（〈大雅・大明五〉），續序與《鄭箋》則以天授命有德之人為王言，三說實義同也。

此外，《毛傳》所言「本於敬」者；大序「本於民」之論；《鄭箋》所謂「執義」、「尚信」、「求和」三者，亦他家所無。故四家之中，以《鄭箋》政治原理之內涵，所言最為周詳綿密。

二、政治主張

古序、續序、《毛傳》、《鄭箋》四家政治主張相同者，一為「舉用賢才」，一為「安內攘外」。得賢以治國，始能臻大太平，故當思樂賢人之來仕；上位者用心勤政，先內修後外攘，以求臻盛焉。凡此實為四家之所共願者也。

二者雖為諸家之同，然亦有小異。就舉用賢才言，古序僅言思賢，樂得賢等，至君不用賢則以刺言之；續序及《毛傳》則明陳賢臣之功能，謂其可治國興邦也；《鄭箋》更直言「治國之道當用賢者」（〈大雅・桑柔五〉），又云：「無彊乎維得賢人也，得賢人則國家彊矣」（〈周頌・烈文〉），可知所陳述之方式，時代愈晚愈直接明確。就安內攘外言，古序明言「思治」（〈國風・曹風・下泉〉），並多言王公之征伐；《毛傳》於此則僅言上位亂政、用心不均，並言先教民後始出師，雖有安內攘外之義，卻未由正面陳述；續序與《鄭箋》所言最確，續序謂「內脩政事，外攘夷狄」（〈小雅・車攻〉），《鄭箋》乃言「外能蔽捍四表之患難，內能立功立事為之楨幹」（〈小雅・桑扈三〉），又云：「為政自內及外」（〈商頌・玄鳥〉）。

此外，各家尚有主張相互異同者，《毛傳》與《鄭箋》同主張「文武並用」，而續序與《鄭箋》則齊言「祖法先王」，此其同者。至一家獨舉而異於他家者，續序之「以禮固國」與「反戰役」也，《鄭箋》之「行寬仁」、「德容並兼」、「勤身修德」與「制禮作樂」也。續序「以禮固國」或可與鄭箋之「制禮作樂」通義，而「反戰役」之主張，乃續序至為獨特之政治理念。而《鄭箋》對人君治國之主張，頗為求備，於其君，猶欲其「勤身修德」、「德容並兼」；於其政，則求其「行寬仁」也。大序以詩正君之主張，頗異於他家。

三、施政要領

各家對施政之要領，頗不一致，四家之說全同者，僅「嚴教化」而已，

三家相同之要領為「勤政事」，古序、續序與《鄭箋》言之。

嚴教化者，古序以在位修泮宮故頌之，並刺學校之廢與樂人育材；續序及《毛傳》皆謂能長育人材；《鄭箋》則更直言「歌樂人君教學國人」。此育材之理念當與用賢之主張密不可分，蓋教化既嚴，人材輩出，在位乃用之以彊國焉，故箋云：「秀士、選士、俊士、造士、進士，養之以漸，至於官之。」（〈小雅‧菁菁者莪序〉）。

勤政事者，古序以刺筆言在位之荒忝；續序與《鄭箋》則同謂脩政善職，以美其勤，古序之意當與此同；至《毛傳》者，未嘗明言於此，惟深求之，亦有同其義者焉，如傳之言賞有功、適材任賢等，必在位勤政始能為之。

此外，二家之言相同者則較多矣，如「禮下」、「執中」、「繼業」，古序與《鄭箋》同；「重神」，古序與《毛傳》言之，大序亦同；「行仁道」，續序與《毛傳》言之；「尊親族」，毛鄭同之；「行禮儀」、「恤百姓」，續序與《鄭箋》言之。以此觀之，《鄭箋》之施政要領與古序較近，《毛傳》與他家相近者則較平均，不偏一家。

至於一家獨言者，可謂各家之特色也，如《毛傳》舉「善御臣」、「親國外」、「重保育」等，「御臣」雖同他家「勤政」之義，惟傳特重於善任之義；「親國外」者，傳則偏於情感恩澤之義，與《鄭箋》行禮聘問者不同。大序「懷舊俗」及「陳廢興之由」異於他家。續序獨言「講信義」、「戒貪讒」。《鄭箋》則孤舉「嚴威儀」、「慎作為」、「勇不懼」、「尚明知」、「行直道」、「立法度」諸論，最為細密周詳。

四、政治理想

就理想之模範而言，古序之「聖王」與《鄭箋》之「文王」同也。而《鄭箋》尚獨舉「君子」以為理想之模範也。

就理想之境界而言，各家皆有所陳，「仁德廣澤」者，古序、續序與《毛傳》言之，古序言萬物得宜，續序言王化與仁及草木，《毛傳》則謂靈德行於囿沼，皆有澤及萬物之義，同富民胞物與之精神。「致大平」者，續序、《毛傳》與《鄭箋》同明之，《毛傳》言大平則萬物多，續序言和平則婦人樂有子，同明人與物皆樂其生也，《鄭箋》則謂王無虞慮，萬物得其性，是以大平為其三家之共同理想，大序之理想為「政和」，當同於此。

此外，《鄭箋》於境界者，猶舉「樂土」、「得其所」、「受福祿」等為其理想，其中「樂土」與續序之「王化」義近，皆明王德化行，人民以為樂土也。

樂土既在，萬物乃得其所焉，故《鄭箋》之「樂土」與「得其所」二者可視同其他三家之「仁德廣澤」也。至「受福祿」者，《鄭箋》所特言之者，以之言明君之行將有福祿，福祿乃施政之結果，若有道，則爲福祿所養也。

貳、人格理念之比較

一、德　論

　　就各家所論之德目言之，以「禮」及「義」二德，爲四家所共明，其中以《毛傳》對「禮」之論述最爲明確周遍，由禮之功能，明禮之必要，復言禮義之於室家之重要，又謂不可一日無禮樂，終言願歸往有禮之人，謂《毛傳》以禮爲其首要之德目者，或不過言也。《鄭箋》雖亦重禮，然不若《毛傳》直言之頻仍，如〈周頌・維天之命〉詩云：「維天之命，於穆不已」，傳曰：「孟仲子曰：『大哉！天命之無極。』而美周之禮也。」箋則云：「天之道於乎美哉！動而不止，行而不已。」《毛傳》直言周禮以釋詩義，《鄭箋》則以天道爲說。又如〈國風・鄭風・子衿〉詩云：「一日不見如三月兮」，傳曰：「言禮樂不可一日而廢。」箋則言「君子之學，以文會友，以友輔仁，獨學而無友，則孤陋而寡聞，故思之甚。」《毛傳》以思禮釋義，《鄭箋》則謂思友。再如〈國風・邶風・靜女〉詩云：「匪女之爲美，美人之貽」，傳曰：「非爲其徒說美色而已，美其人能遺我法則。」箋則云：「遺我者，遺我以賢妃也。」《毛傳》以禮法言之，《鄭箋》則以賢妃爲釋。凡此皆可察知《毛傳》較《鄭箋》重「禮」之德也。至於「義」者，各家但舉其目而少有申論。大序亦重「禮」與「義」二德。

　　三家所同言之德者，有「仁」、「孝」二德，古序、《毛傳》與《鄭箋》言之；「仁」之德者，古序及《毛傳》僅言其目，未深述之，《鄭箋》則以之明后妃、人母及人性之善德也；「孝」之德者，大序僅明其目，古序則以孝美人，傳直謂人子以孝行，箋更以歸安及順祖明孝之義也，因之，仁孝二德，實以《鄭箋》之說爲周遍。「信」及「德」二目，爲《毛傳》、續序與《鄭箋》所舉，「信」者，諸家略言之耳；至於「德」者，毛鄭二家嘗以「玉」比言其義焉，《毛傳》復以德化惡人明其功能，又申德行與容貌相得益彰也，《鄭箋》則直謂德之內涵有三焉：「剛克、柔克、正直也」（〈國風・鄭風・羔裘三〉），續序則多以「德」言婦人之行，如「肅雝之德」（〈國風・召南・何彼襛矣〉）、「德如鳲鳩」（〈國風・召南・鵲巢〉），以德爲言行標準也。

　　至於二家之說相同者，僅「道」而已，毛鄭二家同言之也。《毛傳》以樂於道表之，《鄭箋》則以「有美道以得聲譽」（〈小雅・角弓六〉）曲言其重道之意，方式上，以《毛傳》爲顯直，以《鄭箋》爲隱曲。

　　此外，一家獨明之德目以毛鄭二家爲多，《毛傳》之言「慈」、「友」，《鄭箋》之謂「知」、「敬」是也。《毛傳》明示「慈」爲人父之行，「友」爲兄弟之道。《鄭箋》於「知」、「敬」二義則言之較詳，箋以心度知人之善惡，又言叡知爲善德，其重「知」可知；至「敬」德者，箋則屢以之陳述儀容與盡職，乃《鄭箋》人格理念中除「禮」之外最爲重視之德也。〔註6〕

二、修　爲

　　修爲乃實踐德目之方法，各家所論之方法，言或不一，然精神或內涵則一致者頗多。

　　細索諸家之言，以「守禮法」及「思賢」二者爲四家所同之，禮法之言多論男女或夫婦之當行者，而序與傳皆內含昏姻以時之義，可知「禮法」之依守實爲諸家對男女兩性之共同要求。大序亦多以「禮義」之德爲其興止。「思賢」之義蓋謂思見有德之人而從之也，古序以思賢人君子言，續序則言思君子在野，《毛傳》謂擇善歸有德，《鄭箋》直言思賢人之去，中當以《毛傳》所明思賢之義最切〔註7〕，因之，《毛傳》雖未言「思賢」之名，卻已居思賢之要津。

　　至三家同者亦有二焉，一爲「思孝養」，古序、《毛傳》與《鄭箋》言之；一爲「重和諧」，續序、《毛傳》與《鄭箋》同明也。孝養之義，三家無異說；至謂和諧者，所陳各有所重，續序僅謂人之不妒，《毛傳》除以之言民人相處，復及於舞樂與服飾之和諧，而《鄭箋》則以骨肉之親與官民之愛明之，就和諧之義言，《毛傳》廣其義，而《鄭箋》深其義也。

　　二家同說者，有「盡職」，古序與《鄭箋》言之；「專壹」，毛鄭同之。盡職者，古序與《鄭箋》所言不一，古序謂「不失職」，箋則曰：「執義如一」，然其二說皆有敬職之義，箋以之實踐「敬」德，序箋之言當無差貳。至專壹

〔註6〕　在鄭氏人格理念之中，以敬之德釋說詩義者，較之「禮」以外之他德爲多，言「重視」之意即在於此。

〔註7〕　《鄭箋》嘗云：「君子之學，以友輔仁……故思之甚。」（國風鄭風子衿三〉），此思友之義或同於思賢也，則箋所謂輔仁者，當如傳之言「擇善」、「歸有德」等思賢之目的也。

之德者，《毛傳》以與君子同心言之，《鄭箋》則多明女德，謂女之德貞正、貞專、貞靜、貞潔等，甚而謂女貞則無人犯禮之，此重女德者可知。毛鄭於此所重有別也。

此外，一家獨言者，有《毛傳》之「誠懇」、「時中」與「愼微」三項，《鄭箋》之「持正」一項。「誠懇」明待人之法，「時中」與「愼微」乃指處事之要，知《毛傳》之廣修爲也。「持正」以明其德者，當有「義」之德寓焉，故箋以之踐「義」，持正則不易志，無論所處順逆，皆如初不動，故德如此者可謂君子也。此傾於內德之修，或有別於《毛傳》之明外德。大序之「以詩爲教」之修爲方法則異於諸說也。

三、理　想

就典範言之，續序爲「士君子」，《毛傳》之理想爲「古君子」，《鄭箋》則謂「賢者」，三家所名不一，續序以「飽德」統言士君子之行，《毛傳》未詳述古君子之行，《鄭箋》則對賢者之行論之最明，謂其「居處恭，執事敬，與人交以禮」（〈小雅・桑扈四〉），知三家皆有其模範，而又以《鄭箋》爲最詳也。

就其境界言之，《毛傳》之理想爲「與天合」，據清人陳奐解此爲聖德也，前文已述；續序爲「飽德」；《鄭箋》則爲「聖德」。以名稱觀之，毛鄭之理想相同，然而細究之，乃有所別矣，毛氏之意指文王之德爲說，鄭氏則指周公之德而言，文王之德者傳未明之，周公之德者，箋論之頗詳，概括其義可知其聖德當謂「不惑」、「不怨」及「終始無怠」也。合三家之言觀之，義雖不同，然皆以德之極至爲人格之理想則一。大序以「教化」之美、「風俗」之移，爲其境界，或異於諸家也。

參、示教方式之比較

諸家對示教之方式，除古序主要以美刺之方式爲教者外，其餘三家則互有異同，而三家相同之方式，有「示風俗」、「言古制」、「言史事」等三項。

示風俗之方式，續序以淫風惡俗言教，而《毛傳》與《鄭箋》則明言禮俗爲教。如細別之，毛鄭亦有小異，《毛傳》所言皆婦人之禮，《鄭箋》則舉夫妻、公族之禮。故知三家雖同以禮俗爲教，然其示教之內容則異也。

言古制之方式，《毛傳》分由祭祀、服制、朝制、刑制及田獵等項目陳述

古風古制，其意在申禮之義，並述古王仁治之道以爲教焉。續序多直言陳古以風今、刺今、傷今也，表明其言古爲教之意，其所述古制則多爲古明王治民之道。《鄭箋》則較偏於古代農事田賦及朝政之制，所言亦多寄美意以爲教。三家以《毛傳》之教最廣，以續序之言最直。

　　言史事之方式，《毛傳》引述史事之用意多在於申其教化觀，如〈崧高〉詩傳以職掌釋義，乃表其「禮治」之理念；〈巷伯〉詩傳以辟嫌不審之史事明之，乃申其「愼微」之德行理念。續序喜言史事以明詩之作意，更有引述史事又評之以言作意者，如〈清人〉詩，續序引述高克之事，復評之曰：「公子素，惡高克進之不以禮，文公退之不以道，危國亡師之本，故作是詩也。」評之以禮以道，知續序示教之所重在此。《鄭箋》亦屢以引述史事以明詩教，或申詩義，或言作意，或駁序義，此言史之例，三家少有大異。然而《鄭箋》尚有以詩證史、評史之例，是他家所無者。因之，三家言史以教之中，以《鄭箋》之詩史互證互明之方式爲最賅洽，續序之評史者，當亦有以詩明史之意也。

　　二家示教方式相同者，有「明制度」、「詳名稱」、「明物性」、「比古今」及「引書籍」，毛鄭同之；「釋詩法」，續序與《鄭箋》皆及之也。

　　「明制度」者，毛鄭皆述其禮制、一般制度、官職及度量衡爲教，然二家稍異者，《毛傳》猶及田獵也。

　　「詳名稱」者，其內容亦稍有別焉，《毛傳》所述林野、禮樂等名稱爲《鄭箋》所無；《鄭箋》之言朝制、祭祀等名稱爲《毛傳》所無。

　　「明物性」者，《毛傳》以魚、鳥、樂器之性申其政治原理與理想；《鄭箋》亦以鳥類、蟲類、器物之性以明政治要領與人格之修爲，且特言萬物之失其性即表政教之衰也。足見毛鄭皆趨於以物性申明政治理念。

　　「比古今」者，此種方式《毛傳》偶用之耳，《鄭箋》則數以爲之，或釋物名，或別音義，或言施政，或比制度，其意當在使人易通經義，間接助其得詩教之化也。

　　「引書籍」者，二家共同引述之書籍，有《周禮》、《儀禮》、《禮記》、《周易》、《左傳》、《論語》、《孟子》與《國語》等。《毛傳》獨述者，《大戴禮》與《荀子》也；《鄭箋》所獨引者較《毛傳》爲多，《尚書》、《孝經》、《春秋經》、《公羊傳》與《穀梁傳》是也。〔註8〕引書雖不全一致，然二家皆以禮類之書引

〔註8〕依據施炳華：〈毛傳釋例〉，頁109至136，第八章毛傳引書例。及賴炎元：〈毛

述最多則同也。

「釋詩法」者，言作詩之義、明編詩之義、釋詩題之義、析章法之義等，續序與《鄭箋》皆有所述以爲教。此外，《鄭箋》猶論及修辭之教，或明辭義，或申其所以爲辭之義，故較續序說釋之範圍爲廣。大序亦有釋詩之「名」及言詩之「作意」、「六義」、「四始」之義也。

至一家獨明而他家不及者，毛傳之「引人言」也，《鄭箋》之「言讖緯」、「敘時序」及「指天道」也。《鄭箋》所獨明三者中，以「言讖緯」之教最爲特別，或引神話，或明陰陽，或配五行，實欲以此讖緯之術明其教化者也。大序則直言詩教之功能，亦獨異於他家。

第三節　傳承與創發

《詩序》、《毛傳》及《鄭箋》之詩教，已就倫理與教化二端詳述於上。觀乎三者傳承之關係至爲密切，趙制陽先生嘗曰：「從詩學源流上看：詩序、毛傳、鄭箋三者上下相承，結爲一體，代表著我國早期的詩經學說。」〔註9〕，所言深中肯綮，非特三者上下相承，更與先秦儒家之詩教思想環扣甚緊。

就倫理道德觀之，除大序僅言君臣、夫婦二倫及人神關係者外，從古序至《鄭箋》所述及之倫類皆涵蓋《尚書‧舜典》所謂之「五品」也，而論及之人際關係則以後出者較先出者爲廣泛賅備。此五品之教蓋承《尚書‧舜典》之五教者也，五教者，蔡沈注曰：「父子有親，君臣有義，夫婦有別，長幼有序，朋友有信」〔註10〕，兩漢詩教誠有同於此五教之義，而更廣之也。顧兩漢詩教之於五倫者，其最大特色，即在於「以禮通五倫之內涵」，除父子以孝慈之親者外，餘概以禮貫之也。從師法言之，毛公之學出於荀卿〔註11〕，荀卿乃以禮義爲其詩教思想之本質，則毛公詁訓傳明禮以通五倫之詩教當爲其餘緒也。鄭氏注禮之後始爲毛詩作箋，故學者多以爲《鄭箋》之詩教較之《詩序》與《毛傳》重「禮」，然而未若也，蓋毛氏身處秦漢之際，其時治經最重

詩鄭氏箋釋例），載《臺灣省立師範大學國文研究所集刊》，第三號，頁117至153，第一鄭箋引據經傳群書釋詩例。此就二書考究所得以爲比對歸納得之。
〔註9〕趙制陽：《詩經名著評介》，鄭玄詩譜詩箋評介，頁99。
〔註10〕宋蔡沈：《書經集註》，頁14。
〔註11〕吳陸璣《毛詩草木鳥獸蟲魚疏》曰：「孔子刪詩授卜商，商爲之序，以授魯人曾申，申授魏人李克，克授魯人孟仲子，孟仲子授根牟子，根牟子授趙人荀卿，卿授魯國毛亨，亨作詁訓傳。」

師法，毛氏承荀卿「隆禮義，殺詩書」之教，必以禮義注詩，無可疑也；鄭氏則居東漢末葉，其時家法入於末流，師法難承，通經大儒若鄭氏者，必無拘守一說之理，且其所師者，多通數經也，如《後漢書·鄭玄傳》云：「師事京兆第五元，先始通京氏易、公羊春秋、三統歷、九章算術。又從東郡張恭祖受周官、禮記、左氏春秋、韓詩、古文尚書。以山東無足問者，乃西入關，因涿郡盧植，事扶風馬融。」因之，鄭氏箋詩雖後於注禮，而不滯門戶，其箋詩引據禮書雖較他書爲多，卻未如毛氏刻意標舉禮義也，如〈國風·邶風·匏有苦葉〉首章詩云：「深則厲，淺則揭」，傳曰：「男女之際，安可以無禮義，將無以自濟也。」箋則云：「喻男女之才性，賢與不肖，及長幼也，各順其人之宜，爲之求妃耦。」毛氏特以禮義說詩，鄭氏則無如之也。古序出自毛公以前之經師，毛既受學於荀卿，則序之言禮當亦與荀卿之學相關，而續序或於《毛傳》之後，必有承荀卿、毛公以禮義爲中心之詩教。至鄭氏箋詩在遍注三禮之後，其以禮箋詩當亦必然也。故終兩漢之世，詩教之於人倫者，實以「禮」爲其核心。五教之施，雖源於舜典，然以五教著於詩教者，實創於孔子，因此之故，兩漢詩教中倫理思想之完成，實紹述孔子「事父事君」之詩教思想焉。

綜合言之，兩漢詩教之教化觀，本於德化，而終於和諧也，此由政治及人格之理念可明之，至其所論德目則以仁義禮知孝爲其常德也，仁義禮孝已明之於人格理念，至於「知」者，可由教化方式所陳者明之。蓋施教之方式多端，無論制度、名稱、物性，甚至詩法，皆所以成其知也，所釋名稱、物性者，爲狹義之名物之教，乃承孔子「多識草木鳥獸」之詩教也，至言制度、古風、史事、詩法、引書種種，可謂廣義之名物之教，是廣孔子「識博物」之詩教者，必增知識也。由兩漢詩教對教化方式之闡述周詳，可知漢儒之重「知」德者，蓋「知」可通其「禮」制，促進德化之達成。

探其教化觀之源流，本於德化而成於和諧者，實遠紹《尚書·舜典》所明之「直而溫，寬而栗，剛而無虐，簡而無傲」四德，此蔡沈所謂「中和之德」者也，乃《禮記·經解》所云「溫柔敦厚」詩教之源，故兩漢詩教中之教化觀實爲溫柔敦厚之教也。析言之，溫柔敦厚爲政治理念之內涵，亦爲人格理念之內涵也。就政治言，溫柔敦厚可爲其原理、主張、要領，更可爲其理想。就人格言，溫柔敦厚可爲其德目，可爲其修德之法，更可爲其理想也。要之，兩漢詩教之教化理想即在實踐「溫柔敦厚」之要旨。而仁義禮知四德

者，或承孟子四端之教哉，至於孝之德者，或本孔子言孝之義也。

　　兩漢詩教既紹承先秦之詩教，以群其倫理，明其教化，欲使臻於溫柔敦厚之詩教理想也，其內容與精神非特法於前代，亦有獨創於當世者，若《毛傳》之獨標「興也」之體，雖孔子嘗以「興」言詩之功用，大序亦有「賦比興」之言，然孔子所言之「興」重在讀詩之義，大序之「興」亦祇為六義之一，未明釋其義，而毛氏則以之為作詩之法，並直言某詩為興體之詩，復於興體之詩申其詩教，其所申之義多以「禮」為中心，以明其倫理、教化之思想，蓋毛氏之學，獨創標注詩法之功夫，實欲藉之闡述禮義之詩教思想也。他若《鄭箋》之舉讖緯以申其尊君之義；又如序、傳、箋之追古風、言古制，以申其欲師之法，使臻於敦厚之教者，皆兩漢說詩之創造也。

第七章 結 論

壹、詩教與經學

《詩序》、《毛傳》、《鄭箋》之倫理思想，可概括言之曰：

一、君臣之倫，上待下以仁以禮，下對上以忠以敬，相互之間則以忠恕、禮義爲之。

二、父子之倫，父道以慈，並爲子孫立功；子道以孝，並祀祖考及繼其志。

三、夫婦之倫，夫以禮以親，婦以禮以順，相互以禮義處也。

四、兄弟之倫，其道在親恩與禮義也。

五、朋友之倫，本於信義，而基於禮，處以和樂也。

此五倫之教者，乃綜合部分先秦及兩漢之詩教以得之也。觀此詩教之倫理思想，其最大特色，即在於「以禮通五倫之內涵」。

至《詩序》、《毛傳》、《鄭箋》三者之教化觀，亦可統而言之曰：

一、政治理念多以「本於德」、「治以禮」、「依於道」三者爲其原理，且多以「用賢」、「安內攘外」爲其主張，又多以「嚴教化」、「勤政事」爲其要領，終則多以「廣仁德」、「致大平」爲其理想也，簡言之爲德化、禮治、和平之政治。

二、人格理念重禮義二德，次爲仁孝，其修爲以「守禮法」及「思賢人」爲主，以「思孝養」、「重和諧」爲次，而以聖德、飽德爲人格之理想。

三、示教方式以風格、古制、史事之教示爲主，次以制度、名稱、物性、詩法、古今、引書等闡明爲教。

在倫理思想方面，《詩序》、《毛傳》與《鄭箋》特重君臣一倫之闡述，且尤以君道爲詳甚；而在教化方面，《詩序》、《毛傳》與《鄭箋》皆以政治理念較之人格理念爲深廣。綜觀序、傳與箋三者，其詩教之思想首重政治，內涵則尤詳於爲君之道與興治之理。就歷史言，上自秦漢之際之詩序與漢初之《毛傳》，下至東漢後葉之《鄭箋》，貫兩漢之世，解詩治經莫不重於此；就詩教發展而言，《毛傳》依古序而作，續序繼《毛傳》以申古序之義，《鄭箋》又殿之，據毛以明詩義，所論莫不特明於政治者，且後出益詳，內涵更趨豐富。可知漢世治詩爲教之特色如此，無怪乎漢代王式要以三百篇爲諫書矣！雖近人屈萬里因此言漢儒迂曲解詩，然而放諸歷史，知其上承先秦之詩教，而秉其師說以廣之，乃有漢代之詩教，此蓋勢之所然者也。

羅倬漢先生曰：「漢人說詩，遵孟荀王道之言，曲爲附會者，乃詩經之所以爲詩經，而非詩之所以爲詩也。」〔註1〕，羅氏之言，已指出《詩經》之賴詩教以成經學之義，然謂漢人「曲爲附會」則非持平之論，其言之弊蓋與屈氏同也，蓋漢儒以詩教論詩，三百篇之經學地位始得以鞏固，惟此以詩教固經之用心，孔子之時已言之矣，郭紹虞先生頗能見其樞機，其言曰：「伯禽之『法』，實是孔丘中心嚮往的『周公之典』，也即西周宗法制的『禮治』，按照『禮』的規定辦事，就是〈駉〉詩『思無邪』的主要意思。孔丘襲用了〈駉〉詩中『思無邪』三字作爲評詩的最高標準，即著眼於恢復『周公之典』，是與他『克己復禮』的政治思想路線緊密聯繫的。」〔註2〕，據郭氏此言，「思無邪」之標準本即俱有以禮爲核心之政治意識，孔子以此標準蔽言三百篇之義，已有心以詩教盤固其經學之地位矣，此後儒家奉「思無邪」爲讀詩之圭臬，歷經孟荀二儒，護之愈甚，終於漢初形成「溫柔敦厚」之詩教理想，毛詩之學繼荀卿一脈，其詩教自必以禮爲其內涵，而師承遠紹孔子「思無邪」之教，故當其釋詩爲教，於倫理者，必以君臣之倫肆言其教；於教化者，必以政治理念申其教義，其倚重「王道」如此，蓋其來有自，非刻意曲附至此也。三百篇之所以爲經，當可由羅倬漢之言得其註解，其言曰：「今由孔子事父事君之義，以觀經學之演進，則諸書之寫於戰國秦漢者，或爲經、或爲附經之傳，皆彰此大義，一無假借，然後經之所以爲經之義不搖。」〔註3〕，兩漢詩教經

〔註1〕 羅倬漢：《詩樂論》，頁112。
〔註2〕 郭紹虞：〈興觀群怨說剖析〉，《照隅室古典文學論集》，頁657。
〔註3〕 羅倬漢：《詩樂論》，頁55。

《詩序》、《毛傳》與《鄭箋》上承孔子《論語‧陽貨》所言學詩之義、《論語‧爲政》及《論語‧八佾》所論詩篇之教義，復承孟子引詩論性善、仁義、人倫與先王之法，及其以意逆志、知人論世等讀詩法則，又紹荀子詩以言志、中聲所止及隆禮義之教，而申其義於倫理之中，述其理於教化之內，三百篇之經義乃得以發皇，三百篇之經學地位亦得以不墜矣。

貳、「溫柔敦厚」與儒家教育理想

就《禮記‧經解》所云：「其爲人也，溫柔敦厚，詩教也。」，可知詩教之理想即是溫柔敦厚，而詩教既是儒家經教之一，故溫柔敦厚當亦爲儒家教育理想之一也。邱燮友先生嘗曰：「孔孟的教育目標，在養成具有仁德的君子，以實現政教合一的理想。」〔註4〕，蔡仁厚先生亦曾謂儒家人文教育之理想有三焉，其言曰：「一是個體的完成，也就是各正性命。二是與群體萬物相感通。三是與天地合德，天人相互回應。這三個意思，大致可以顯示儒家人文教育的理想。」〔註5〕，蔡氏所言由己而群而天，漸次明其理想，更可知曉其完成乃是循序漸進，而溫柔敦厚正與此理想密合也，雖〈經解〉篇僅謂「爲人」而已，然而證諸《詩序》、《毛傳》與《鄭箋》之詩教內涵，可得確證。

就個體之完成言，序、傳、箋之理想已在人格理念之中闡明，三者皆以禮、義、仁、孝諸德爲準繩，其理想之完人或謂「古君子」，或云「士君子」，或曰「賢者」。

就與群體萬物相感通言，序、傳、箋之理想已在倫理思想中詳論，君臣倡和、同福祿；父子慈孝；夫婦同德齊意；兄弟親恩；朋友和樂；物我仁惠；人神相報。凡此皆可明其群我至善之境。

就與天地合德言，在序、傳、箋與天人關係諸節中亦已申明矣，人能順天、配天、承天、安天等，天則授命、降福，其最終之理想則如《毛傳》之「與天心齊」，亦如《鄭箋》之「與天地合其德」也。

儒家之教育理想已見於《詩序》、《毛傳》、《鄭箋》之中矣。重視倫理教化，使社會風氣歸於溫柔敦厚，此即漢儒之詩教也。

〔註4〕邱燮友：〈從孔孟教育思想看當代高等教育的改進〉，《孔孟月刊》，第十八卷第1期，民國68年9月28日，頁27。

〔註5〕蔡仁厚：《儒家思想的現代意義》（台北：文津出版社，民國76年5月），頁333。

參、「溫柔敦厚」詩教之影響

儒家之「溫柔敦厚」詩教，源於先秦，而成於兩漢也，其對後世之影響至深且鉅。

一、就經學言，毛詩之學，自漢以後，影響至今。近兩千年間，以序傳箋之義解經者，不勝枚舉。〔註6〕尤以唐代孔穎達作《五經正義》，於詩專崇毛鄭，其引兩家之說，守疏不破注之例，又其雜取劉焯劉炫及南北諸家之說，故徐英先生曰：「自正義出，而毛鄭之學益爲千古之宗。」又曰：「孔氏正義，以二劉之書爲稿本，則知正義之說，即二劉之說，二劉之說即東漢以來毛鄭相傳之舊說矣。」〔註7〕，既承毛鄭之舊說，自難棄其溫柔敦厚之詩教。宋代學者倡言廢序者眾，然亦有專主毛鄭而不讓者，如呂祖謙、范處義、嚴粲等，至清朝研治漢學之風復起，毛鄭之義又受諸家重視。故序、傳、箋意存溫柔敦厚之教，影響詩經學之發展，可謂大矣哉。

二、就文學言，唐宋以下之詩論，常以「溫柔敦厚」之標準評詩之高低優劣，如宋代楊時《龜山語錄》嘗云：

> 觀東坡詩只是譏誚朝廷，殊無溫柔崇厚之氣，以此言故得而罪之，若是伯淳詩，聞者自然感動。……爲文要有溫柔敦厚之氣，對人言語及章疏文字，溫柔敦厚尤不可無。如子瞻詩多于譏玩，殊無惻恆愛君之意。〔註8〕

楊時這段文字談到東坡詩無溫柔敦厚之氣，又說爲文、甚至對人言語皆應溫柔敦厚。已可見楊時混淆了爲文和爲人的標準。宋代張戒《歲寒堂詩話》亦以文詞之婉雅與作意之有禮爲其評詩之標準〔註9〕，明代陸時雍《詩鏡總論》云：

> 素而絢，卑而未始不高者，淵明也。艱哉！士衡之苦於緶繡而不華也。夫溫柔悱惻，詩教也，愷悌以悦之，婉孌以入之，故詩之道行，左思抗色屬聲，則令人畏，潘岳浮詞浪語，則令人厭，欲其入人也

〔註6〕 徐英：《詩經學纂要》，漢學第二十、宋學二十一、清學二十二等篇什專研毛鄭者，頁179至頁203。

〔註7〕 徐英：《詩經學纂要》，頁182。

〔註8〕 王德明、覃喆：〈詩教的興起與宋代文人的兩難處境〉，《中國古代近代文學研究》（北京：中國人民大學書報資料中心），1991年9期，頁159至頁160，引宋人楊時《龜山語錄》。

〔註9〕 張戒：《歲寒堂詩話》，收入《續歷代詩話》（台北：藝文印書館，民國72年6月四版）上冊，頁550。

難哉！〔註10〕

清人錢泳《履園譚詩》亦云：

> 古人以詩觀風化，後人以詩寫性情，性情有中正和平姦惡邪散之不
> 同，詩亦有溫柔敦厚、噍殺浮僻之互異，性靈者，即性情也，沿流
> 討源，要歸於正，詩之本教也。……國風雅頌夫子並收，總視其性
> 情之偏正而已。〔註11〕

上所舉宋、明、清三代之詩論皆有一共同之特點，即要求詩辭須溫柔敦厚，
此種現象已異於兩漢所謂之詩教矣，蓋漢儒之「溫柔敦厚」指爲人而言，乃
詩教產生之效果，非後世之言文辭也。

肆、總　結

「溫柔敦厚」已普遍成爲漢代以來倫理道德之標準，由漢代匡衡以詩教
溫柔敦厚之內涵上疏成帝，以戒妃匹一事即可知，《漢書・匡衡傳》載曰：

> 成帝即位，衡上疏戒妃匹，勸經學威儀之則，曰：「妃匹之際，民生
> 之始，萬福之原。昏姻之禮正，然後品物遂而天命全。孔子論詩以
> 關雎爲始，言太上者民之父母，后夫人之行不侔乎天地，則無以奉
> 神靈之統而理萬物之宜。故詩曰：『窈窕淑女，君子好逑。』言能致
> 其貞淑，不貳其操，情欲之感無戒乎容儀，宴私之意不形乎動靜，
> 夫然後可以配至尊而爲宗廟主。此綱紀之首，王教之端也，自上世
> 以來，三代興廢，未有不由此者。

此雖未必序傳之功，惟其推展「溫柔敦厚」詩教而益於國家者，誠不可略之
也。

《禮記・經解》所言之「溫柔敦厚」，爲儒家經教中屬於詩教之教育效果，
故亦爲儒家教育理想之一，《詩序》、《毛傳》與《鄭箋》承先秦儒家之教育思
想及詩教理論，以說解詩經，教化讀者。在倫理思想中，本之以禮，求之以
和；在教化觀方面，本於仁、義、禮、知、孝諸德，求其和諧、大平，而臻
於聖德，凡此皆欲使人得其正端，化於中和，而行其中道也。

〔註10〕陸時雍：《詩鏡總論》，收入《續歷代詩話》下冊，頁1686。
〔註11〕錢泳：《履園譚詩》，收入《清詩話》，下冊，頁1112。

徵引書目

一、古籍文獻

1. 周・左丘明，《左傳》，台北：藝文印書館，十三經注疏本。
2. 漢・何休注，《春秋公羊傳》，台北：新興書局，1982 年 8 月。
3. 漢・司馬遷，《史記》，台北：鼎文書局。
4. 漢・班固，《漢書》，台北：鼎文書局。
5. 漢・鄭玄，《毛詩鄭箋》，台北：中華書局，1983 年 12 月。
6. 漢・鄭玄，《毛詩鄭箋》，日本：日文出版社，1985 年 4 月和刻本。
7. 南朝宋・范曄，《後漢書》，台北：鼎文書局。
8. 梁・蕭子顯，《南齊書》，台北：鼎文書局。
9. 唐・陸德明，《經典釋文》，台北：漢京文化公司，1980 年抱經堂本。
10. 宋・蘇轍，《詩集傳》，台北：商務印書館，四庫全書本。
11. 宋・朱熹，《詩經集傳》，台北：蘭台書局，1979 年元月。
12. 宋・朱熹，《四書集註》，台北：世界書局，1989 年 11 月三十版。
13. 宋・蔡沈，《書經集註》，台北：新陸書局，1983 年。
14. 元・脫脫等，《宋史》，台北：鼎文書局。
15. 清・姚際恆，《詩經通論》，台北：廣文書局，1988 年 10 月三版。
16. 清・紀昀等，《合印四庫全書總目提要及四庫未收書目禁燬書目》，台北：商務印書館，1984 年 5 月增訂三版。
17. 清・馬瑞辰，《毛詩傳箋通釋》，北京：中華書局，1989 年 3 月。
18. 清・魏源，《詩古微》，湖南：嶽麓書社，1989 年 12 月一版。
19. 清・陳奐，《詩毛氏傳疏》，台北：臺灣學生書局，1986 年 10 月。

20. 清・焦循，《毛詩通疏》，台北：藝文印書館，皇清經解毛詩類彙編，1986年6月出版。

21. 清・方玉潤，《詩經原始》，台北：藝文印書館，1981年2月三版。

22. 清・王先謙，《詩三家義集疏》，北京：中華書局，1987年2月一版。

23. 清・王先謙，《荀子集解》，台北：世界書局，1987年3月十一版。

24. 清・皮錫瑞，《經學通論》，台北：臺灣商務印書館，1980年6月台三版。

25. 清・皮錫瑞，《經學歷史》，台北：藝文印書館，1987年10月二版。

26. 清・章學誠，《文史通義》，台北：廣文書局，1981年8月。

27. 清・陳澧，《東塾讀書記》，台北：廣文書局，1970年12月初版。

28. 《淵鑑類函》，台北：新興書局，1986年9月版。

29. 葉玉麟註，《國語》，台北：臺灣商務印書館，1980年12月四版。

30. 《尚書》，台北：藝文印書館，十三經注疏本。

31. 《禮記》，台北：藝文印書館，十三經注疏本。

32. 《論語》，台北：藝文印書館，十三經注疏本。

33. 《孟子》，台北：藝文印書館，十三經注疏本。

二、研究專書

1. 丁仲祐編，《清詩話》，台北：藝文印書館，1977年5月再版。

2. 丁仲祐編，《續歷代詩話》，台北：藝文印書館，1983年6月四版。

3. 文幸福，《詩經周南召南發微》，台北：書海出版社，1986年8月初版。

4. 文幸福，《詩經毛傳鄭箋辨異》，台北：文史哲出版社，1989年10月初版。

5. 王更生注譯，《文心雕龍讀本》，台北：文史哲出版社，1984年3月再版。

6. 王甦，《孔學抉微》，台北：黎明文化事業公司，1978年5月一版。

7. 本田成之，《中國經學史》，台北：廣文書局，1990年7月再版。

8. 朱子赤，《詩經關鍵問題異議的求徵》，台北：文史哲出版社，1984年10月初版。

9. 朱守亮，《詩經評釋》，台北：臺灣學生書局，1984年10月一版。

10. 朱自清，《朱自清古典文學論文集》，台北：源流文化公司，1982年5月。

11. 朱自清，《詩言志辨》，台北：漢京出版社，1983年1月5日。

12. 竹添光鴻，《毛詩會箋》，台北：台灣大通書局，1970年。

13. 何定生，《詩經今論》，台北：臺灣商務印書館，1968年6月初版。

14. 宋錫正，《孔子教學思想》，台北：三民書局，1975年10月。

15. 李曰剛，《中國詩歌流變史》，台北：文津出版社，1987年2月。

16. 李威熊，《中國經學發展史論》（上冊），台北：文史哲出版社，1988 年 12 月一版。

17. 邢光祖，《邢光祖文藝論集》，台北：大漢出版社，1977 年 8 月。

18. 屈萬里，《詩經釋義》，台北：中國文化大學出版部，1980 年 9 月新一版。

19. 林慶彰編，《詩經研究論集（一）》，台北：臺灣學生書局，1987 年 7 月。

20. 柳詒徵，《中國文化史》，台北：正中書局，1948 年 1 月初版。

21. 胡鈍俞，《詩經繹評》，台北：臺灣中華書局，1985 年 7 月一版。

22. 胡樸安，《詩經學》，台北：臺灣商務印書館，1978 年 12 月臺三版。

23. 唐君毅，《中國文化之精神價值》，台北：正中書局，1989 年 1 月臺二版。

24. 夏長樸，《兩漢儒學研究》，台北：國立台灣大學文學院，1978 年 2 月初版。

25. 徐英，《詩經學纂要》，台北：廣文書局，1981 年 12 月。

26. 徐復觀，《中國經學史的基礎》，台北：臺灣學生書局，1982 年 5 月初版。

27. 徐復觀，《中國文學論集》，台北：臺灣學生書局，1990 年 3 月五版。

28. 徐壽凱，《中國古代藝文思想漫畫》，台北：木鐸出版社，1988 年 9 月一版。

29. 高明，《孔學管窺》，台北：廣文書局，1972 年 2 月初版。

30. 高明，《高明文集》，台北：黎明文化事業公司，1978 年 3 月 1 日。

31. 高葆光，《詩經新評價》，台中：東海大學，1965 年 5 月初版。

32. 張西堂，《詩經六論》，香港：文昌書店，未註出版日期。

33. 張健，《中國文學批評》，台北：五南圖書公司，1984 年 9 月初版。

34. 梁漱溟，《中國文化要義》，台北：五南圖書公司，1988 年 5 月臺三版。

35. 郭紹虞，《照隅室古典文學論集》，台北：丹青圖書公司，1985 年 10 月。

36. 陳大齊等，《孔子思想研究論集（二）》，台北：黎明文化事業公司，1983 年 1 月初版。

37. 陳蕙慧，《儒家樂教思想研究》，台北：文史哲出版社，1985 年 6 月一版。

38. 黃忠慎，《南宋三家詩經學》，台北：臺灣商務印書館，1988 年 8 月初版。

39. 黃振民，《詩經研究》，台北：正中書局，1982 年 2 月。

40. 黃焯，《毛詩鄭箋平議》，上海：上海古籍出版社，1985 年 6 月一版一刷。

41. 熊十力，《讀經示要》，台北：廣文書局，1975 年元月初版。

42. 熊公哲等，《詩經論文集》，台北：黎明文化事業公司，1982 年 10 月二版。

43. 聞一多，《古典新義》，台北：育民出版社，1981 年 10 月 10 日。

44. 裴普賢，《詩經比較研究與欣賞》，台北：臺灣學生書局，1983 年 9 月初版。

45. 裴普賢,《詩經研讀指導》,台北:東大圖書公司,1987 年 9 月。

46. 裴普賢,《詩經評注讀本》,台北:三民書局,1988 年 8 月四版。

47. 趙沛霖,《詩經研究反思》,天津:教育出版社,1988 年 3 月。

48. 趙制陽,《詩經名著評介》,台北:臺灣學生書局,1983 年 10 月初版。

49. 蔣伯潛,《經與經學》,台北:世界書局,1983 年 12 月四版。

50. 蔣善國,《三百篇演論》,台北:臺灣商務印書館,1980 年 6 月臺二版。

51. 蔡仁厚,《儒家思想的現代意義》,台北:文津出版社,1987 年 5 月。

52. 蔡元培,《中國倫理學史》,台北:臺灣商務印書館,1987 年 6 月臺十版。

53. 蔡英俊,《比興物色與情景交融》,台北:大安出版社,1986 年 5 月初版。

54. 賴炎元,《春秋繁露今註今譯》,台北:臺灣商務印書館,1984 年 5 月初版。

55. 錢基博,《經學通志》,台北:台灣中華書局,1978 年 9 月臺三版。

56. 錢穆,《中國學術思想史論叢(一)》,台北:東大圖書公司,1976 年 6 月初版。

57. 錢穆,《中華文化十二講》,台北:東大圖書公司,1987 年 5 月臺三版。

58. 戴君仁,《梅園論學續集》,台北:藝文印書館,1974 年 11 月初版。

59. 糜文開、裴普賢,《詩經欣賞與研究》,台北:三民書局,1987 年 11 月改編版。

60. 繆鉞等,《詩經學論叢》,台北:崧高書社,1985 年 6 月。

61. 謝无亮,《詩經研究》,台北:臺灣商務印書館,1984 年 2 月臺五版。

62. 韓明安,《詩經研究概觀》,黑龍江教育出版社,1988 年 10 月一版。

63. 羅宗濤等,《中國詩歌研究》,台北:中央文物供應社,1985 年 6 月。

64. 羅倬漢,《詩樂論》,台北:正中書局,1982 年 9 月。

65. 顧頡剛,《中國古史研究》,台北:明倫出版社重刊,1970 年。

三、期刊論文

1. 王德明、覃喆,〈詩教的興起與宋代文人的兩難處境〉,《中國古代近代文學研究》,1991 年 9 期。

2. 朱守亮,〈用一「中」自去認識孔子〉,《孔孟月刊》第六卷第 3 期,1967 年 11 月 28 日。

3. 何定生,〈從言教到諫書看詩經的面貌〉,《孔孟學報》第 11 期。

4. 何敬群,〈詩在周代運用之分析(中)〉,《民主評論》十三卷 7 期。

5. 周浩治,〈以意逆志、詩之綱也〉,《孔孟學報》第 45 期,1983 年 4 月 20 日。

6. 林耀潾，〈孔子「興觀群怨」之詩教〉，《孔孟學報》第 50 期。

7. 林耀潾，〈孔子思無邪詩觀之探討〉，《東方雜誌》復刊第十八卷第 11 期，1985 年 5 月。

8. 林耀潾，〈先秦詩教義述〉，《孔孟學報》第 55 期。

9. 林耀潾，〈周代言語引詩之詩教意義〉，《東方雜誌》復刊第十九卷第 3 期。

10. 林耀潾，〈詩教「溫柔敦厚而不愚」述義〉，《中華文化復興月刊》第十八卷第 2 期。

11. 邱世友，〈「溫柔敦厚」辨〉，《學術研究》1983 年第 5 期，1983 年 9 月 20 日。

12. 邱燮友，〈從孔孟教育思想看當代高等教育的改進〉，《孔孟月刊》第十八卷第 1 期，1979 年 9 月 28 日。

13. 張健，〈孔子的詩論：興、觀、群、怨〉，《國立中央圖書館館刊》新十九卷第 2 期，1986 年 12 月。

14. 黃永武，〈釋詩無邪〉，《中華文化復興月刊》第十一卷第 9 期，1979 年 9 月 28 日。

15. 詹秀惠，〈孔子思無邪說體認詩的純粹性〉，《孔孟月刊》第二十卷第 10 期，1982 年 6 月 28 日。

16. 劉健分，〈「溫柔敦厚」與民族審美特徵〉，《古代文學理論研究》第十三輯，上海古籍出版社，1988 年 9 月第一版。

17. 潘重規，〈朱子詩序舊說序錄〉，，《新亞書院學術年刊》第 9 期。

18. 潘重規，〈詩序明辨〉，《學術季刊》第四卷第 4 期。

19. 潘重規，〈詩經研究略論〉，《孔孟月刊》第十九卷第 11 期。

20. 蔣勵材，〈孔子的詩教與詩經〉，《孔孟學報》第 27 期。

21. 蔣勵材，〈國風淫詩公案評述（上）〉，《東方雜誌》復刊第十卷第 11 期，1977 年 5 月 1 日。

四、學位論文

1. 江乾益，〈陳壽祺父子三家詩遺說研究〉，台北：國立臺灣師範大學國文研究所碩士論文，1985 年 4 月。

2. 李威熊，〈馬融之經學〉，台北：國立政治大學中文研究所博士論文，1975 年。

3. 周虎林，〈荀子學術淵源及其流衍〉，《師大國研所集刊》第八號，1964 年 6 月。

4. 林葉連，〈中國歷代詩經學〉，台北：中國文化大學中國文學研究所博士論文，1990 年 6 月。

5. 施炳華，〈毛傳釋例〉，台北：國立政治大學中國文學研究所碩士論文，1974
年 6 月。

6. 康曉城，〈先秦儒家詩教思想研究〉，台北：師範大學教育研究所博士論文，
1988 年 5 月。

7. 張成秋，〈詩序闡微〉，台北：中國文化學院中國文學研究所博士論文，1975
年 9 月。

8. 賴炎元，〈毛詩鄭氏箋釋例〉，台北：《國立臺灣師範大學研究所集刊》第
三號。